Dick Francis

Come to Grief

〔英〕迪克·弗朗西斯 著 刘全福 译

无由之灾

上海译文出版社

第一章

本人席德·哈利。

你瞧，我的这位朋友，可真是人见人爱了。

就是这样一位人见人爱的朋友，却让我送上了法庭。

我是个侦探，不少时候，某些事实的真相常令我震惊不已，从此，安宁的日子不复静好。将近五年了，总也如此这般，麻烦接连不断。

一连数日，我一直为此愤恨不平，苦不堪言。手中得来的证据曾让我疑惑重重，踌躇难断，而最终又只能信以为真，这一切都令我悲哀至极。我为那个人感到悲哀，那个人，我的朋友，或者说我已经把他当做朋友，一直以来，我竟然未能识得其本来面目。我为失去朋友而感到悲哀，这位朋友貌似一如往昔，却已然判若两人，陌生而令人不齿。真的，我宁愿他已经死去，这样的话，我也许会心安理得一些。

其行径公开披露后，我心里更是纷乱不堪。出于本能，各家媒体雀跃而起，竭力为其辩护，作为控告一方，这一切着实令我度日如年。赛马圈是我平时应酬的主要场所，那里久打交道的熟人也纷纷弃我而去。关爱、支持、慰藉潮水般涌向我那位友人，而我所面对的只有怀疑、抵触和愤怒。前路茫茫，我只有耐心等待别人接受我的选择。此时恨意四起，我反而成了众矢之的。一切终将过去，我心下明白，我只消忍气吞声，静待一时。

开庭那天早上，朋友的母亲自尽了。

伯克郡雷丁法庭上，审判长一袭法衣，作为控方证人，我独自一人，待在死气沉沉的侧室里听候传唤。消息传来时，开庭陈述业已宣读完毕。一位书记官走过来，给我讲了自杀的消息，说是法官已宣布本日休庭，我这就可以打道回府了。

“可怜的女人，”惊悸之余，我竟是喊出声来。

作为书记官，他理应做到不偏不倚，却还是对被告充满了同情。他很不友善地朝我瞪了一眼，告诉我次日十点必须按时返回原处。

离开侧室，我沿着走廊慢腾腾朝法庭出口走去，此时，一位资深律师斜刺里抢步过来，抓住胳膊将我拉到了一边。

“他母亲在宾馆开了房间，纵身从十七楼跳了下去，”他开门见山地说道。“她留了封短信，说自己不堪承受未来。有什么主意吗？”

戴维斯·塔特姆，一副臃肿笨拙的样子，头脑却机敏过人。望着他乌黑睿智的眼睛，我说：“你比我更清楚吧！”

“席德！”他有些生气。“还是说说你怎么想的吧。”

“他也许会撤回抗辩。”

他松了口气，微笑道：“你选错行了。”

我摇了摇头，冷冷说道：“我逮了条大鱼，却让你们这帮家伙给活吞了。”

他和颜悦色，放开我的手臂。我继续走向外面的世界，去赶那趟半小时行程的火车返回伦敦，下车后招辆出租，离家也就一英里左右的路程了。

穿行于伦敦的街市，我还在想着金妮·昆特：这可怜的女人，宁愿死去，也不要为儿子蒙羞，忍受无尽的痛苦。砰然一声，就这样孤独地了却余生，从此不再流泪，不再悲伤。

出租车戛然而止，停在卡多根广场不远处庞特广场那幢公寓楼前，眼下我住二楼，走上露台，可鸟瞰围栏内绿叶扶疏的花园。广场处所隐蔽，面积不大，此时行人稀少，几无车辆，空空荡荡一如往常。节令刚入十月，微风吹过，菩提树下枯叶纷纷，叶片儿零零星星，如黄色雪花儿轻轻飘向大地。

我钻出出租车，从打开的车窗窗口付了车费，转身穿过人行道，拾步走上门前的几级台阶。此时，旁边一个悄悄走过的男人突然狂怒地猛扑过来，一根长长的黑色铁棒眼看就要击中我的头部。

尚未看清怎么回事，便觉耳边一阵风声来者不善，于是急忙侧身，一边的肩头已然实实受了一棒。他失声尖叫，其情形已近于癫狂。我试图抵挡，伸出的小臂又重重挨了一击。此时我已牢牢扣紧对方手腕，伸腿死死抵住他的膝盖，使劲将其庞大的身躯向后翻转，他终于跌了下去，铁棒随即甩向硬邦邦的地面。他呼天抢地，口出恶言，语无伦次中，还威胁非要把我宰了。

出租车仍停在原地，发动机还在运转，司机目瞪口呆，直愣愣地望着眼前发生的一切。我猛地拉开后座车门，跌跌撞撞重新爬进了座位。此时我心里一阵狂乱，也该是自然而然了。

“开车！”我催促道。“不要停下！”

“可是……”

“只管开，往前走。要我砸烂你的车窗吗！”

司机不再做声，猛踩油门，一边踌躇不决，沿路慢行。

“哎，”他转过头来争辩道。“我可什么都没看见，你今天是我最后一单生意，我已经做了八个小时，也该收工回家了。”

“只管开你的！”我气喘吁吁，心里面纷乱如麻。

“哦……可往哪儿开呢？”

真让他问住了，这我得好好想想。

“咋看他就是个暴徒，”司机愤愤不平道。“可这年头谁又说得准。要我捎你到警察局吗？下手真狠，都听见响了，你胳膊折了吧。”

“只管开，拜托你好吗？”

司机块头很大，五十岁上下，伦敦当地人，却不是那种典型的英国佬。我从后视镜中看到他扭头时的情形，还有那钉子般锐利的眼神，知道他压根儿就不想招惹麻烦，巴不得我早一点下车。

终于定下神来，这才想起眼下只有一个去处，以往每每遇到麻烦，那儿便是我唯一的避难所。

“帕丁顿，”我说。“劳您驾。”

“圣玛丽？你是说去医院吗？”

“不，火车站。”

“你不是刚从那儿过来吗！”他争辩道。

“不错，请开回去。”

心情有了起色，他猛地掉转车头，朝帕丁顿车站驶去。到了车站，他再次向我保证，自己什么也不曾看见，什么也不曾听到，他只是想让我明白，他真的不想卷进来。

我不加理会，付过车费，径直放他去了。假如一时记住了他的车牌号，也只是习惯使然罢了。

为备不时之需，我腰里掖了一部手机。我缓步朝车厢连接处走去，一边拨出号码，打电话给这世上我最为信赖的人。他叫查尔斯·罗兰，我前妻的父亲，皇家海军退役少将。第二次响铃，他接了电话，我终于长长舒了口气。

“查尔斯，”我说道，声音有些沙哑，却不是装出来的。

对方顿了一下，然后问道：“席德，是你吗？”

“我可以……来你这儿吗？”

“当然可以。你在哪儿？”

“帕丁顿。我坐火车转出租过来。”

他语气很是平静：“走侧门，没上锁。”说完便放下了听筒。

我微微一笑。这老先生，一向行事沉稳，说话言简意赅，总是这么让人宽心。他感情内敛，矜持寡言，在我面前从不摆出长者的姿态，也从不对我迁三就四，但我仍能感到他记挂着自己，向他求助，他也一定会伸出坚实的援手，就像当下，由于种种可怕的原因，我也正需要他伸出援手。

正午时分，开往牛津的火车不是很多，下午四点，乡村出租车这才穿过牛津，来到安斯佛查尔斯家那幢宽敞的古屋。司机把我放在侧门，付他车费时，我动作有些笨拙，擦伤的缘故，手臂都有些僵硬了。心里轻松了许多，便抬腿走进了这座豪宅。我一生颠沛流离，时常不得安宁，只有这里，才是我心目中永恒不变的真正的家。

和往常一样，查尔斯仍坐在那把宽大的真皮扶手椅上。对我来说，椅子太过坚硬，坐上去很不受用，他为人一向不忍不让，所以才会觉得，坚硬的椅面更适合自己窄小的臀部。以前，我曾将一把柔软却不失美观的老式镀金锦缎扶椅从客厅搬进这个房间，也就是他的“军官起居室”，家里只有我们两个人时，我总是陪他坐在这里。室内摆着他的书桌，钓鱼资料，航海类书籍，弥足珍贵的管弦乐老唱片，此外便是那台用来播放这些碟片的无摩擦唱盘，唱盘是专门定做的，看上去冷光闪烁，是钢与大理石奇妙结合的产物。暗绿色墙壁上挂着巨幅照片，上面的舰船都曾经归他指挥，小一号照片上，是那些曾与他同船服役的水手。此外，墙上还新近挂出了我在切尔滕纳姆赛马场骑马跨栏的油画，油画全方位展示了一位骑手必须竭尽所能的生动画面。多年来，我的这幅油画本来一直默默无闻地挂在餐厅里的。

镀金画框上方装有一串灯泡，我来的那天晚上灯泡是亮着的。

他正在看书，见我进来，便把书翻过来放上膝盖，一边神情暧昧地上下打量着我。他眼神漠然，一如往常，别人的心思我常可一眼洞穿，在他面前却少能灵验。

“你好！”我开口道。

他吸了口气，再从鼻孔里慢慢呼出。他上下打量着我，足足过了五秒，才指了指摆在我那幅油画下方的餐桌，上面的托盘里放着酒杯和酒瓶。

“来点儿吧，”话很简短，不是邀请，而是命令。

“这才四点钟。”

“一点儿酒罢了。今天吃了什么吗？”

我未置可否，他也希望这样。

“还饿着肚子，”说着他点了点头。“就知道这样，你瘦了，这该死的案子！今天你应该上过法庭了。”

“休庭，明天再审。”

"来一杯吧。"

我依从了他，走到餐桌旁边，仔细打量着酒瓶。

琉璃瓶装的是白兰地和雪利酒，他的这些行头如今早已经过时了。螺旋盖酒瓶里，还剩有他以前最爱喝的"威雀牌"苏格兰威士忌。还是来点儿这个吧，我想，但又拿不准自己能不能把酒倒出来。

我抬眼扫了扫那幅油画。该是六年前吧，那个时候，我双手健全，荣获了全英障碍赛马冠军，那时我四肢完整，健康而激情万千。噩梦降临，锋利的马蹄几乎削去了我整个左手，生路就此断送，却也开启了另一种所谓的职业生涯：前路漫漫，我即将成为一名侦探。整整两年，我一直沉浸在过去的岁月，仿佛一条迷失方向的破船，从流飘荡，再也经不起海上风浪。如今想来，那两年真令我羞愧难当。接下来，一个残暴的家伙彻底毁掉了那副本想着可以接上的残肢，于是我不再沉沦，决意拯救自己的灵魂。靠着半截小臂发送的神经脉冲，那只肌电假手竟能够活动自如，足可以乱真了，从此我竭尽全力，将所有及所能发挥得淋漓尽致。

眼下麻烦的是，拇指无法张得很开，握不住那只笨重的雕花琉璃酒瓶，与此同时，右手也一样不太听人使唤。还是不要让酒洒在查尔斯的波斯地毯上吧，于是我干脆罢手，在镀金扶手椅上坐了下来。

"怎么啦？"查尔斯突然问道。"来这儿什么事？干吗不来一杯？"

我顿了一下，知道会伤了他，还是蔫蔫地说道："金妮·昆特自杀了。"

"什么？"

"今儿早上的事儿，"我说道。"从十七楼跳下去的。"

他那匀称的面庞顿时僵了，看上去突然苍老许多。那双温和的眼睛暗淡下来，仿佛要整个陷进眼窝里去。

查尔斯认识金妮已有三十多个年头了，对她颇为心仪，也算是她家的常客了。

我对金妮·昆特也一样记忆犹新。在我的印象中，她性情和善，模样丰满，是一位慈爱的母亲，一位尽职尽责的妻子，照管着偌大一个家庭，家财万贯而行事低调，真诚而慷慨地为几家慈善机构奔走，她那颇有名气的独生儿子，英俊潇洒，事业有成，人见人爱，儿子的荣光也让她喜在心头，喜上眉梢。

埃利斯，她的儿子，让我给送上了法庭。

最后一次见到金妮，她睁大眼睛瞪视着我，目光中满是厌恶和狐疑，仿佛在向我追问，我到底为了什么，为什么竟要毁掉她宝贵的埃利斯，他当我是朋友，对我喜爱有加，还帮过我不少的忙，他对我那样信赖，甚至不惜付出自己的生命。

我不做任何辩解，任由她向我发泄一腔怒火，我能切切实实体会到她当时的感受：怀疑，排斥，愤怒……我的所作所为令她厌恶，几乎和所有人一样，极度痛苦中，她更是绝对不会相信儿子可能犯罪。

大多数人认为，这一切压根儿都是我给弄糟了，如此这般，毁掉的不是埃利斯，而是我自己，一开始，就连查尔斯也向我提出了质疑："席德，你敢保证吗？"

我告诉他肯定没错。我孤注一掷，想找到摆脱困境的出路，什么出路都成。我非常清楚这样下去会给自己招来什么样的后果，事实上，我所担心的不堪局面业已发生，而且某些方面比预想的还要糟糕。在对这次犯罪首次突发性审理后，半个国家都在叫嚷，一定要施以严惩(所谓严惩，当然不是指向埃利斯，绝对不是，真的让人不堪设想)，被告第一次在法庭亮相，随即被还押候审(好一件丑闻，他自然会很快得到保释的)，此后，各媒体突然鸦雀无声，而待审理法也于此间正式生效。

依照英国待审理法，任何证据均不得于还押至审判期间进行公开讨论。诸多调查及策略性审理方案都可以进行幕后操作，而无论是候选陪审员，还是普通民众，则一概无从得知详情。其结果是，舆论界被蒙在鼓里，只能停留在“埃利斯是无辜的”这一事态发展阶段，至此，将近三个月来，我一直饱受谩骂毁谤之苦。

你瞧，埃利斯·昆特，这位曾经的障碍赛马冠军，竟像年轻的洛秦瓦[①]一样神奇，彗星般一跃成为电视热门人物。他才华横溢，谈笑风生，滑稽幽默，善于表演，在体育竞猜节目中，他曾吸引了数百万观众，他还是极限脱口秀节目主持人，是孩子们心目中的楷模，是一颗璀璨的明星，国人的幸福指数常因其而得以提升，从王公贵族到草根平民，只要他振臂一呼，总也是应者如云。

制造商趋之若鹜，竭力劝他为自己的产品代言。在他的影响下，半数英国孩子脚蹬骑士靴，身着牛仔装，甩开大步往前行，着实魅力四射，英气逼人。就是这个人，这完美的尤物，我却要将其彻底铲除。

看来谁都不再埋怨那位小报专栏写手，他曾经这样说道：“一度

① 洛秦瓦是沃尔特·司各特爵士在《玛密恩》(1808)中刻画的民谣中的英雄。苏格兰高地人年轻的洛秦瓦深爱着美丽的艾伦，当他渡过西部去寻找艾伦时，却发现她已经与别人订婚。最终，在艾伦的婚礼上，洛秦瓦将艾伦带到大厅门外，置于马上，乘马而去。

为人敬仰的席德·哈利妒火中烧，竭力诋毁一位他压根儿无法匹敌的天才……”“他就是个可恶的小人，试图弥补自己残缺的肢体。”凡此等等，这些我都不屑于拿到查尔斯面前，但有人却拿给他看过。

腰上的手机突然铃声大作，我随手接通了电话。

“席德……席德……”

电话那头的女人在哭泣，我对此也算习以为常了。

“你在家吗？”我问道。

“不……在医院。”

“号码告诉我，我马上打过来。”

电话里有人在低声说着什么，随后另一个声音传了过来，清晰，沉稳，号码读完，又不急不缓地重复一遍。我在手机上按下数字，号码在狭小的屏幕显示出来。

“行了，”我说道，一边将号码读给对方一遍。“挂了。”

“想用下你的电话。”我对查尔斯说道。

他表示同意，朝书桌挥了挥手。我按下号码，然后回到原来的位置。

那清晰的声音立刻应了电话。

“弗恩斯太太还在吗？”我问道。“我是席德·哈利。”

“别挂。”

琳达·弗恩斯尽力忍住哭声。“席德……瑞琪尔病情恶化了。她一直在问你，过来下好吗？求你了！”

“有多严重？”

“体温一直在上升。”她一阵哽咽。“你跟格兰特护士说吧。”

是那个清晰的声音，格兰特护士。“瑞琪尔很严重吗？”

“她一直很想见你，”她说道。“你何时能过来？”

“明天。”

“今晚行吗？”

“有那么严重吗？”我问道。

她沉默了许久。琳达就在旁边，她无法说出实情。

“晚上过来吧，”她又强调一遍。

就是今晚，我的上帝！九岁的瑞琪尔·弗恩斯躺在肯特郡一家医院里，离这儿一百五十英里，病魔就要夺取她的生命，这次听上去又不像是打谎。

“告诉她，”我说道。“我保证明天过来！”我向对方解释了自己眼下的处境，以及我现在身在何处：“明天我必须出庭，法院在雷丁，我向她保证，庭审一结束我一定赶过来。告诉她。我要送给她六副假发，还要送她一条天使鱼。”

那清晰的声音说道：“我会告诉她的。”随后又补上一句：“埃利斯的母亲果真自杀了吗？弗恩斯太太说，有人在广播中听到的，然后告诉了她，她想知道是不是果有其事。”

“没错。”

“尽早过来吧，”护士说完，便挂上了电话。

等我放下听筒，查尔斯问道：“那孩子吗？”

“听她们说好像快要不行了。”

“你知道这是早晚的事儿。”

“可对爹妈来说就不一样了。”我慢腾腾地再次坐到扶手椅上。

“要是能救她一命，我会连夜赶过去的，可我……”我打住了话头，不知往下该说些什么，也不知道该如何解释不去的理由。无能为力？可除非有回天之力，就是想要怎样，谁又有什么办法？

查尔斯十分干脆地说："你刚来这里的吧？"

"是的。"

"还有什么事情没告诉我？"

我望着他。

"席德，我也算是对你了如指掌了吧，"他说。"你之所以要来这里，并不全是金妮的缘故，这事儿电话就能讲得一清二楚。"他顿了顿。"看你的神色，你来这里，还不是因为那档子破事儿。"他又停了下来，我照旧一言不发。"避难来了！"他说。

我换了一下坐姿。"你真就能看这么透吗？"

"你在躲避什么？"他问道。"什么事情会这么突然……又如此紧迫？"

我叹了口气，尽可能轻描淡写地说："戈登·昆特要杀了我。"

戈登·昆特是金妮的丈夫，埃利斯是他们的儿子。

查尔斯惊呆了，张开大口说不出话来，就他而言，如此情形着实难得一见。

过了一会儿，我说道："宣布休庭后，我乘火车和出租车回到家里，戈登·昆特就在庞特广场守着我。我不知道他已经守多久了，可他就等在那里，手里拿着根铁棒。"我咽了口唾沫。"他搂头就是一棍，还好我闪得快，肩头挨了一下。他又猛击过来……咳，这只机械手倒还派上了用场。我将他拦腰抱住，使出几招花了很多时间学来的柔道功夫，把他仰面摔倒在地……他不停地大喊大叫，说我害死了金妮……是我害死了她。"

“席德！”

“他简直疯了……真的，满口胡言乱语……说我毁了他全家，毁了他们的生活……他发誓一定要宰了我……说他一定会得手……一定能得手的……我想他根本不知道自己在说些什么，只是不由自主，喊个不停。”

查尔斯说道，声音有些恍惚：“那么，后来呢？咋个了结的？”

“当时出租车司机还没走开，吓得目瞪口呆，所以……嗯……我又上了那辆出租车。”

“你回到车上了……？可是……戈登呢？”

“我没再理会，他躺在路上，叫喊着要报仇……然后慢慢爬了起来……铁棒挥来挥去。我……嗯……我想今晚就不回去了，要是能在你这儿住下的话。”

查尔斯低声说道：“当然可以住下。理所当然，你说过的，这儿就是你的家。”

“我说过的。”

“说了就当真吧。”

我确实当真了，否则也不会来到这里。以往的日子里，查尔斯，还有我对他的信任，曾经一次次挽救了我，我的内心世界才不至于支离破碎。我一向对他依赖有加，奇怪的是，这种感觉不仅没有因为与他女儿珍妮婚姻破裂而消失殆尽，反而比以往更为强烈。

安斯佛将让我得到喘息的机会，不用多久，我便要杀个回马枪，先去摆平了戈登·昆特，再当庭发下誓言，要将另一个家伙撕成碎片。我要把琳达·弗恩斯拥进怀里，来得及的话，我还要让瑞琪尔开怀大笑，但今天晚上，我要在查尔斯家这个自己住惯了的房间里美美睡上一觉，让我干涸的精神灵泉注入新的活力。

查尔斯问道："戈登……嗯……他铁棒伤着你了吗？"

"也就一两处擦伤。"

"我晓得你所谓的'擦伤'！"

我叹了口气："我想……嗯……他弄断了我一根骨头，是手臂。"

他两眼旋即瞟向我的左臂，那塑料玩意儿。

"不是这儿，"我说道。"是另一边。"

他吓了一跳，问道："是右臂吗？"

"嗯，没错。不过只伤了尺骨，是手腕一侧小手指到肘部那根骨头，幸亏不是桡骨，这样一来桡骨自然也就起到了夹板作用。"

"可是席德……"

"总比敲碎脑壳强吧，再说，当时我不也是自愿的。"

"都这样了还有心思开玩笑！"

"很讨厌吧？"我不经意地笑了笑。"别担心，查尔斯，会好起来的。以前赛马的时候，这节骨头也曾摔断过一次，比这回严重多了。"

"可当时你有两只手。"

"不错，当时我是有两只手，可这会儿我能否请你拿起那只死重死重的白兰地酒瓶，往杯子里倒出半品脱的'麻醉剂'？好不好呢？"

他没有说话，站起来为我倒酒。我谢过他，他点点头，就此两人达成默契，完成交易。

他又坐了下来，说道："这么说那出租车司机什么都看到了。"

"那司机是个'事不关己'的主儿。"

"可假如他看到了……肯定也听到了……"

"他一再声称自己什么都没看到，什么也没听到。"我喝下那杯纯度很高的烈酒，心里乐滋滋的："不过这酒倒合我的口味。"

"可是，席德……"

"瞧你，"我很理智地说。"你说我该怎么办？投诉？还是起诉？戈登·昆特，六十岁左右的年纪，他这种人一般都是头脑冷静、受人尊敬的公民，他可不是你所想的普通杀人犯，而是你私交颇深的老朋友，我也一样，也在他家吃过饭来着。可他已经恨上我了，因为我告发了埃利斯，他的生命之光，而且他也刚刚得知，爱妻金妮所以自杀，是因为无法直面未来。你能体会戈登此时的感受吗？"我顿了顿。"他没有敲碎我的脑壳，实在该是庆幸，为他，也为我自己，信不信由你了。"

查尔斯无奈地摇了摇头。

"悲伤是很危险的。"我说道。

我的话他无从反驳，他该知道，报仇雪恨的事可是自古有之。

我们沉默以对，相安无事地坐在那里。我喝着白兰地，头脑稍稍清醒了些，紧张的心情也慢慢放松下来。我一次又一次打定主意，决心放过那些不共戴天的恶棍，以前也曾经做出过这样的决定，但终究还是没有能够如己所愿。

如此这般，究是为何，我不再想追问自己。消磨时光吗？挣钱度日吗？那路子可多了去了。往日的骑师或是做了训马师，或是当了解说员，要么便是在赛马这个行当谋个正式职位。好像只有我，非要迫使自己整天游走于那些深藏不露的家伙身边，要为那些死活不愿招惹警局或赛马机构的人们排忧解疑。

对我本人来说，或就我个人能力所及而言，我又必须如此行事，否则便要无所事事，闲散度日。说到工作，即使到了眼下这种众叛亲离的时候，能够寻到的职位还是会让人挑花眼。

大部分工作我都不需要花上一周时间，尤其是那些调查别人信誉及信用级别的行当，做起来更是轻车熟路：赌马行接纳新的客户，事先需要我核查对方信誉；训马师付我费用，以免在市场购进天价两岁马驹时因遭遇违约而债台高垒。我曾查实过种种建议经营方案，让不少人免于骗子的欺诈，我曾揭露过弃保潜逃的债户和形形色色的盗贼，我还曾查出过令人讨厌的家伙以及想象丰富的重犯。

有人因获得释放，曾伏在我的肩头喜极而泣，有人则对我威胁施暴，试图迫使我就此罢手：琳达·弗恩斯想要拥我入怀，戈登·昆特对我恨之入骨。眼下手头还有两宗案子，我正待花上更多时间好好调查一番。我为何不能就此放手，为何不去从事安宁安稳且一样得心应手的金融管理？此时，从脖颈到手指，我已感觉到那根铁棒的威力……可我还是没有找到问题的答案。

腰带上手机铃声响起，我照例接通了电话，听出是那位资深律师的声音，他曾与我在法庭走廊上有过一番交谈。

“席德，我是戴维斯·塔特姆，有事儿告诉你，”他说。

“给我号码，我打过来。”

“噢？噢，好吧。”他报了号码，我照例将数字一一记下，照例借了查尔斯书桌上的座机，给对方回了电话。

“席德，”塔特姆一如既往，直奔主题。“埃利斯·昆特改变了申诉，原来的‘无罪’改成了‘减轻责任罪’。他母亲那段关于他无罪的不信任申诉看来还真够劲，竟让被告辩护律师气馁了。”

“我的上帝！”我叫出声来。

塔特姆嘿嘿一笑。我仿佛看到了他那晃晃悠悠的双下巴。他接着说道：“庭审会延期一周，以便精神病学目击专家撰写诉讼摘要。也就是说，你明天不用露面了。”

“太好了！”

“可我希望你能露面。”

“此话怎讲？”

“有事要做。”

“什么事儿？”

“当然是你的拿手好戏了。别的还有什么？我想约个地方私下见你一面。”

“好吧，”我说。“可明天我要去肯特郡见那孩子，瑞琪尔·弗恩斯，时间还没确定。她又住院了，情况像是不妙。”

“真糟糕！”

“是呀。”

“你在哪儿？”他问道。“媒体在到处找你。”

“就让他们守上一天吧。”

“《庞普报》那帮家伙，我说你给伤透了，再也不会答理他们了。”

“大恩不言谢，”我笑着说道。

他又是嘿嘿一笑：“那么明天……”

“明天一早先去肯特，”我说。“还不确定会待多久，先去看瑞琪尔。下午五点伦敦见可以吗？正好趁你下班。”

"可以，在哪儿？不要在我办公室，你那儿怎么样？不，不妥，没准儿《庞普报》记者会跟过来的。"

"皮卡迪利大街艾美酒店面向三楼餐厅有个酒吧，那儿怎么样？"

"不晓得那地方。"

"这样更好。"

"要是更换地点的话，"他说。"还打你的手机行吗？"

"随时。"

"好的，明天见。"

撂下电话，我又在镀金扶手椅上坐了下来。查尔斯看了看餐桌上酒杯旁边那部手机，问了一个明摆着的问题。

"为什么要打回去？干吗不直接用手机？"

"哦，"我说。"这玩意儿有人窃听。"

"窃听？"

我解释说，开放式无线通讯系统存在着安全隐患，聪明的人和行家里手可以听到他们不该听到的通话。

查尔斯说："你怎么会知道有人窃听？"

"最近人们知道很多鸡毛蒜皮的小事儿，而我压根儿就没有公开告诉过谁。"

"会是谁呢？"

"不清楚，有人还把电话线接我电脑上了，不知道谁干的。你只要懂行，就能弄到别人的私人密码，看到机密文件，这种事儿现在太容易了。"

他有些不耐烦，说道："电脑我不懂！"

“我也是不得已才学的，”我说，一边咧嘴笑了笑。“还记得普兰普顿那次雨中飞跃障碍的事吧，两者其实没多大区别。”

“你还有什么事儿不让我吃惊的！”

“真希望自己还在赛马！”

“是的，我知道，但即便如此，你还不是很快就要结束职业生涯了吗？今年多大？三十四了吧？”

我点了点头，眼看就要三十五了。

“过了这个年龄，没几个障碍赛马选手还能继续比赛的。”

“查尔斯，你说话总这么直来直去，还能让人听了高兴。”

“你眼下做的事情会让更多的人从中受益。”

必要的时候，查尔斯总会对我讲些打气的话，想来想去，总也想不出他为何知道我的心事。记得他曾经说过，我看上去就像是一面砖墙：一旦我排斥他人，离群索居，情况会变得非常棘手。他的话也许没错，就我而言，自我封闭并不意味着我从表面退到了内心。我想，这样的手段，我从娘胎里一出来就已经学会了吧。

珍妮，我业已失去的爱妻，曾告诉我她已是忍无可忍。她要我放弃赛马，做一个性情温和的人。我不愿放弃，也不可能做到，其结果是两人大闹一场，分道扬镳。她最近嫁了别人，这一次，她总算摆脱了我这个一头黑发、生性喜爱冒险的复杂人物，如愿以偿地把自己托付给一位世袭骑士，一个满头灰发、性情温顺、头脑单纯的牢靠家伙。珍妮，这位吵吵闹闹的不幸的哈利太太，现在做起了文静的温纳姆夫人。她的那位安东尼爵士英俊潇洒，满面红光，两人的合影就镶在查尔斯书桌上电话旁边的银相框里。

“珍妮还好吗？”我不失礼貌地询问。

查尔斯神情木讷，答道："还行吧。"

"那就好。"

"和你一样，讨厌的家伙。"查尔斯说道。

"你不该这么说他。"

"这是我的家，想说什么我就说什么！"

我们相互尊重，在和谐的气氛中度过了一个平静的夜晚。其间手机上又接了五个电话，来电无不语气专横，都在打听哪里能找到席德·哈利。

每次来电，我一概回复如下："这里是电话应答服务，请留下您的号码，我们将把您的信息转给对方。"

打电话的好像都在报社工作，这让我感到十分不悦。"真不知道他们从哪儿弄到了我的号码，"我告诉查尔斯。"电话簿上根本查不到的。我只告诉过客户，以确保他们昼夜都能和我联系，还有些人也知道，他们的电话我绝对不能错过。我总是告诉他们这是私人电话，只能自己使用。这个号码没有印在名片上，也没有印在信笺上。这部手机上的来电，我一般都用公寓座机回拨的，只是今天例外，戈登·昆特在门外大打出手，我没能够进去。可为什么伦敦半数的报社都知道了这个号码？"

"怎么才能查出真相？"查尔斯问道。

"嗯……交给席德·哈利了，我敢说他会探出个究竟的。"

查尔斯捧腹大笑。我还是觉得不安，有人一直在监听这个号码，现在又有人把号码公之于众了。也并非我的通话到了绝密的地步，再说我已开启了准专用号码，这样，不便接听时就不会响铃。可眼下我有种感觉，有人在蓄意接近我，偷偷连接上了我的电脑，但谁也别想捡了便宜，防护手段我懂的多了去了，想借用电子手段动粗，而且在悄悄逼近！

够了！这五家报纸也太过分了！席德·哈利，你说过，你必须动手调查自己的案子了。

克罗斯太太，查尔斯家多年的管家，满面笑容的为我们做了简单的晚餐。她就像一只老母鸡，对我体贴入微，我心里颇为惬意。有时候，我会觉得她的热情让我透不过气来，真是罪过，但她每次生日，我总要寄来一张贺卡。

我老早便上了床，和往常一样，我看到克罗斯太太在我的房间里亮起了温暖而舒心的灯光，备好了干净的睡衣和松软的毛巾。

遗憾的是，这令人舒心的溺爱却无法让我忘掉一天的烦恼。

我脱去衣服，刷过牙，解下那只假手。我的左臂肘部以下只有四英寸长，而且形同虚设。熟悉的情形，却仍不免有种丧失之痛。

此时右臂每动一下，便是一阵钻心的剧痛。

这该死的命运，我心里想到。

第二章

次日早上，情况没什么好转。

为掩人耳目，我有时会从伦敦一家车行租辆私车接来送往，眼下双手不便，只能借用查尔斯家的保密号码给车行的朋友拨了电话。

“鲍勃吗？”我说道。“我在牛津西北角，想去肯特郡的坎特伯雷，路上有几个地方要稍微停一下。对了，下午回伦敦，时间还没定。行程很紧，有人去吗？”

“告诉我具体地址，”他话很利落。“这就过来。”

我和查尔斯一起用了早餐，地点自然是在餐厅，一如既往地，克罗斯太太早早准备了吐司、咖啡和麦片粥，盘子里的煎蛋还冒着热气。

查尔斯看来，吃了煎鸡蛋，一天的生活才算真正开始。他一边吃煎蛋吐司，一边瞧我用左手端着杯子喝咖啡。他一向清楚我这人不爱大惊小怪，也就没再提起铁棒之类的事情。

他在读一份大版面报纸，随手指给我上面的内容。金妮·昆特之死果真给描绘得有声有色，那和蔼可亲的笑容整整跨了两个栏目的宽度，看上去实在有失得体。我尽量不去想象，从十七楼跳下的一瞬，她看上去又该是何种模样。

查尔斯大声读了起来："据生前好友说，儿子即将面临的审判令其颇为沮丧。其丈夫戈登去向不明，无从谈及此事。"接着说道："这么说来，媒体眼下还无法找到他。"

这就是报纸折磨人的手段，我想自己眼下已然体验到了难耐的煎熬。

"好好想一想，席德，"查尔斯平静而不失礼貌地说道，"戈登对你只是一时气恼，还是……嗯……还是会执迷不悟下去？"

"说真的，"我附和道。"我也不清楚。"我叹了口气："我倒是觉得现在不忙回答这个问题。没准儿戈登自己也还没闹明白。"

"千万小心，席德！"

"我会的。"

我将短短几秒钟内发生在庞特广场的暴力场景排摸一遍。"也不知道金妮在哪儿跳的楼，"我说。"但我认为戈登当时并没有和她在一起。我是说，他扑向我的时候，一身乡下人打扮：穿了工作服，靴子上满是泥巴，灯芯绒长裤，粗呢子旧夹克，开领蓝衬衫。肯定不是待在哪家宾馆十七层房间里，还有他拿来揍我的那根三棱铁棒……不很光滑，五英尺长，上面有孔，该是围栅栏时穿钢丝用的。"

查尔斯睁大了眼。

我继续说道："依我看，金妮死讯传来时，他应该在伯克郡自己家里。我这会儿想，当时要是慢慢找寻一番，应该可以看到戈登那辆路虎就停在庞特广场附近某个地方。"

戈登·昆特尽管拥有大片土地，可什么活计总喜欢自己动手。他亲自驾驶拖拉机，亲自清理杂草疏通河道，伙同雇来的工人一起修理农田界碑，一起给牧场重新打上栅栏，一起为林地整枝疏苗，体力劳动总能让他乐此不疲，心满意足。

我知道，他这人还喜欢自我欣赏，总希望受到别人的敬重，而且也着实赢得了每一个人的尊重，这其中就包括金妮在内。对于访客，他一向大大方方，看到宾客对他那超群的品质深信不疑，心里面又会乐出花儿来。

然而，庞特广场上，曾让我领教过一二的这个人，却丝毫不见了“绅士”风度：痛苦，狂暴，粗野不堪。说来也怪，比起往日，当时的戈登倒是更让人觉得真切几分。要是早一点知道，早一些晓得他那渗进骨子里的火爆脾气会以何种方式倾泻而出，我真该远远避开这位走路都要随身携带五金农具的主儿了。

我告诉查尔斯车子预订好了，租车行已派人过来接我。见他皱起了眉头，我说会把费用记在花销上的。

“谁的花销？”

“一般日常花销。”我说。

“弗恩斯太太为你支付日常花销？”查尔斯不温不火地问。

“以前是的。”

“那现在是谁？”他一向希望我有的赚，我也的确如此，可他却很少信以为真。

“饿不死的，”我喝着咖啡，一边说道。“将三四枚鸡蛋一股脑儿搅在蘑菇汤里，你尝试过吗？这叫速食煎蛋卷，味道还真不错。”

“倒胃口。”查尔斯说道。

“你老这么鳏寡孤独的，真该领略一下新鲜玩意儿了。”

“你得再讨个老婆，”查尔斯说。“牛津那位怎么样，和珍妮住一公寓的？”

“露易丝·迈克伊斯？”

“不错，有过一腿吧？”

腿不腿的，都老掉牙了，查尔斯早已落伍半个世纪了。不过话虽不同，意思永远还是那个意思。

“也就是一次夏日野餐，”我说。“早让寒冬的严霜消蚀殆尽了。”

“为什么？”

“她觉得我好玩儿罢了，并不爱我。”

我的话他心领神会。私下里，珍妮曾和自己的闺蜜露易丝说起过我，而且谈了很久，所及内容大都是些有损于我的种种坏处。回过头来想想，她的那位朋友一时迷恋于我，大抵是想亲自验明珍妮所言是否属实。从牵手到分手，其间都那么令人心情愉悦，相处得很好，可就是没有结果。

车子来接我了，我谢过查尔斯为自己提供了避难所。

“随时欢迎，”他一边说，一边点了点头。

和往常一样，告别时无须拥抱，也没有握手，只是相互望了一眼。

在萨里郡金斯顿镇迷宫般的商业街上，我让司机带着兜了几个来回，在一家狂欢节用品店买下六副化装舞会用的假发，又在宠物店要了一条养在塑料桶里的天使鱼，就这样，一切准备停当，我终于来到瑞琪尔·弗恩斯这间儿童癌症病房。

见我到来，琳达两眼盈满了泪珠，她女儿还活着。患上白血病，病情发展往往阴晴不定，难以预料，让人苦苦挣扎在希望与绝望的边缘。瑞琪尔的病情这会儿又有了好转。

她已经醒来，半坐半卧在床上，见我来了很是高兴。

“给我带了天使鱼吗？”她问道，也算是打招呼了。

我扬了扬挂在自己塑料手腕上的塑料桶，琳达接过手去，拧下上面的密封盖，送到女儿面前，里面那条闪着乌黑和银白色光泽的鱼儿游得正欢。

瑞琪尔舒了口气。“我叫它席德吧，”她说。

从照片上看，她曾经是个活泼漂亮的金发小姑娘，而此时，秃掉的小脑瓜上仿佛只剩下一双硕大的眼睛。在疲乏和贫血折磨下，她已然脆弱不堪了。

当初琳达找我调查小马受害一事时，瑞琪尔的病情曾经有所好转，大概是病魔一时间睡了过去吧。对我来说，瑞琪尔有着十分特别的意义，我送过她一只鱼缸、灯泡、水草、充气阀、哥特式城堡拱门、河沙，还有各种各样闪闪发光的热带小鱼，各种各样的小装备真是一应俱全，琳达当时都哭了。为弄清她那些新朋友的生活习性，瑞琪尔花去了好多个小时。它们中一半都叫“席德”，有的悄悄躲在角落里，还有个家伙竟然在别人面前称起了老大。

鱼缸就摆放在弗恩斯家起居室里，现在还无法确定，瑞琪尔是否还能看到“席德”和那些同伴新近育出的小“席德”。

那房间不是太大，却很舒适，里面陈设着贵重而不抢眼的新款沙发，玻璃面茶几，蒂凡尼彩色玻璃落地灯，就是在那里，我第一次见到了我的客户，琳达和瑞琪尔·弗恩斯。

房间里不见书籍，只有几本杂志，时装和养马方面的。深红和米色相间的窗帘很是鲜亮，几何型图案的地毯，由浅黄和灰色交织而成，粉红的墙壁色调很浅，上面刷的是各种花卉。打眼望去，总体上有种不甚协调的感觉，或许能说明居室的主人冲动任性，且性情柔弱。我由此推断，弗恩斯一家虽非家财万贯，却也家资不菲。

当时，琳达·弗恩斯打电话求我过来，说是该区五六四小马都让恶人给残害，其中一匹就是女儿瑞琪尔的。警方尚未查出何人所为，过去几个月了，女儿还在伤心，于是一再求我过来，看看能否帮得上忙。

“我听说过您，您可是我们唯一的希望了。当然，我会付钱给您的，只要能帮帮瑞琪尔，多少都成，这些日子，她天天夜里做噩梦。求您了！”

我向她提到了收费标准。

“多少都成！”她说。

这是个偏僻的小村落，距离坎特伯雷尚有段路程，来这儿之前，她并没有向我提起瑞琪尔已经得了绝症。

见到那瘦弱的孩子时，她头发已经掉完，两只眼睛大得出奇。她郑重地握了握我的手。

“你真是席德·哈利吗？”她问。

我点了点头。

“妈妈说你会来的。爸爸说你不要给小孩子做事。”

“有时候也会做的。”

“我长头发了！”她说。那苍白的头皮上，我隐约看到一层刚刚长出的细而稀薄的金黄色绒毛。

“真为你高兴！”

她点了点头。“我经常都戴着假发，可头上会痒，我不戴假发你介意吗？”

“一点儿也不。”

“我得的是白血病，”她平静地说。

“我知道的。”

她打量着我的脸，看上去比实际年龄老多了，我发现所有病魔缠身的孩子都会是这样。

“你能查到谁杀死了银孩儿，对吗？”

“我会尽力的，”我说。“它怎么死的？”

“不，不！”琳达打断了我的话。“别问她了，会让她烦躁的，我来告诉您吧，您只消告诉她说，您能查出这帮肮脏的家伙！瑞琪尔，带佩戈狄到花园里去，推他四处走走，让他瞧瞧那些花儿。”

原来这佩戈狄竟是个娃娃，此时正绑在婴儿车里，看上去一脸蛋儿自足的样子。瑞琪尔很听话，推着孩子进了花园，隔窗望去，见她正在让婴儿学认杜鹃花呢。

观此情景，琳达·弗恩斯第一次流下了那么多眼泪。

“她需要骨髓移植，”她说道，尽量压抑着哭声。“你会以为事情很简单，可至今都没有找到匹配者，安东尼·诺兰·特拉斯特创办的国际骨髓登记处都没能找到。”

我不很得体地说道：“我很抱歉。”

“我和她父亲离了婚，”琳达说。“五年前分的手，他现在又娶了太太。”她听上去并没有什么怨恨。“人生就是这样！”

“是啊，”我说。

其时五月刚过，天气让人生出慵懒的倦意，我置身于弗恩斯家，玫瑰的花香从室外飘来，这样的时节，更容易让人忘记忧愁，而不是想到恐惧。

“这群暴徒！”琳达浑身哆嗦，怒冲冲说道。“肯特郡好多匹马驹都让他们给弄残了……尤其是这一带……可怜那些孩子，跑进围场一看，自己心爱的小马个个给弄得支离破碎！那些马儿从没曾伤害过别人，到底谁这么病态，一个个刺瞎了它们的眼睛！这附近有三匹马驹眼睛给刺瞎了，别的马也给人用刀子刺进了直肠。”

她眼里闪着泪光。“瑞琪尔伤心透了，方圆几英里内，孩子们无不悲痛欲绝，谁也劝说不了。可警方就是找不出凶手！”

“银孩儿也给弄瞎了？”我问道。

“不……没有……还要糟……对瑞琪尔来说，倒不如给弄瞎了。她找到了它，你知道的……在围场里……”琳达哭出声来。“瑞琪尔想要睡在临时搭建的马厩里……其实就是个小棚子。她想要每天夜里都睡在那儿，想把银孩儿拴在身边，我没让她过去。她得病快三年了，这病太可怕了，让人没一点法子……”她从空了一半的纸盒里抽出纸巾，擦了擦眼泪。“她总在说那不是我的错，可我知道她心里怎么想的，当时要是同意她睡在那里，银孩儿就能活下来了。”

“它后来怎样了？”我语气和缓地问道。

琳达泣不成声，痛苦地摇了摇头。她是个传统的漂亮女人，三十岁上下，身材修短合度，金黄色短发梳洗得齐齐整整，杂志上那些健美技巧无不在她身上得到了完美体现。只有那呆滞的目光，那全身时不时颤抖的肌肉，才分明让人感到她长期为情所困，难以解脱。

“她出了门，”她终于开口说道。“外面很冷，下起了雨……是二月里……她总要坚持过去，看看水槽是不是注满了水，是不是冲刷干净了，是不是结了冰……我让她穿戴好暖和点儿的衣帽围巾，戴上厚厚的羊毛帽子……她跑着回来的，大声尖叫……一直在尖叫……”

我耐心等待着，让琳达将不堪回首的记忆一一道出。

她僵僵地说道：“瑞琪尔发现它一只蹄子。”

死一般沉寂，仿佛昭示着那可怕的早晨所发生的一切都令人难以置信。

“都登在报上了，”琳达说，我挪挪身子，点了点头。肯特郡刺瞎马眼事件，我数月前就知道了，因事务缠身，一直没太上心，没注意到名字和细节，也没留意其中一匹马驹被削去蹄子。

“你打过电话后，”我说。“我查出全国都出现了类似事件，不只是肯特郡，别的地方也零星发生过几起蓄意残害马驹和成年马匹事件。”

她伤心地说：“我也曾见过一张照片，是兰开夏郡一匹马驹，怕瑞琪尔看到，报纸当时给扔了。不定什么事儿，只要一让她想起银孩儿，就要做一个星期的噩梦，每次都是哭醒的，每次她都会钻进我被窝里，浑身颤抖，哭个不停。求求您，求您查查清楚，究竟为了什么……到底是谁……她都病成这样了……说是有了好转，能过上点儿正常生活了，可不会长久的，医生说她急需骨髓移植！”

“瑞琪尔认识那些受害马驹的小主人吗？”我问道。

琳达摇了摇头。“他们大都是马驹俱乐部成员，我想瑞琪尔还不想参加进去。银孩儿是她父亲送的，她非常喜欢，她只想一个人坐在马鞍上，让我们带着四处溜达。那小马驹很乖，也很安静，深灰色鬃毛，看上去非常漂亮。瑞琪尔叫它‘银孩儿’，其实它是匹纯种马，原来的名字很长。你知道，她得有东西宠着，太想要一匹小马驹了！”

我问道：“你还藏有银孩儿和当地其他马驹遭受袭击的新闻吗？有的话我想看看。”

“有的，”她有些迟疑。“可我不明白有什么用，警察那里就没能派上用场。”

“我们就从这儿下手。”我说。

“那好吧。”她离开房间，随后拿来一只可塞进飞机座位下面的蓝色手提箱。“都在这儿了，”说着把箱子递了过来。“包括一盒电视公司录制的带子，我和瑞琪尔也在里面。别给弄丢了，好吗？我们从不让外人看的，但也不想弄丢了。”她眨了眨眼，忍住泪水。“里面记录了唯一一件让人欣慰的事情，埃利斯·昆特过来看望孩子们，非常亲切，瑞琪尔很喜欢他，他心眼儿真好！”

“我和他很熟，”我说。“他来安慰孩子再合适不过了。”

“真是个大好人！”琳达说。

我收起蓝色手提箱，感觉沉甸甸的，里面装的可都是一幕幕悲惨的场景了！回到伦敦，我一连花了几个小时，看着有关那些残暴行径的无声描述，想到可爱的孩子竟要面对如此血腥的场面，我感到义愤填膺。

录像带长达二十分钟，里面的埃利斯·昆特真可谓显尽了风光：他温文尔雅，面露同情，抚慰着那不堪忍受的悲哀；他义正词严，殷切敦促警方必须将凶犯绳之以法，施以严惩。他果真善于应变，我想，对整个事件的反应拿捏得如此恰到好处。他将瑞琪尔搂在怀里，一直在和她讲话，看上去毫无做作之态，节目结束的一瞬，当孩子们退出镜头时，这才开始说道：痛失小马驹，不啻令瑞琪尔·弗恩斯原本不堪重负的人生雪上加霜!

为录制这个节目，瑞琪尔特意选了副漂亮的金发，这让她重又恢复了化疗前的模样。埃利斯留下的最后一个画面极富戏剧性效果：他将瑞琪尔一张虚弱不堪的光头照片在镜头前展示了好几秒钟。那结尾好不凄惨，让人痛彻肺腑。

节目播出时我没有看到，根据带子上的标记，时间应该在三月份，当时我远在美国，正全力追查一个欠下巨额培训费的携款潜逃犯。不过，埃利斯的节目我错过的也算不少了，比如每周一小时的体育新闻大拼盘，他都有两次为时二十分钟的采访片断，而只要他出现在屏幕上，下面一准儿是喇叭号角连天响。

和往常一样，我又在赛马场上遇到了埃利斯。我和他讲了琳达·弗恩斯电话约我的事，问他是否听到过有关肯特郡马驹受害事件的新消息。

“我亲爱的席德老兄，”他微笑道。“事情都过去好几个月了，你说是吗？”

“马驹致残案发生在一二月间，而你的节目是三月份播出的。”

“眼下都六月了，对吧？”他摇了摇头，脸上毫无痛楚或惊讶之色。“我的生活方式你知道的，有人专门替我调查挖掘报道材料。电视这行当永远是贪得无厌的，万一有什么新发现，他们自然会告诉我的，没准我还会做个随访。可目前什么消息也没有。”

我说：“瑞琪尔·弗恩斯，就是患白血病那小姑娘，一直噩梦缠身。”

“可怜的孩子。”

“她说你是个大好人！”

“嗯……”他低下头去，一副自责的样子。“……要说这也没什么难的。那档节目其实帮我大大提高了收视率。”他顿了顿。“席德，据传有个赌马的家伙吃了回扣，这事儿你有什么消息吗？我下周有可能要对其进行曝光。”

“没什么消息，”我表示遗憾。“埃利斯，再聊聊残害马驹的事吧。你有没有追踪报道过别处零星发生的马驹致残案，还有那匹遭到残害的两岁纯种马？”

他眉头微微一皱，摇了摇头。“我手下负责调查的人认为，那些事儿根本不值一提。都是些跟风的玩意儿罢了，我的意思是说，有关那些孩子的报道才是最强劲的。”他咧嘴一笑。“至于别的，哪还能拨动观众的心弦。”

“你真有些玩世不恭，”我说。

“大家不都是这样的吗？”

我和埃利斯，我们已做了多年的好朋友。赛马场上，我们曾经各不相让，他业余骑手，魅力超凡，我职业赛手，兢兢业业，而两个人心中无不是豪情万里，跨上重达半吨尚未驯服的烈马，以三十公里的时速飞奔跳跃，就是以这种双方习以为常的方式，也不知一起度过了多少个下午。

三四个月过去了，警方调查及埃利斯的节目一概毫无结果，而我对那些暴徒的追查或许也会以失败告终，但即便如此，我总得竭尽全力，赚些费用。我采取的是迂回策略，也就是旁敲侧击，不去询问马驹的主人，转而盘问那些撰写专栏文章的媒体记者。

我有条不紊，在电话里实施着自己的计划，先拿肯特当地的报纸开刀，而后再去追踪伦敦各类日报的署名作者。得到的答案可谓如出一辙：所有的报道均出自一家通讯社，该社负责为其他报纸提供扼要的事实信息，至于后续工作，如何诠释便是各家报纸各显神通了。

琳达·弗恩斯提供的所有剪报中，《庞普报》的报道最令人作呕。打了五六次电话，我总算挖出了凯文·米尔斯，这位真正惹是生非的主儿，《庞普报》首席煽情记者。

接到我的邀请，他先是咋呼一声，然后说道。“有什么不能说的？”

我们在一家酒馆见了面，这里环境不错，很是隐秘。他告诉我说，为了那次报道，他还亲自去了趟肯特，采访了所有的孩子及其父母，此外还有个厉害女人，马驹俱乐部某一分部主管。警察给惹火了，就把他赶了出去。

“奇了，”说完，他一口气灌下那杯杜松子补酒。“谁都没看见，那些马驹全都在牧场上，全都是黄昏到黎明这段时间遭到攻击的，一二月间，那帮恶棍得手后溜之大吉，有的是时间。”

“都是摸黑干的？”我问道。

他摇了摇头。“都是晴天，都是每个月月亮快要圆的时候下的手。”

“总共几匹，还记得吗？”

“一月份四匹，两匹瞎了，另外两匹母马刀子挑开了……嗯，生殖器，是那个恶心的编辑让这样写的。”

“二月份呢？”

“一匹瞎了，另外两匹母马剁碎了，还有一匹削去了蹄子。一个可怜的小丫头在水槽旁边发现了马蹄，那是马驹饮水的地方。埃利斯·昆特还做过一档非常精彩的电视节目呢，没看过吗？”

“我当时在美国，不过后来听人说起过。”

“节目轰动了一个星期，几乎整个国家都在收看，影响简直是太大了。据我知道，那是肯特郡最后一匹受到攻击的马驹，警方认为，这乱摊子都是本地一帮恶棍干的好事，那以后，人们再也不把马驹赶到无人看守的牧场去了。明白了吗？”

我再给他点了杯杜松子补酒。他已是人到中年，头顶半秃，大腹便便的，营养很是不错。他用手背擦了擦乱糟糟的小胡子，告诉我说，在他的职业生涯中，曾采访过不少女儿被人强奸或是父母让人谋杀的案子，有关马驹事件的报道简直算得上一种解脱了。

我向他打听肯特郡之外纯种马驹致残的类似事件。

“类似事件？”他重复道。“他们也这么说来着。”

“可是？”我拿话激他。

他喝了口酒，一边思忖着，终于吐出了实情。

“别的地方，”他说。“不都像肯特这边扎堆作案的，据我所知（或许还有其他地方），大概只有五匹一岁或不到一岁的小马遭到攻击，可没有一匹瞎眼的。其中有一匹砍掉了嘴巴，但没有一匹是母马。只是……”他犹豫了一下，我想他是在确认事实，而并非等待我的反应。

“说下去。”

“嗯，另外三匹都是两岁，各被砍去一只马蹄。”

从他的表情可以看出，他和我一样感到十分厌恶。

“三月份一匹，”他说。“四月份一匹，上个月也有一匹。”

“不会都是，”我慢腾腾地说：“满月之夜吧？”

“说不准，应该是有月亮的。”

"可为什么你在报道中没有提及？"

"当时我被派去报道重大灾难了，"他耐心地说。"空难、重大伤亡、几十起事故和谋杀案。几个疯子四处流窜，时不时砍去一只马蹄，这本来不是我优先考虑的事儿，可倒也不妨抽点儿时间关注一下。通讯社还没有留意到这件事，而我在当地报纸上看到了。都是老一套了。到处都是动物受到残害的事儿，一直都在发生，马呀、羊呀、狗呀什么的，总有些古里古怪的家伙，把肮脏的双手伸向那些动物。反正已经想好了，要是这个月再有马驹遭受攻击，我一定给它来个全面报道。你可不要抖搂给别家报纸了，我要做独家的。"

"一定保守秘密，"我答应道。"假如……"

他起了疑心："假如什么？"

"假如能给个名单，把那些受害马驹的主人都列上去。"

他小心翼翼地说："那可不能白做的。"

"一言为定，"说完，我们商定了价格，我向他保证，一旦有了消息，第一个便会告诉他。

他也兑现了自己的承诺，当天下午便派了一位摩托车信使，送来一个密封的牛皮纸信封，里面装了几页文字影印件，不很清晰，都是从利物浦、雷丁、舒兹伯利、曼彻斯特、伯明翰和约克郡当地报纸上收集来的。各家报纸均提到了马驹受害人的姓名及大致住址，于是，我立即驱车前往，一一造访。

四天后，我返回肯特，来到琳达·弗恩斯家时，耳中早已灌满有关马驹遭受暴虐的种种描述，所有这些我都将永生难忘。就像是一团乱麻，那匹被削去嘴巴的小马，还有那三匹两岁的马驹，一切都让人难以理解，如果说有什么关联的环节，也就是那几只被砍掉的马蹄了。

“我在牧场水槽边上无意中发现马蹄的，”一位妇人说，想起当时的情景，她拧紧了眉头。“简直难以置信，只有一只蹄子。告诉你吧，我还给它带去了早饭，它才两岁，很可爱。”她咽了口唾液。“它没在蹄子附近，是前腿右边那只。它用三条腿走开的，在吃草，那么专心，没事儿似的，也没有疼痛。”

“您当时什么反应？”我问道。

“我给兽医挂了电话，他过来后先递给我一粒镇静药，说是我比马更需要安静。接下来我一切都交给他了。”

“马驹投保了吗？”我问道。

这话并没有让她反感，我想此类问题她该是听过很多次了吧。她说不曾投保，靠自己喂养的，已经两岁了，打算年底就让它参加比赛。他们去切尔滕纳姆看过比赛，投注的那匹马获得了金杯，那天感觉真好，而就在第二天早上……

我向她要了兽医的姓名住址，然后便去登门拜访。

“马蹄怎么断掉的？”我问兽医。

他皱了皱眉：“具体我也不清楚，伤口很齐整，几乎没怎么流血。草地上有一汪血，很少，离断蹄一码左右，就这些了。我走过去时马驹很平静，没事儿似的，只是前腿右侧的蹄子从球关节处削去了。”

“斧头砍的吗？”

他有些迟疑。“感觉更像是砍刀，一刀就下来了，很利索。无论谁干的，不是准头好，就是运气好。”

“您当时报警了吗？”

“那是自然。来的是位警司，看过后也吐了。我叫来了屠马师傅，让他把马驹处理了。那些该死的恶棍！我真想也砍掉他们的蹄子，也让他们拖着两条断腿，尝尝生不如死的滋味！”忽然记起我的手臂就是让人给断掉的，他不禁红了脸，一副手足无措的样子。关于我的断臂，那场官司打得热火朝天，几乎是尽人皆知，不过后来再有人提及时，我竟然能够坦然相向了。

“没关系，”我和气地说。

“对不起，瞧我这张嘴……”

“以您之见，砍断马蹄的会是兽医吗？或是别的什么外科专家？是不是用了解剖刀？马驹是不是当场注射了麻醉药？”

他有些不安，说道：“我不知道该怎么回答，我只能说当事人曾经侍弄过马，那马驹虽然戴着缰绳，当时却没有拴在牧场上。”

我回头又去探访了那位警司，想到当时的情景，他差点儿又要吐出来。

“我见过很多伤者，也见过不少尸体，”他说。“但那次却大不一样，一下子就蒙了，胃里那叫个翻江倒海。”

警方并未查出元凶。那是个孤立案件，无先例可作为参照。报案人只提供了唯一线索，说是曾看见一辆蓝色路虎离开那匹马驹所在牧场，沿着巷子开走了。然而，在乡下，路虎可是多了去了。案子未结，可谁也不来主动调查，那匹小马，连同它那只可怜的蹄子，早给送进炼胶场了。

“有照片吗？”我问。

警司说照片属警方内部资料，不对一般人公开。

“我知道您的身份，”他说，语气还不算粗暴。“但对我们来说，您和一般人没什么区别。实在抱歉。”

我去咨询马驹的主人，她说当时自己心烦意乱，没有想到要留下照片。

我继续向北行进，驱车朝兰开夏郡驶去，一路上完全淹没在狂风暴雨般的愤怒之中。那位大块头农夫，竟是完全失去了理智，他狂怒已极，对我大吵大闹，唾液四溅，坚硬的食指在空中戳上划下，下巴伸出老远，一副狂性十足的神情。

“我那最好的马驹啊！”他怒吼道。“花了我整捆钞票，但确实很棒！种纯、体格正，哪儿都好！跑得也快，真的！接下来一周就要去纽马克特受训了！”他提到了一位久负盛名的训马师，我知道这人向来不接受废物的。“真是一匹好马！”他重复道。“那帮孬种警察居然问我，是不是想骗取保险，自己把马给杀了。你不觉得可笑吗！我告诉他们，那马根本就没有投过保，他们说我拿不出证据来。这样的鬼话你听说过吗？你只能证明你投过保，可你无法证明你没投过，这你知道吗？”

我告诉他这种情况我是知道的。

“我让他们滚远些，他们根本不想查出是谁砍去了马蹄，只想证明我本人才是真凶。让我那个气呵……”他说不出话来。我见过不少人，他们都被诬告过，纵火、侵犯儿童、盗窃或受贿之类，所以才知道，这位农夫恼怒到如此地步，应该是清白的。于是我告诉他，他把一切都押在了马驹身上，哪能自己砍掉马蹄呢。他慢慢平静下来，有些吃惊的问道：“这么说，你相信我了？”

“当然相信，”我点了点头。“问题的关键是，你买了这么好的快马养在农场，这事儿都谁知道？”

"都谁知道？"他好像突然内疚起来，仿佛记起什么令人不快的事。"我可是没少吹过牛皮，弄得半个郡的人都知道了。全国大赛前一天，我还在安特里大放厥词。那天我参加了赛马赞助方组织的午餐活动，对了，是托普林食品公司。一晚上马都好好的，第二天早上我还去看过它，可大赛刚结束，它就着了道。"

他亲自拍了彩色照片（他信不过警察），随手就放到了我面前。

"右侧前腿上的，"他指着一张断蹄的特写说道。"紧贴球关节砍下的，这儿能看到骨头上的白色断面。"

照片有些拿捏不稳，眼前所见与当初自己断掉的左臂竟是一样情形。

"兽医怎么看？"我问道。

"跟我一样。"

我去拜访了兽医。"一刀，"他说。"就一刀，没有任何补刀，直接从腿上最脆弱的关节一刀贯过！"

"什么凶器？"

他说不知道。

我马不停蹄，朝约克郡飞驰而去。大概一个月前，约克郡春季赛马会期间，一匹深棕色的两岁马驹被砍去了右侧前蹄，那一夜月明星稀。一刀成功，没有保险，主人气而病倒，一切线索皆无。

马主人是一对老夫妇，性格坚毅沉着，气度不凡，一向秉承亘古不变的价值观。对于那些无缘无故践踏美好事物的罪恶行径，夫妇俩也同样深为不解，心生厌恶，而这一次竟是轮到了他们那匹迅疾而漂亮高贵的小马驹。

"为什么？"他们一次次向我发问。"为什么有人竟会做出这等毫无意义的邪恶之事？”

我无以言对，只是倾听，让他们就这样一直说下去，把积在心中的痛苦和失落释放出来。

妻子说：“那一周我们特别高兴。每年约克郡春季赛马会期间，我们都要留人住在家里……你瞧，这房子面积很大，所以每次都会收留六到八个朋友，我们还会请来帮手办场舞会，你看多有意思。今年天气极好，大家玩得都很开心。”

“真是太好了，你不知道的，”丈夫点头附和道。

“亲爱的埃利斯·昆特也是我们家客人，”女主人微笑道。“他小试牛刀，就把大家的情绪调动起来，整整一个星期，我们仿佛一直是笑逐颜开。他来约克赛场，要为自己的电视节目抓些镜头，这样我们全都应邀参加了拍摄，简直太开心了。可是后来……后来……就在客人全部离开后的那天夜里……唉……”

“詹金斯进来告诉我们——他是我们的马夫——当时我们正在用早餐，他告诉我们，我们的马驹……我们的马驹……”

“我们养了三匹种母马，”妻子说道。“家人都喜欢小马驹在牧场上撒欢儿奔跑，你知道……马驹一般都会卖掉，可那匹小公马实在是太漂亮，也就留了下来，它不久也要接受训练了……来家的客人个个对它赞不绝口！”

“詹金斯真是把好手，把它给养得棒棒的。”

“詹金斯当时也哭了，”妻子说。“詹金斯！一大把年纪了，心肠又那么硬，也禁不住哭了！”

丈夫吃力地说：“詹金斯在大门口发现马蹄的，就在水槽旁边！”

妻子接着说道："詹金斯告诉我们，几个月前，埃利斯做了档节目，说是有匹马驹被砍掉了蹄子，说是孩子们一个个都给吓坏了。于是我们写信给埃利斯，信中提到了我们自己的小马。埃利斯马上打来电话说，他很为我们感到难过。他这人真是太好了，亲爱的埃利斯！当然，除了表示同情，他对此也无能为力。"

"没错，"我一边应和着，心里微微掠过了一丝诧异：就在几天前，我和他谈起瑞琪尔时，埃利斯并没有提到约克郡这匹马驹的事！

第三章

回到伦敦，我约了《庞普报》记者凯文·米尔斯共进午餐，地点还是以前那家酒馆。

“该你耍笔杆子的时候了，”我说。

他一边大口喝酒，一边问道：“发现什么了？”

我把自己了解到的情况大致描述一遍，没再提及他曾经谈到的两岁马驹月夜遭人袭击的事：大概是砍刀之类的凶器，回回一刀完事儿，全部在水槽旁边，受害马驹都不曾上过保险，总是发生在大赛之后——切尔滕纳姆金杯节、利物浦全国越野障碍赛、约克郡春季赛马会。

“本周六，也就是两天后，”我平静地说道。“就是德比赛马大会了。”

他慢慢放下酒杯，沉默良久，这才问道：“那孩子的马驹呢？”

我无奈地耸了耸肩。“听说最先遭到攻击的。”

“不对路呀，那马驹还不到两岁吧？而且当时也没有什么重大赛事，你说是吗？”

“马蹄丢在水槽旁边，右边前腿上的，下弦月，一刀，未投保。”

他皱着眉头陷入沉思。“听我说，”他终于开了口。“真要引以为戒了。我不是体育记者，你知道的，但我一定要把这条消息发到报上去：‘埃普索姆赛马会期间，勿将两岁马驹独自丢在无人看管的牧场！’只能这样了，别的我也无能为力了。”

“或许这就够了。”

“或许吧，但愿所有马驹的主人都能去读《庞普报》。”

“要让它成为赛场热门话题，我会安排的。”

“德比赛马会吗？”他有些将信将疑。“不管怎样，总算是聊胜于无吧。”他又端起了酒杯。

“我们真正应该做的就是当场逮住那个家伙！”

抓个正着根本没有可能，想到这里不禁令人沮丧。在不列颠群岛，每年降生的良种马驹不下一万五千匹，其中一半都能长成三岁以上的小马，两岁的时候，不少马驹就已经参加无障碍比赛了，它们大都被安全地圈在马厩里，但还是有许多养在户外无人看管，到了六月，周岁小马长得飞快，夜晚往往会让人当作两岁马驹。

有人铁了心地要去作恶，那就再也没有什么安全的地方了。

凯文·米尔斯回报社赶写专栏去了，我继续上路，回肯特郡向客户汇报情况。

“找到线索了吗？”琳达问道。

“还没有。”

我们靠着窗子在客厅里坐了下来，屋外的草坪上，瑞琪尔正推着佩戈狄来回走动。我向她讲述了那三匹马驹及其主人伤心欲绝的情状。

“又有三匹？”琳达麻木地重复道。“三月、四月和五月？银孩儿二月里出的事吧？”

“没错。”

“眼下呢？这个月……六月呢？”

我提到《庞普报》打算刊登告示的事。

“三匹马驹的事我不想告诉瑞琪尔，”琳达说。“她还是那个样子，醒来时总是大声尖叫。”

“我调查了全英国所有遇害的马驹，”我说。“袭击方式各不相同，我想……嗯……涉案人员应该有好几个。我这样想的，我们这一带，弄瞎或砍断马蹄的应该和银孩儿无关。”

琳达不同意我的看法。“一定是他们干的！还有另一拨歹徒？这不可能！”

“我想的确有另一拨歹徒。”

她望着瑞琪尔和佩戈狄，眼泪又要流下来。瑞琪尔这会儿正挠着那孩子的痒痒，逗得他笑个不停。

“为了女儿，我在所不惜！”琳达说道。“医生讲，她要是有几个姐妹就好了，没准儿谁的组织类型就能和她匹配。瑞琪尔的父亲乔有一半是亚洲血统，这就更难匹配了。所以我才要了那个孩子，佩戈狄是我五个月前生的。”她擦了擦眼睛。“乔又娶了妻子，即便是为了瑞琪尔，他也不会再和我同床，于是他捐了精子，我做了人工受孕，很快便怀上了。好像是该着……我生了那孩子……可他和瑞琪尔不匹配。要和瑞琪尔组织类型和抗原匹配，他只有四分之一的可能……我期盼过，也祈祷过……可就是不能匹配。”她喉咙哽住了，用力吞咽了一下。“我生了佩戈狄……其实他叫彼得，我们都叫他佩戈狄……可乔不愿认他……我们到处寻找，可还是找不到谁能匹配，我已经来不及再生个孩子……再说乔无论如何也不会干了。他妻子坚决反对……本来第一次他就不乐意的。”

“我很难过，”我说。

“为着佩戈狄抚养费的事儿，乔的妻子闹个没完没了……眼下她自己也怀孕了。”

人生，要面对多少残酷的事实，我这样想着。

“乔也不是小气，”琳达说。“他爱瑞琪尔，给她买了马驹，还让我们过得很舒适，可他妻子说，就是再生下六个孩子，没准儿也不会有一个匹配的……”她嗓音发抖，停了下来。过了一会儿，她接着说道：“也不知道怎么会给您唠叨这么多，和您说话让人很舒心。”

“而且很有趣。”

她点点头，用力吸了吸鼻子。“您去和瑞琪尔说说话吧，我告诉她您今天会来的，她很喜欢您。”

我顺从地走进花园，认真地和瑞琪尔握了握手，然后紧挨着坐在一条长凳上，感觉就像是两个老朋友。

六月刚到，天气和暖，但已然给人阴暗潮湿的感觉。这样的天气或利于玫瑰生长，而对于德比赛马会却并非好事一桩。

我向她表示歉意，到现在还没能揪出那个残害银孩儿的家伙。

“早晚能揪出来的，你说是吗？”

“我也这样想的，”我说。

她点了点头。“我昨天告诉爸爸，说你一定能的。”

“是吗？”

“是的。他开车带我出去兜风了，哪天迪迪去伦敦购物了，他常常过来接我。”

“迪迪是他妻子吗？”

瑞琪尔翘起鼻子，扮了个鬼脸儿，却没有正面应答。她说：“爸爸说，人家把你的手砍掉了，就像银孩儿一样。”

她严肃地望着我，等待我做出解答。

“嗯，”我显得有些烦躁，说道。“和银孩儿不太一样。”

“爸爸说，害你那人坐牢了，但得到假释又出来了。”

“你知道‘假释’怎么讲吗？”我很好奇，问她道。

“知道的，爸爸告诉我的。”

“你爸爸懂得真不少。”

“是的，可真有人砍掉你的手了吗？”

“这对你很重要吗？”

“当然重要，”她说。“昨天夜里躺在床上，我一直在想这事儿来着，我做梦了，很可怕，我想一直醒着，我不想睡着，不想梦见你让人家砍掉了手。”

她竭力保持平静，想装出一副大人的样子，但我分明感觉到，那平静的外表下，即将爆发而出歇斯底里的尖叫。这件事我向来不愿轻易谈起，便三言两语和她讲述了事情的来龙去脉。

“我以前是职业骑手，”我说道。

“我知道的，爸爸说你以前当了好多年冠军。”

“嗯。有一天正在比赛，我的马突然摔倒了。当时我躺在地上，另一匹马猛地跳了过来，一脚踏在我手腕上……嗯……手就折断了。后来也接上过，可没法用力，就不再做职业赛手，开始了现在的工作，就是调查事实真相，比如谁伤害了银孩儿。”

她点了点头。

"嗯，后来我查出一些事情，有个讨厌的家伙不想让我知道，他……呃……他打了这只受伤的手腕，又折断了，医生接不上，觉得还是截掉，换个塑料的更好用。"

"这么说，他不是真的……不是他真要砍掉的，不是拿斧头或别的什么砍掉的吗？"

"不是的。所以，夜里做梦别再想这件事儿了。"

她慰藉的笑了。当时她坐在左边，毫不迟疑地将右手轻轻放在我那只义肢上，一边轻轻抚摸毫无知觉的粗糙皮肤，一边抬起头来诧异地望着我的眼睛。

"没有体温，"她说。

"嗯，但也不很冰冷。"

她笑出声来，天真地和我开起了玩笑："它怎样干活呢？"

"我会告诉它的，"我简单明了地解释道。"我用脑子向手臂发出信息，让它告诉大拇指张开、闭合、抓住东西；信息是通过叫作电极的敏感终端传递的，就装在紧贴皮肤的塑料里面。"我顿了顿，见她没有听不懂的意思，便继续说道："我自己的手臂只到这儿，"我用手指了指。"塑料手臂从肘部接上去的，电极紧靠皮肤装在前臂上，肌肉一运动，电极就能感觉到，这样它就能干活了。"

"塑料手臂连在上面了吗？"

"没有，装上去的，独立的，贴得很紧，专门定做的。"

和别的孩子一样，她也把所有神奇的现象视为理所当然，但就我而言，这副义肢虽然快用三年了，神经信息传递的原理仍让我感到不可思议。

"总共三个电极，"我说。"一个负责把手张开，一个用来握拳，另一个转动手腕。”

“电极工作的时候要用电吗？”她有些不解。“我是说，不用把插头插在墙上什么的吧？”

“真是个聪明的小姑娘，”我告诉她说。“要靠一种特制的电池工作，就装在手表上面什么地方，要将充电器插在墙上给电池充电。”

她若有所思地望着我。“这只手一定很有用吧。”

“它棒极了，”我表示同意。

“爸爸说埃利斯·昆特告诉过他，不用手摸的话，你根本不知道自己装了义肢。”

我心里一惊，问道：“你爸爸认识埃利斯·昆特？”

她沉着地点了点头。“他们在一个地方打壁球，银孩儿就是他帮爸爸买的，那天他知道是给银孩儿做节目，他很难过很难过的。”

“是的，他会难过的。”

“我希望……”她低头看了看我的手，说道：“我真想银孩儿再长出一只蹄子来……也用电极和电池。”

我语气平淡地说：“倒是可以给它装个义肢，但不一定能跑起来，只能一瘸一拐地溜达，它不一定高兴的。”

她用手指在义肢上搓来搓去，看上去有些不服的样子。

我问道：“你把银孩儿养在哪儿了？”

“花园那头，在篱笆边上。”她用手指了指。“这儿看不见的，树给挡住了。要穿过房子，出去后沿着小径往南走。”

“带我看看好吗？”

她迟疑片刻，然后说道：“让我一路牵着手，就带你过去。”

“当然可以。”我站起身来，将那只温暖而正常的好手伸了过去。

“不……”她摇摇头，也站了起来。“我是说，让我牵上那只没有感觉的手，可以吗？”

我肢体不全，她似乎很是在意，她病魔缠身，没了头发，我也该能够理解她的心思。

我轻轻说道：“想牵哪只就牵哪只吧。”

她点点头，然后把佩戈狄推进屋去，毫不隐瞒地告诉琳达，她要带我到牧场去，看看银孩儿住的地方。琳达瞪我一眼，但没有表示反对。于是，秃脑门儿的孩子，一只手的男人，这古怪的组合相伴而行，来到了小径尽头，靠在由五根木棍打制而成的栅栏门上。

牧场不足一英亩，草很茂盛，郁郁葱葱的，不曾让牲畜啃食过。

附近有根管子，上面装着普通的水龙头，可随时为镀锌水槽供水。水槽四周，牧草不是很密，和别的牧场一样，地面显然经过了翻耙。

“我不想进去，”说着，瑞琪尔将头扭开。

“我们不用进去。”

“当时马蹄丢在水槽旁边，”她抽抽咽咽地说。“我是说……你可以看到血……还有白骨。”

“别再说了，”我把她拉进怀里，顺着小径往回走去，心里想着，真不该让她带我来这儿。

她双手紧紧抓住我那只毫无知觉的手臂，我放慢了脚步，

“没事儿，”她说。“都过去很久了，这会儿我还醒着，没事的。”

"那就好。"

"我不喜欢睡着。"

这极度的绝望中，分明透露出孩子掩饰不住的哀求，这种状态急需要好好处置！

还没到屋子门口，我停下脚步说道："有件事我一般不讲给别人听，可我要说给你听。关于这只手，我有时还是会噩梦不止，我梦见能用双手拍掌了，梦见自己还是以前的职业赛马手，梦见我这只粉碎的手腕。噩梦挡也挡不住，梦中的情景可怕极了，你不知道怎样才能避开，但你终究还是醒来了。"

"醒来后你发现自己患上了血癌……要么是换上了假肢。"

"人生真是个混蛋！"我说。

她一下子放松下来，一只手放在嘴上，咯咯笑道："妈妈不让那样说的。"

"那就小声对枕头说。"

"你是这样的吗？"

"常常这样。"

我们走进屋去，瑞琪尔重又推着佩戈狄进了花园。我和琳达留在了客厅，隔着窗子朝外望去。

"她没事吧？"琳达焦急地问道。

"她是个勇敢的孩子。"

琳达哭了起来。

我说："那天夜里银孩儿受到攻击时，你听到什么动静了吗？"

"谁都这么问来着，真是听到了什么，我早就说了。"

"没听到汽车引擎声吗？"

“警察说过，他们肯定先把车子停在路上，然后沿小路走过来的。我的卧室窗子不朝向小径，瑞琪尔的也不是。可那条路只通向牧场，您也看到了，路真的很窄，也就到牧场门口。”

“会不会有人从路上看到过银孩儿？”

“是的，警察也这么问来着。您可以看见它走过来饮水，找准方向的话，还能从路上看到水槽。警察说，那帮歹徒一定在肯特郡四处踅摸过了，到处寻找银孩儿这样没人看护的马驹。您说都是两岁马驹，但无论如何，银孩儿肯定也是给这帮家伙残害的。您怎么不去问问警察？”

“真要相信警察的话，你也不会找我帮忙了。”

“乔刚打来过电话，”她一边流泪，一边坦诚相告。“他说请您帮忙纯粹是烧钱。”

“噢？”

“我心里真的很乱！”

我说道：“你是按天付我报酬的，日常开销另算。愿意的话，现在就可以罢手。”

“不行，那好吧。可我真的不知道。”她擦了擦泪，踌躇不决地说。“瑞琪尔又梦见银孩儿了，就站在牧场上，浑身亮闪闪的，月光下看上去漂亮极了。她说，它身上闪着光，一堆黑糊糊的怪物从泥泞的小路上渗了出来……渗了出来，她就这么说的……没有形状，魔鬼似的，要杀了银孩儿。她说她使劲地跑呀跑呀，想跑过去提醒它，可她怎么也穿不过那团东西，好像死死套进了蜘蛛网，没法穿过去。那东西将银孩儿团团围住，光芒熄灭了，身上的鬃毛掉得一根不剩。她尖叫着醒了过来。总是这样的噩梦。我原想你能查出是谁砍掉了它那可怜的蹄子，你会将那帮魔鬼的姓名身份全部登到报上。瑞琪尔知道了他们的名字，就不会永远陷在那堆黏糊糊的东西里了。”

过了好一会儿，我说：“再给我一周时间。”

她突然转过身去，来到书桌前面，给我开了一张支票。“两周的报酬，过去一周的，还有接下来一周。”

我看了看金额。“商定好的可没这么多。”

“无论乔怎么说，我都希望您能一如既往。”

我有些踌躇，轻轻在她脸上吻了一下。她微微一笑，眼睛还是那样暗淡而潮湿。

“为了瑞琪尔，我不惜一切！”她说。

我驱车返回伦敦，一路上车子开得很慢。我想起了那个玩世不恭的家伙，他以前曾经做过警察。他谆谆教导我说：“干咱们这行，首先要遵守两项规则：其一，决不轻信客户所言，你要永远记住，询问得当的话，对方会向你提供更多的资讯；其二，客户面前，千万切勿感情用事。”

你老兄所言极是，然而，假如你的客户是一位聪明且值得让您信赖的小丫头，还有，这年方九岁的小姑娘正在与催命的淋巴组织拼死一搏，你又会做何感想！

回家路上，我叫了份咖喱饭，先把肚子填饱，也好通宵处理那些积压多时的文案。

眼下这份工作，我更喜欢外出调查之类，而客户则希望了解有关我一切活动的细枝末节，假如有他们想要的结果，那就再好不过了，这对他们来说实属应当，本来嘛，我拿人钱财就是干这个的。工作细节部分录入完毕，我把结算账单附在上面，并逐条列出与收据相符的各项开支。我这人行事一向还算磊落，即便自己讨厌的客户也是如此。在人们眼中，稍微花些功夫三天便能做完的事情，侦探往往会拖上一个星期，至于本人，我才不想蒙上那样的恶名。速战速决是我恪守的基本准则，过去如此，现在亦然。

浴室、厨房之外，眼下我这套舒适的公寓（坦白地说，也很奢华）共有三个房间：寝室，宽敞而明亮的起居室，另一间稍微小上一号，是我办公的地方。我没用秘书，也没要助手，我与客户除外，没有人知道我所掌握的机密。至于客户如何处置这些信息，那也只是他们自己的事情。许多人出于隐私才找上门来，他们得到的也应该是隐私。

听过录音电话上那些乏味的留言，我用加密的文字处理器拟出一份报告，打印后塞进信封，准备投寄出去。撰写报告或其他一切私密文件，我用的电脑没有和任何电话线连接，因此谁也不可能窃取到信息。此外，为了防盗，我还启用了不可破解的密码。我的另一套系统通过调制解调器连接到了全球信息网，理论上来讲是可以随意访问的，那里的一切都可向任何一位窥视者开放。

谈到保密性管理，我那位玩世不恭的导师曾这样说道："左手做的事情，决不要告知你的右手。嗯……"他补充说。"啊，不好意思，席德。"

"你得来一杯。"

"还有，"稍后，他一边喝酒，一边继续说道。"完整的机密调查结果要进行备份，寄存在银行保险库里，办公电脑系统中的所有信息要清除干净。使用随机密码，并且每周更换一次，做起事来也就安全了。而一旦事情做完，即须将备份存到银行，再将办公电脑上的内容删除干净，我刚才说过来着。”

“好吧。”

“切莫忘记，”他告诉我说。“调查对象会竭力对你加以阻止，甚至不惜付诸暴力。”

这一点他说的倒是没错。

“一定记住，警察会受到保护，而你却不能，你只能设法保护自己，你必须小心谨慎！”

“也许我应该换份工作。”

“不，席德，”他诚恳地说。“你就是干这行的料。照我说的做，会干得很好的。”

赛马生涯结束后，我在拉德诺侦探事务所打了两年零工，一直没什么大的作为，那期间，他总也对我耳提面命。其后三年，我也一直谨遵他的训诫和教诲。可现在他业已死去，拉德诺侦探事务所也已经不复存在，我只能靠着自己寻找智慧的门径。这过程会充满变数，哪能每一次都让人心想事成。

我可以试着安慰瑞琪尔，说我自己也常做噩梦，但决不要告诉她那些梦如何栩栩如生。那天夜里，我解下义肢，洗了澡，平静地躺到床上，想着瑞琪尔的事，我睡了过去。午夜过后，我又沉入了那牢笼般的梦魇。

总是一样的梦境，一切再熟悉不过了。

我梦见自己来到一处幽暗的空间，说是有人要来砍去我的手臂。

是两只！

他们让我等在那里，他们一定会过来的。我感到耻辱，苦苦挣扎，可又无能为力……我无处可逃。

我恍恍惚惚，浑身颤栗，我极度恐惧，大汗淋漓，接着突然感到一阵欣慰，自己还好端端地躺在床上，这一切不过是虚惊一场，而随即却又想起，梦中的遭遇其实有一半已经成为现实，我还记得，有一次，一个恶棍差点儿就要用枪打断那只剩下的好手。一旦我完全醒了过来，意识到目前的境况还不算太过糟糕，我又会再次安心入眠，而接下来整整一夜，我都会噩梦不断。

我迫使自己正常醒来，坐起来翻身下床，把一切都交给清醒的意识。我站在淋浴器下，再次让凉水兜头而下，然后裹上浴衣，倒杯牛奶，坐在客厅的扶手椅上，再将所有的灯具全部亮起。

我看看取下假手的左臂，再看看那只握着杯子的完整而强壮的右手。无论醒来还是梦中，我都不得不承认，有种感觉常令我不寒而栗：终有一天，另一只手臂也将会让人断去。但我的诀窍在于从不流露出内心的恐惧，也从不让恐惧战胜或主宰自己的生活。

反思又有何用，引火烧身的是我自己，驰骋赛场也好，追查恶人也罢，一切都是心甘情愿。而此时此刻，我正在全力以赴，追查那个一刀就能劈掉马蹄的家伙。

此时，我自己的那只断臂正端着一杯牛奶。

我近乎发狂了。

我想起了瑞琪尔·弗恩斯，还有和她一样的那些孩子。

我也经历过种种痛苦的折磨，假如不是我生性冥顽不化，本来都可以一一规避的。其时我已经认识到，无论发生了什么事，我都要去认真应对。可那孩子，头发脱光了，她看到自己心爱的小马让人砍掉了蹄子，这一切都错不在她，才九岁的孩子，受了这双重打击，谁还能安然入睡。

噢上帝，瑞琪尔，要是我能够的话，我多么希望能替你做了那些噩梦！

早上起来，我将弗恩斯家那匹小马和另外三匹两岁左右的马驹分列五栏，加上图框后进行了简单分析。表格顶部，横栏中写着“要素”、“弗恩斯”、“切尔滕纳姆”、“安特里”和“约克”，左侧“要素”一栏竖写着“日期”、“主人姓名”、“赛事”、“动机”及“作案便利人”。我发现自己已经想到最后一个问题的答案，只是不想现在就写上去罢了。踌躇片刻，我给《庞普报》的凯文·米尔斯拨了电话，经过不懈努力，总算找到了他。

“席德，”他痛快地说。“警示明天见报。你已经尽力，别再惹事了。”

“好极了，”我说。“能再帮个忙吗？这事儿还是让《庞普报》代劳为好，直接由我来问，别人会说三道四的。”

“什么事？”

“求求托普林食品公司，请他们出示一份全国大赛前一天安特里招待会上的客人名单。”

“到底想干什么？”

“能帮忙要到吗？”

“你发现了什么？”他问。

“独家采访仍然归你，是独家新闻。”

“我真不知道凭什么要相信你！”

“会有回报的，”我笑了笑，一边说道。

“最好是这样！”他“砰”的一声放下了电话，但我知道他会乖乖按我的话去做的。

那是一个周五的上午，当天，埃普索姆正在举行冠军杯赛及欧克斯赛马节，参赛者为四岁左右的雌马，其规模与德比赛马会相当。那天下起了小雨，一股弱暖锋正缓缓前移，看来要让南部的英格兰吃些苦头了。

对我而言，赛马场仍具有那么大的吸引力，我仿佛被橡皮圈紧紧地箍在了上面。动身前，我给原先那位妇人挂了电话，切尔滕纳姆金杯赛期间，她的马驹让人削去了蹄子。

“很抱歉再次打扰，可以问几个问题吗？”

“当然可以，只要能抓住那些杂种！”

“嗯，那匹两岁马驹单独放养在牧场上的吗？”

“是的，也就是个小围场，当然是有栅栏的。拴在离家最近的地方，让人生气的就在这儿。不远的地方，牧场上还有我们家两匹老马，可那些恶棍动都没动。”

“另外，”我语气平缓地问道。“多少人知道马驹无人看管？多少人知道可以轻易接近马驹？”

“席德！”她嚷了起来。“别以为我们没动脑筋，麻烦的是，我们家朋友没有不晓得的，它前途无量，大家都知道，也很激动。切尔滕纳姆赛马会期间，我们还向人提起训马师的事。过去的时候，老甘纳斯为我们训过马，可他已经死了，我们不喜欢他那个傲慢的助手，这才到处打听别的训马师来着，你知道的。”

“是的，那么训马师选好了吗？”

“选是选好了，可是，当然……”

"太遗憾了，"我向她表示同情。"选的是哪位？"

她提到一位顶级训马师的名字。"大家都说选他不会错的。"

"没错，"我暗自叹了一声，然后绕着弯儿问道。"赛马节上什么事儿您特别开心？"

"女王来了！"她脱口而出。"我当时穿着厚厚的保暖靴，行礼时差点儿就摔倒了。"她大笑道。"啊，我想你也知道的，你身边清一色的名人！"

"真是太荣幸了！"我说。"有人曾送我一只雕花高脚玻璃杯，坐在这里从房间望出去，我可以看得一清二楚。"

"嗯，他们为你举办了生平展，我们站在宽敞的展厅前，读着上面的文字说明。亲爱的埃利斯·昆特在我们身边停了下来，他搂了搂我的肩膀，说席德这家伙真是不得了。"

呸！我心里骂道。

她那热情洋溢的笑声顺着电话线传了过来。"当然，我们认识埃利斯也有些年头了，他曾骑着我们家的马多次参加业余赛，所以那赛事结束后，他回家途中顺道来这儿喝了一杯，那天太让人开心了！"她随即叹了口气。"然后就是那些杂种……席德，你一定要抓住他们！"

"但愿如此，"我说。

图框里许多地方都还空着。天上灰蒙蒙的，我心情也好不到哪里去。我驱车来到埃普索姆，酒吧里很拥挤，雨伞在滴着水。此时，六月里色彩缤纷的衣装一股脑儿躲进了单调的雨衣，只有那一株株天竺葵透出些亮色。

我心情郁闷，走到两岁马驹六乘八分之一英里赛区前的亮马圈，若有所思地望着那些马驹轻轻踏动的右前蹄。那幼嫩细长的前腿骨骼，承载着四百五十公斤的体重，以接近四十英里的时速向前疾驰而去。

以前我参加越野障碍赛，大都选用那些年岁较大的成年马，体重半吨左右，速度有些慢，从起点到终点，可跑完全程四英里，跳过三十个障碍，但就是这样的马，四只马腿也就和成年人手腕粗细相当。

从马的解剖图来看，其肩部以下的前肢包括前腿、膝部、管骨、球关节(又称踝关节)、骹骨以及马蹄。兰开夏郡那位农民拍下的彩色照片上，马蹄是从整条腿最细的部位切断的，那里紧贴着促使骹骨生长的球关节，事实上，马驹的骹骨和蹄子整个给切掉了。

遇到危险，马的本能反应极快，也很容易受到惊吓。年轻幼马很少会安静地待在那里，然而每一次都只用了一刀。事情发生时，那些可怜的畜生为何会安静地站在原地？为何不曾有一匹马嘶叫着向主人求救？

我走上看台，望着那些两岁的小马从山坡冲向左边山头，随即又仿佛一群飞鸟，绕过托特纳姆角迅疾奔下山腰，然后再按照胜负排成一条直线。

看到这里，我不禁哀叹一声。我最后一次参加比赛，已过去了漫长的五年。我不知道，我是否还在为此痛惜不已？

“沉思什么呢，席德老兄？”一位年长的训马师抓住我肘部问道。“喝杯加水苏格兰威士忌吧，让你好好思考个够！”他带我朝最近一家酒吧走去，我乖乖跟在后面，我的顾客找上门来，常常都是他这样一副漫不经心的模样。他这人训马颇为大气，花钱却很小气。

“听说你现在要价很高呵，”他递给我一只杯子，一边说道，话里并没有什么恶意。"给我干一天活，收多少钱？"

我开了个价。

"也太高了！免了吧，都是老交情了。"

我笑了笑，说道："你帮人家训马，免过多少回？"

"不是一码子事儿嘛。"

"那么你过去有几次让我免费骑马参加比赛的？"

"哦，那好吧，我就付你该死的费用。事情是这样的，我觉着让人给糊弄了，想请你帮忙查查清楚。"

好像他登了则招聘广告，眼下有个身兼司机、男仆和勤杂工的人有意前来应聘。他现在的雇主为他写了封充满溢美之辞的推荐信，他想知道值不值得让那人过来面试。

"她——"他说道。"那雇主是个女的——我收到来信便给她回了电话，想核对一下推荐人身份，这你明白的。她对那人可谓极尽夸奖之能事，但是……我也说不上来……她的话也太过分了，我想你应该明白我的意思。"

"你是说她巴不得那人赶快走人？"

"你总是这么直来直去，席德，这正是我的意思。"

他把那封满是溢美之辞的推荐信递了过来。

"没问题，"我一边看信，一边说道。"一天的费用，车旅费另算。我会打电话给你的，然后再把书面报告发给你。"

"你看上去还是位职业赛马手，"他埋怨道。"你身上最值钱的就是那双脚丫子了。"

我笑了笑，把信塞进口袋，喝下他的苏格兰威士忌，对他近来接二连三的战绩大加赞赏，最后总算让他开开心心地付了酒钱。

接下来我心情格外轻松，便优哉游哉，四处闲荡，把一天剩下的时光蹭了过去，谢天谢地，夜里总算没做噩梦。第二天上午，空气干爽，阳光明媚，德比赛马日到来了，而我那位《庞普报》记者，此时也已经做完手中的活计。

“锁好你的马驹！”他在报上这样警告道。“听说过削蹄狂吗？这家伙真让人不可思议！”

接下来，他简要概述了“四起球关节砍削事件”的相似之处，然后指出，德比赛马会是全国最大规模的赛事，比赛结束后当晚，夜里三点将会是明月高照，因此你没有必要使用手电筒之类。午夜时分，所有两岁的马驹都要像灰姑娘一样安全入户！“一旦……”最后，他以生花笔结束了警告。“一旦你察觉有人持刀溜进牧场，请即刻电话联系席德·哈利，哈利先生曾为职业赛马师，目下从事侦探行业，此处所刊信息均为其所提供，你可通过《庞普报》特别热线找到此人。联系《庞普报》！挽救小马驹！哈利来营救！”

我真的无法想像，他究竟用了什么手段，让最后几句话逃过了编辑的法眼，尤其是那个电话号码，这样一来，我就没必要再去担心这则消息不能传遍赛马场了。整个下午，人们和我谈起的也就只剩下这个话题了。

我自己倒是先给《庞普报》打去了电话，最后也总算找到了人，他告诉我说，凯文·米尔斯到火车撞击现场采访去了，临了还向我说了些抱歉之类的话。

“见鬼！”我说。“一旦马驹出事，有人报案，电话要怎么转给我？这件事不是我安排的，能靠得住吗？”

“别挂电话。”

我手握话筒，里面传过来另一个声音。

“凯文这会儿不在，我们会把所有哈利热线电话转到这个号码，”说着，他报出了庞特广场我家里的座机号码。

“米尔斯那混蛋！他哪去了？看我不拧断他的脖子！”

“去撞车现场了。他临走时留下了这个号码，说是可以找到你，还说你要随时了解有关马驹的任何消息。”

他的话一点没错，可那该死的铃声，我想，要是他事先提醒一下，我本来可以调高一些！

我心不在焉地看着比赛，此时，赛场上杀出一匹“黑马”。

埃利斯走了过来，拿《庞普报》上那则消息取笑于我。

“哈利热线！”他笑声爽朗，一边还亲切地拍着我的肩膀，一时间，我一直以来对于他的怀疑几乎烟消云散了。“真巧了，席德，我见到过其中一匹马驹，当然，当时还活蹦乱跳的。约克赛马会期间，我和几个好友留宿一户人家，回来后有人就把那匹马驹给弄残了。那家人原是多么开心，真不该摊上这样的事。”

“谁都不该摊上！”

“没错！”

“真正让人搞不懂的是作案动机，”我说。“我去问过所有马驹的主人，没有一匹投过保的，瑞琪尔·弗恩斯的那匹小马当然也不例外。”

他似乎来了兴趣，问道：“你说这和保险诈骗有关吗？”

“很容易让人想到，不是吗？理论上来讲，可以偷偷给马投保，从中获益，而且能够瞒过马驹的主人，这种事也不是没有过先例。你想想看，果真如此的话，保险公司的什么人看到《庞普报》上那则消息，或许会联想到什么来着。”最后我慢条斯理地说：“我不妨将这条消息复印下来，然后寄给相关的保险公司董事会，询问一下情况，并提请他们注意。”

“好主意！”他说。“但保险之类的事真能够取代赛马吗？和我们过去相比，你眼下的生活好像是太单调了。”

“对你而言，电视就能够取代赛马了吗？”

“说的没错，”他笑道。“冒险让人着迷，你说不是吗？电视这行当，只有一类工作谈得上是冒险，那就是报道战争，你留意过吗？战场上总是那么几位记者，一副忠心耿耿的样子，大谈而特谈本月或上个月发生的那点儿芝麻大的冲突，配上子弹横飞、乱石迸裂的画面，以证明他们是多么的英勇无畏。”

“你这是嫉妒，”我微笑道。

“什么脱口秀节目名主持人，有时真让我厌烦透了，备受欢迎又该如何！难道你不怀念那种纵横驰骋的感觉吗？”

“天天都想！”我说。

“你该是唯一懂我的人。没人能明白，名气永远也取代不了冒险！”

“那要看冒什么样的险。”

手，我想，冒险会让手付出代价的。

“祝你走运，‘热线’先生！”埃利斯说。

其实，真正走运的是那些两岁马驹的主人。德比赛马会结束后，我回到了家里，那天晚上，乃至整个通宵，电话一直响个不停，简直要打爆了。人们抑制不住内心的喜悦，讲述着那个草木皆兵的夜晚，那个惊悚颤栗的时刻。是夜，月光静静地洒向牧场，是夜，不曾有一匹小马或两岁马驹弄丢了马蹄。

接下来几天，兴趣与期待渐行渐远，直至完全消散。那是德比赛马会结束后第十二天，皇家阿斯科特赛马会最后一个夜晚，那一夜，令人毛骨悚然的尖叫声再一次响起。

第四章

德比赛马会结束后的星期一，我用去一天时间，将那封措辞花哨的推荐信摸了个一清二楚。我并没有事先和女雇主沟通（否则会事与愿违），而是直接把电话打给那位吝啬的训马师，向他提出了自己的建议。

“她想辞掉他，却不想让人家抓住把柄，落下非法解雇的罪名。”我说道。“他时常从她家偷些小东小西，几经转手后，出现在当地一家古玩店里。她无法证明那些东西就是自己家的，古玩店老板则大叫冤屈，那位女士则明确表示，只要男仆立马从她家里滚蛋，她就不再继续追究。她写信推荐他就是交易的一部分。男仆经常光顾本地一家赌场，赛马场上赌注很大。你还想雇用他吗？”

“雇他个鬼！”

“我会做份报告给你送去的，”我告诉他。“上面只消写上‘雇员招聘已讫’，你就可以申请免税了。”

他干笑一声：“你哪会儿需要推荐信，”他高兴地说。“我会把你写得天花乱坠的。”

“你没有机会的，”我说。“谢谢！”

我是在一处高速公路服务站的停车场给他打的电话。此时正值晚间，天色微暗，我正行驶在回家路上，到了庞特广场，天才真正暗了下来。传真机上有两页内容，我站在客厅里将传真看完，那杯苏格兰威士忌带来的惬意顿时烟消云散，悲伤的情景又将重新上演。

传真是凯文·米尔斯发来的。“我不清楚你为何想要这些名单，”他写道。“但既然答应了你，也希望它真能派上用场，我还是把全国赛马会前一天安特里午餐会上的宾客名单传了过来。”

名单上有那位来自兰开夏郡的脾气暴躁的农民，这也在情理之中，但排在名单第一位的，则着实让人心里为之一震。

“贵宾，”上面写道。“埃利斯·昆特！”

曾经被我驱散的种种疑虑此时又卷土重来，而且强劲十足。与此同时，我还在竭力自嘲并设法为自己辩护。

我根本不相信，也不可能相信，埃利斯竟会弄残一个孩子的小马，还有那三匹比赛用的马驹，这些马实际上已被他置于死地。不是埃利斯！不是的！这不可能！

知道哪里能找到四匹无人看守的马驹，这样的人总该不少于几十位，而两眼只是紧紧盯着一次真假难辨的巧合，如此取道实在是愚蠢之举。但尽管如此，我还是从抽屉里抽出那张图表，在“作案便利人”一栏中写下了不可思议的名字：埃利斯·昆特。字体很小，似乎这样就能减轻此人与案件的关联程度。

“动机”一直空着，目前显然还找不到合理的作案目的。可就是有人剜出了小马的双眼，这究竟是为了什么？为什么要写匿名信，为什么陷害那些素不相识的人？为什么要折磨孩子，录下他们恐惧的尖叫声？

我在上面写下了“自我满足”几个字，但似乎又没有说服力。精神错乱？精神变态？对无谓的暴力破坏无法抗拒的原始冲动？

所有这些都与我所了解的埃利斯不相符合，不该是那位曾与我同场竞技、一同欢笑且与我有着多年交情的埃利斯。我们自然不可能彻底了解一个人，但又不可能完全行同陌路。

我们果真能彻底了解一个人吗？

不能！

思绪纷乱如麻，我彻夜未能入眠。早上醒来，我把琳达·弗恩斯的支票原封未动的退了回去。

“还是没有进展，”我写道。“非常抱歉！”

两天后，支票重又寄了回来。

“亲爱的席德，”琳达信中写道。“钱还是留下吧。我知道，总有一天，你会查出那些恶棍的。我不晓得你和瑞琪尔说过什么，她比以前开心多了，自从你上周回来过一次，她再也没有做过噩梦。就凭这一点，我就该付你双倍的酬劳。你诚挚的琳达·弗恩斯。”

我把支票放进待办文件夹，抓紧处理完手头的文案，然后就去上柔道训练课了。

我所习练的柔道，是一种用来防身的微妙艺术，其微妙之处在于，通过平衡转移，可借力打力将对手制服。柔道讲究节奏，彰显力量和速度，或不妨说，有时其实就是向神经施加压力，因此，以我个人的体会，柔道永远是一种静心自律的修炼。空手道大喊大叫，踢脚劈腿，双手击打沙袋以突出攻击性，所有这些既悖于我之本性，亦非是我所需求。我不想凭借身体优势控制对方，也不愿主动与人大打出手。我一个独臂之人，体格轻小，高不过五尺七寸，有了这些无从弥补的缺陷，我但求自保，别无他求。

我心不在焉，做完常规动作，所有这些，充其量也就是一种精神安慰。其实，许多情况下，即使你能将对手摔到身后，危险也不会得以化解。

思绪滚滚，埃利斯总也挥之不去。

我搞错了，一定是搞错了！

他那副面庞，可谓家喻户晓了，他决不会怀揣利刃，趁黑夜冒危偷偷溜进牧场。

可他已经厌倦了名分，真的，他说过的，名分如何能取代冒险。他拥有了一切，竟还是不能知足。

但即便如此……又怎么可能是他！

德比赛马会结束后的第二周，我来到为期四天的皇家阿斯科特赛马会。我身着礼服，四处闲逛，马匹鬃毛闪亮，女人帽子奢华，我为之赞叹不已。我本该一如往常，驻足观赏一番，然而在我看来，这一切仿佛是悬在深渊之上的幻觉与假象。

埃利斯自然会天天到场，自然也在人群里找到了我。

"情况如何，'热线'先生？"

"寂静无声。"

"这不正如你所愿吗，"埃利斯友善却不乏揶揄地说。"那个迷恋马蹄的家伙让你给吓跑了。"

"希望他永远别再回来！"

"要是他不由自主呢？"埃利斯说。

我转过头来，看着他的眼睛。"那我就抓住他。"我说。

他笑了笑，目光移向别处。"谁都知道你是这一行的高手，但我敢打赌——"

"别，"我急忙打断了他。"别拿这件事打赌，运气不会好的！"

有人走过来给他递了眼色。他拍拍我的肩膀，声音一如往常，充满了关爱："回头见，席德。"说完便被人拉走了。我无法相信，真的是难以置信，他已经说出了原因，尽管还没有提到过程。

"要是他不由自主呢？"

强迫性冲动有可能导致无意识残暴行为吗？

不可能的……

是的，有可能的，而且已经一次次发生了。

但不可能发生在埃利斯身上，不，不可能的。

不在场证明，我想，我要寻找一条合理的途径。我要查出——无论如何都要查出——那些夜晚马匹受到攻击时埃利斯到底身在何处。我要证明不可能是埃利斯，这样我才会心安理得，才能舒一口气，重新回到原点，承认自己没有发现任何线索，再不要为琳达追查凶犯，然后怡然自得地让一切以失败告终。

阿斯科特金杯赛结束后的第二天早上，才刚五点，电话就响起了铃声，我睡眼惺忪地醒了过来。里面传来一个女人焦虑的声音，她大声叫道："我找席德·哈利！"

"我就是，"说着我坐起身来，一边斜眼看了看闹钟。

"什么？"

“我就是席德·哈利！”我硬是将哈欠憋了回去。真见鬼，才五点半！

“可我是打给《庞普报》的，向他们要了热线号码！”

我耐心地说：“热线电话他们会直接转到我这儿。我就是席德·哈利，请问您什么事？”

“天啊！”她说，声音已完全失去控制。“我们家马驹蹄子掉了！”

我一时喘不过气来，过了一会儿才说道：“您在哪？”

“在家！噢，我知道了，在伯克郡。”

“哪儿？具体在哪儿？”

“库姆·巴西特庄园，亨格福德南边。”

“另外……嗯……”我本来想问“情况怎么样”，但又觉得如此有失机巧，于是改口问道：“出了……什么事儿？”

“全都完了，大家都在哭叫！”

“叫兽医了吗？”

“刚打过电话，快到了！”

“警察呢？”

“派过人了。我们觉着还是应该给你打个电话！”

“好吧，”我回答说。“我这就过来，您愿意的话。”

“打电话就是想要你过来的！”

“请问姓名、地址？”

她一一报了给我：“贝蒂·布拉肯，库姆·巴西特庄园，”说着便结巴起来，似乎什么也记不起了。

“烦劳您，”我说。“告诉兽医，我来之前，不要将马和马蹄送去屠宰场。”

“我会的，”她抽抽咽咽地说。“天啊！为什么？为什么偏偏是我们的马驹？”

“我一小时后到，”我说。

要是他不由自主……

可这要经过多少周密的计划，要怎样偷偷摸摸，要冒多大的风险。说不定什么时候就给人看到了！

千万不要是埃利斯！我心里想。一定是别的什么混蛋，患上了这种无意识强迫性冲动症，就算有这种邪恶欲望，埃利斯也能够控制的！

千万不要是埃利斯！

无论谁人所为，他都必须立即罢手，我一定要让他罢手，要是我能够做到的话。

我用电池驱动的义肢握住电池驱动的剃刀，在奔驰车里刮过胡须。车子沿 M4 高速公路飞奔，以八十英里的时速驶向西南方向的伯克郡，时不时地，车速表指针会颤抖着跳向以前很少到达的刻度。也算是运气不错，测速雷达此时已安然入眠。

这是六月一个美丽的早晨，天气晴朗，空气清新。车子拐弯抹角，驶过库姆·巴西特庄园大门，在车道上停了下来。六点半时，我走进一座房门洞开的屋子，里面人头攒动，人声鼎沸，其中还夹杂着咬牙切齿声。

一看到我，那个打过电话的女人立即冲上前来。她双手在空中乱舞，一副彻底失控的狂躁模样。

“席德·哈利吗？谢天谢地！快给大家伙儿拿个主意吧！”

这“大家伙儿”中，有两位穿制服的警察，一大群家庭成员，乡里乡亲，漫游者，外加五六只宠物狗。

“马驹在哪？”我问。“马蹄呢？”

“牧场里，兽医在那儿。你的话我告诉他了，可这苏格兰人很倔。天知道他会不会等你，老家伙脾气坏得很。他——”

“带我过去，”我突然打断了她，没让她滔滔不绝地说个没完。

她眨了眨眼。“什么？哦，好吧，这边走。”

她立即起身，带我穿过这座大房子，房子后面上了漆的走廊让我想起安斯佛那幢老屋。我们一路走过枪械室、花房和杂物间，穿过一道后门，走进一处堆满垃圾箱的院落，再从这里穿过一道绿色花园木门，走过一条长满青草的小径，到了尽头，又穿过一道金属大门。正以为我们到了一个荒无人烟的去处，眼前突然出现一条小路，路上停满了各种车辆，十几个工人正在清洗牧场围栏。

我的向导个头瘦高，一副焦虑不安的样子。她看上去五十左右，下身旧背带裤，上身土褐色橄榄毛衣，一头灰白的乱发耷拉在高高的脑门儿上。她该是向来不修边幅的，但我有种强烈的感觉，对于她这样的女人，外表已显得无足轻重。

别人对她无不言听计从。见她走近，十几个清洗围栏的男人一个个挺直腰杆，用手触碰前额，异口同声道：“您早，布拉肯太太！”

她习惯性地点了点头。有个男的走过来推开那扇铁门，她带我走了进去。

牧场上，约莫三十步开外，站着两男一女，女的看上去颇有几分阳刚之气，再就是那匹只剩下三只蹄子的马驹。马驹还算安静，而那三个人，从肢体到面部表情，都显得极不耐烦。

当中有个男的走上前来迎接我们。他个子很高，满头白发，戴着帽子和一副黑边眼镜。

“您瞧，布拉肯太太，吩咐的我都照着做了，但要让您这小宝贝摆脱痛苦却为时已晚。您是席德·哈利吧，”说着，他极为不屑地瞥我一眼。“您也无能为力了吧。”他草草和我握了握了手，聊以表示他对我的不屑。

他带有浓重的苏格兰口音，言行举止分明给人一种气使颐指的感觉。他身后那个男的，其貌不扬，不爱张扬，始终是一言不发，冷眼旁观。

我走到马驹身边，见它此时还戴着嚼子，缰绳另一头由那个女人熟练地牵在手中。马驹毫无畏惧，两眼炯炯有神，平静地望着我。我用手微微蹭了蹭它的鼻子，轻轻和它交谈。它颇为费力地扬了扬头，随即又耷拉下来，仿佛在向我点头问好。我让它黑色的唇吻在我指关节上蹭来蹭去，用手慢慢梳理着它的脖颈，轻轻拍着它的身子。它皮肤非常干燥，没有痛苦，没有恐惧，也没有悲伤。

“用麻醉药了吗？”我问道。

“验了血才知道，”苏格兰人说。

“这会儿在验吗？”

“当然！”

从那个女人和另一个男人的表情可以看出，目前为止，还没有谁考虑到要给小马验血。

我绕着马驹的头部转了一圈，蹲下身来仔细察看右边的前腿，沿着腿的后部轻轻向下摸去。粗大的肌腱本该强健有力，紧绷绷的，但手到之处只能感觉到软塌塌一片。可悲的是，球关节非常整齐，看不到任何血迹。我将马的膝盖稍稍弯曲过来，察看一下断面：一刀贯穿，干净利索，断面整整齐齐，白骨森森，皮肉也切割齐整，仿佛厨师刀下巧夺天工的杰作。

马驹蹬了蹬腿，将膝盖从我手中挣脱出去。

我站起身来。

“怎么样？”苏格兰人挑衅地问道。

“马蹄在哪？”

“水槽后面，这里看不到。”他打住了话头。我刚转过身去，又听他突然说道：“不是在那儿发现的，我藏过去的，免得漫步者先给看到。”

“漫步者？”

“是的。”

布拉肯太太走了过来，她解释道：“每年六月都会有一个星期，本地所有漫步者俱乐部成员几乎是倾巢而出，在这一带乡下小径上漫步，公开向人们宣示他们的合法性。”

“要是老老实实待在路上，”苏格兰人非常反感。“那倒也是他们的权利。”

布拉肯太太点头道：“他们带着孩子，领着宠物狗，跑到这里来野餐，像在自己地盘上似的！”

“可是……他们什么时候发现马蹄的？”

“他们天一放亮就动身了，”布拉肯太太一脸沮丧的样子。“六月中旬，凌晨四点半左右，天还很凉。他们五点之前聚齐，先是从我们家地里穿过去，五点十五的时候，有人跑过来狠命敲门。三个孩子拼了命地叫喊，一个胡子拉碴、扎着马尾辫儿的男人尖叫着说，他遣责那帮精英。什么精英？他说有位漫步者拨通了报社电话，到场的竟是一位狂热的动物维权分子，还有满满一车打着‘禁止赛马’旗号的激进人士。”她翻了翻眼睛。“我都绝望了！”她说。“我们家宝贝马驹弄成这个样子，够糟的了，还让一帮人跑来闹翻了天！”

我突然意识到，管它闹剧不闹剧的，该回到正题上来了。我来到水槽边，想察看一下藏在后面的那只马蹄。草料撒得到处都是，我没有多想，弯腰将马蹄捡起。

以前其他斩断的马蹄我不曾见过，甚至还认为某些报道颇有失实之处。而这一次，我突然看到这只可怜的断蹄，这孤零零的一堆骨头，切断处血肉模糊，一片狼藉，将解剖学所能展示的优美神奇之处尽然破坏，我不禁也和所有马驹的主人一样义愤填膺，悲哀已极。

马蹄上钉着马掌，看上去很是轻巧，是牧场上专用来保护马驹前蹄的，上面还有十颗钉子起固定作用。眼前这只马掌传递了一种强有力的信息：文明在竭力呵护马蹄，而野蛮的暴徒却将其一刀斩下！

对于马匹，我向来喜爱有加。马和养马人或骑马人之间那种亲密无间的情感实可谓无以言表。马生活在另一个世界，用的是另一种语言，其直觉非常发达，缺乏人类的善恶判断能力，因而常能够容忍某种神秘的野性，或某种不可驯服的神秘精神。牧神潘恩佑护着每一匹马驹，那个砍断马蹄的家伙终将会得到报应。

我心情稍微平静了些，把马蹄放回到地上，然后取下腰上的手机，从笔记本上查到一个号码，拨通了一位朋友的电话，他眼下在兰伯恩一家马科医院做外科大夫。

“比尔吗？”我说。“我是席德·哈利。”

“睡你的觉吧，”他说。

“快醒醒！六点五十了，我现在伯克郡，这里有匹两岁的马驹右前蹄被人断掉了！”

“上帝！”他即刻清醒过来。

“想请你过来一下，你看行吗？”

“断多久了？还能缝上吗？”

“至少三个小时了吧，我想，或许更久，跟腱没任何反应，紧贴球关节切断的。”

“一刀贯穿，和别的马驹一样？”

我迟疑片刻。“别的马驹我没见过。”

“可你好像有什么事儿不太明白？”

“我想请你过来看看，”我说。

早些时候，我曾与比尔·罗斯金共同解决过不少别的难题。我们彼此信任，相处随意，即使久不联系，两人之间的情分也不会受到任何影响。

“马驹整体上怎么样？”他问。

“很安静，看不出有什么痛苦。”

“主人阔绰吗？”

“看样子像。”

“问他是否愿意把马驹运过来，当然还有那只蹄子。”

“是‘她’，”我说。“我来问问。”

我转达了比尔的建议，布拉肯太太打着迷人的哈欠，娇弱地说了声“好吧”。

比尔说：“用消过毒的敷料裹住马腿，蹄子另外用敷料包好，套上塑料袋，然后放进冰桶里。上面干净吗？”

“几个漫步者一早发现的。”

他嘟囔了一声。“我这就派辆救护车过来，”他说。“往哪儿开？”

我说了具体地点，随后补充道：“这儿有位苏格兰兽医，一直催着把马驹处理掉，你跟他说说好话吧。”

“让他接电话。”

我回到马驹身边，告诉兽医有人想和他聊几句，然后将手机递了过去。见苏格兰人一脸阴沉，布拉肯太太说道：“随便您呐，随便说句话吧。”她一再坚持下，比尔这才和他搭上了腔。

“好吧，”苏格兰人终于冷冷地说道。“不过您应该明白，布拉肯太太，即使他们成功接上马蹄，这匹马也不可能参加比赛了，但我的确怀疑他们真的能够接上！”

她只是简单地回答道：“那也值得一试，我不想失去它。”

实在说起来，这苏格兰人还真够意思：他打开药箱，取出敷料，熟练地包好马腿，然后有条不紊地将马蹄包了个严严实实。这当儿，旁边那群篱笆清洗工看得饶是有趣。五大三粗的女人抓起衣领，从她那饱经风霜的面颊上擦去几滴泪水，抽抽咽咽地领走了自己的工钱。最后，我和布拉肯太太总算回到了那间嘈杂的屋子。那帮漫游者简直是闹翻了天，整个一楼都仿佛变成了他们漫步的去处，而且大有朝其他楼层发展的趋势。布拉肯太太双手抱着脑袋，心烦意乱地说：“求你们了，请离开我家吧！”可她音量太小，没有一个人听进耳朵。

我向一位警察央求道：“您帮个忙，把这群家伙赶走吧！”终了，大多数人总算离开，宽敞的客厅里还剩下五六个人和三只宠物狗，地上乱糟糟地堆着塑料杯，杯子上古香古色的抛光画面残液淋漓。布拉肯太太像是患上了梦游症，随手拣起几只杯子，然后再抛到客厅其他地方。我头脑一直还算清醒，后来却也不知不觉地捧起纸篓跟了过去，从她手中接过一只只塑料杯子放了进去。

她茫然地望着我，说道："这匹马驹，花了我们二十五万英镑！"

"投过保吗？"

"没有，金银首饰也没投保。"

"也没上过健康险喽？"

"当然没有。"

她心不在焉，环视一下房间，安乐椅上坐着五个人，他们一个个无动于衷，不求别人相助，也无意帮助别人。

"谁去沏杯茶好吗？"她问道。

没有任何动静。

她像是要解释什么，对我说道："埃丝特八点才来上班。"

"嗯，"我说。"哦……这些位都是谁？"

"天啊！你瞧，我太失礼了！这是我丈夫。"她目光深情地落在一位秃顶老者身上，此人仿佛对身边发生的一切全都无动于衷。"他耳朵听不见了，但人挺可爱的。"

"我晓得的。"

"这是我姑姑，她大部分时间都住在这里。"

"姑姑"老态龙钟，一个无用而又自私的老太太。

"我们家房客，"布拉肯太太指着一对冷漠迟钝的夫妇说道。"他们租住在这儿。那位是我外甥。"

她原本举止还算得体，但介绍完最后一位，就再也把持不住，声音激愤难平，脸上现出愠怒之色。她外甥是个十几岁的少年，言辞偏激，态度轻慢。

这群人已到了与世无争的份儿上，看上去谁也不会与人合谋残害无辜的牲畜，即使那位令人讨厌的少年也不可能。此时他两眼正死死地盯着我，像是要引起我的注意。我心中突然闪过一个念头，他该不是想要通过心灵感应告诉我些什么吧。在我看来，这样的眼神不只是出于好奇，也没有任何不满与恐惧的成分。

我对布拉肯太太说："告诉我厨房在哪儿，我给你沏些茶来。"

"可你就一只手。"

我向她保证道："咱登不上珠穆朗玛峰，沏点儿茶肯定不成问题。"

我这点儿幽默竟让她的眼神不再像早晨那样恐惧了。"我陪你一起去。"她说。

和整个屋子一样，厨房也很是气派，足可以容纳几十个人。没怎么费事儿，一壶茶便沏好了。厨房中央有一张擦得铮亮的古木餐桌，我们坐下去用缸子喝起茶来。

"你和我想象的不一样，"她说。"让人觉得很温馨。"

我喜欢她，这感觉该是发自内心的。

她接着说："你不像我哥哥说的那样。我可能还没告诉你，牧场上陪兽医那位就是我哥哥，早晨就是他让我给你打电话的。他没有提到过你人很随和，只说你这人铁石心肠。我本该把你引荐给他的，可你看看这乱摊子……不管怎样，我还是很信赖他的，他住在邻村，早晨一让我叫醒就马上过来了。"

“那么，”我语气平淡地问道。“他是你外甥的父亲了？”

“天哪，不！我外甥……乔纳森……”她打住话头，摇了摇头。“乔纳森的事你不会感兴趣的。”

“说来听听。”

“是我妹妹的儿子，十五了，惹了麻烦，给学校开除了……是留校察看……他继父受不了他，妹妹也已经束手无策，我就说不妨让他来我这儿住段时间，尽管这法子起不了什么作用，我也没办法和他沟通，”她突然面露惊愕之色。“你不会以为他和马驹有什么瓜葛吧？”

“不，不！他惹了什么事儿？吸毒？”

她叹了口气，摇了摇头。“他伙同另外两个孩子偷了辆车，结果给撞了。乔纳森坐在后排，开车的那个小子，才十五岁，折断了脖子，人给废了。他们说那叫什么‘偷车兜风’，还乐呢！其实就是盗车贼！乔纳森不思悔改，地地道道就是猪脑袋一个！可所有这些都和我的马驹毫无干系……不会有任何干系的！”

“不会的，”我向她保证。“肯定不会的！”我喝了口热茶，问道：“在这一带，大家是否都知道你牧场上养着一匹宝马良驹？”

她点了点头。“马驹由伊娃照管，也没曾谈起过别的什么。整个村子的人都知道，你看今天这里有多热闹。村子里多半男人都跑过来了，还有那些‘漫步者’，唉，当时天刚麻麻亮。”

“你的朋友呢？”我脱口而出。

她点了点头，看上去很是沮丧。“没有谁不知道。我去年十月在家畜市场买到的。养到今天也真是个奇迹，它生得很晚，四月底才出生。下周就要接受训练了。啊，上帝！”

“对不起，”我说道，但这个问题无论如何也是绕不开的。“你的朋友中，都有谁亲眼见过马驹？”

此时她头脑已经清醒，情绪也早已稳定下来。“到过我家的人，谁也不可能做出这种事情！德克斯特老爷夫人会吗？当然不会！戈登，金妮·昆特，还有亲爱的埃利斯会吗？别犯傻了！尽管我也曾想到过，”她有些迟疑，接着说道。“他们也许会在别人面前提起马驹，可这已经不是秘密了，我说过的，从市场牵回来的时候，大家就已经知道了。”

“当然，”我说。

埃利斯！

喝完茶回到客厅，乔纳森，她那位外甥，又在直瞪瞪地看着我。过了一会儿，我想验证一下自己的感觉，便突然掉头朝门口走去，他毫无迟疑，起身跟了过来。

我出了客厅，穿过走廊，跨过敞开的前门，来到外面的车道上。

“席德·哈利！”他从背后叫道。

我转过身去，他在四步开外停了下来，仍是全神贯注地盯视着我。从口音和外表判断，他应该就读于名校，家里有钱有势，但言行举止却粗俗不堪。

“你都知道些什么？”我问道。

“嗨！瞧你！什么意思？”

我毫无勉强之意：“你有话想说，不是吗？”

“我不知道，你干吗这么想？”

我已经看出他有满肚子话要说，肯定错不了。他心里有话要讲，只是天性叛逆，一直未能开口。

我拿不准他是否生来就是如此顽劣，因而并不指望他会有什么好的表现。

我试着问道：“不到四点你就醒了？”

他瞪大了眼睛，却避而不答我的提问。

我又尝试着问道：“你讨厌帮助别人，对不对？但偶尔做点儿好事不会有人知道的，把你知道的事情告诉我，我可以在报上把你写得一无是处，至于你的恶名，决不会因此而受到任何影响。”

“去你的，”他说。

我等待着。

“她会宰了我的，”他说。“还有更糟糕的，她会赶我滚蛋的！”

“布拉肯太太？”

他点了点头。“贝蒂，我姨妈。”

“你干了什么？”

他用了几个古老的盎格鲁-撒克逊词语，想在我面前显摆一下男子汉气魄，大概以为这样就能把我给镇住。可悲！太可悲了！

“她给我定了那些该死的无聊规矩！”他说。“要我晚上十一点半之前必须回到家里！”

“昨天晚上，”我说。“你是不是破了规矩？”

“我留校察看了，”他说。“她告诉过你吗？”

“是的。”

他向我走近两步，这才是正常的谈话距离。

“她要是晓得我又溜出去了，”他说。“会送我去少年管教所的。”

“你是说她会告发你？”

他点了点头。“可是……妈的……马蹄给砍掉了……”

或许他内心深处毕竟有良善的一面，也就是偷偷车子罢了，不会去残害马驹的，也不会把那些小马弄瞎，他不是那种人。

“这件事儿我要是帮你摆平了，你会告诉我吗？”我问。

“她要保证不告诉阿奇，他知道了更糟！”

“嗯，”我说。“阿奇是谁？”

“我舅舅，贝蒂姨妈的哥哥。他这人很保守，老兄，他会拿鞭子抽我的！”

我不置可否，说道：“快把秘密告诉我吧。”

“再过三周我就要十六了。”他目不转睛地望着我，等待我作出反应，但他的话只是让我迷惑不解。我知道，“青少年”犯罪年龄界限为十八岁，按说他不会被送进成人监狱的。

乔纳森见我没有听懂，不耐烦地说：“性关系的事儿，男人是不论成年未成年的，女孩子才会。”

“你确定吗”

“她这么说的。”

“贝蒂姨妈？”我有些迷茫。

“不，你真迟钝，村里那个女人。”

“哦……啊！”

“她老头是跑长途的，一连好多个晚上都不回家。他会宰了我的！给管教了倒是好事儿。”

“也不见得，”我说。

“是她要我的，明白吗？我那是第一次。我在酒馆给她买了杯杜松子酒。”才十五岁，这种事肯定违法。

“这么说……嗯……”我说。“昨晚你是从村里回来的……具体什么时间？”

“天很黑，将近黎明时分吧。早些时候月光还很亮，可我回来晚了，一路跑回来的。她——贝蒂姨妈——她每天鸡叫醒来，不到六点就要把狗放出去。”

他很烦乱，我想他说的应该不假。

我想了想，问道：“当时你看到漫步者了吗？”

“没有，他们晚些时候才会到来。”

我屏住呼吸。问题只能接着问下去，但又不敢多想会是什么答案。

“那么你看见什么人了？”

“不是‘什么人’，是‘什么东西’。”他顿了顿，又开始刁蛮起来。“我没有去过村里！”他说。“我不会承认的！”

我点了点头。“你当时焦躁不安，难以入睡，就出去走了走。”

“是的，没错。”说完，他松了口气。

“然后就看见？”

“一辆路虎。”

果真不是“什么人”，而是“什么东西”。我松了口气，却又有些失望，于是说道：“这东西乡下并不希罕嘛。”

“是不希罕，可那辆路虎不是贝蒂姨妈的，崭新多了，蓝的，不是绿的。车子停在通向牧场的小径上，离大门不很远，车是空的。我当时也没多想，小径那里有路通向这座房子，离贝蒂姨妈的卧室就几英里远，平时我都是从那儿出去的。”

“要穿过堆满垃圾桶的院落，是那条路吗？”我问。

他惊呆了，样子有些滑稽。我没有向他解释，他姨妈早上带我从那里过来的。我接着问道："那车子会不会是哪位漫步者的？"

他很郁闷地说："我不晓得干吗要自找麻烦，告诉你这些。"

我问道："除了颜色，那辆车你还看到了什么？"

"没别的，我说过了。我当时只想赶快回到屋里，免得让人发现。"

我想了想，问道："你当时离它多远？"

"我还用手摸过，看到它的时候，都差点儿撞到车顶上了。我说过，我是沿小径一路跑回来的，天很黑，我只顾朝地上看了。"

"是从正面还是后面撞上去的？"

"正面，挡风玻璃有月光反射过来。我第一眼就看到了反光。"

"你摸到的是什么部位？"

"引擎罩。"他好像突然想起了什么，又补充道："很烫。"

"看到车牌了吗？"

"没那工夫，哪有心思为那种事儿浪费时间。"

"看到别的什么了吗？"

"没有。"

"你怎么知道当时车里没人？说不定有对情侣正在里面搂抱接吻呢。"

"嗨，没有的。我从车窗玻璃朝里看过。"

"车窗开着还是关着？"

"开着。"他的回答再一次让自己感到意外："我只是路过，匆匆看了一眼，里面没有人，只有一些机器，在前座后面。"

"哪种机器？"

“妈的我怎么知道？带手柄的，像是割草机。没细看，当时走得急，不想让人看见。”

“是啊，”我应和着。“发动机钥匙在吗？”

“嗨，”他像是受了伤害，反驳道：“我又没把车开走！”

“为什么不？”

“我不是见车就偷的，也从来不单干！”

“单干不好玩儿吗？”

“没那么好玩儿。”

“这么说钥匙在上面了？”

“我想是吧，没错。”

“一把还一串？”

“不知道。”

“有钥匙链吗？”

“你问题也太多了吧！”

“那么就想想再说。”

他很不情愿地说道：“好吧，我是看到点火钥匙了。”

“是吗？”

“一串钥匙，链子上挂着一枚银制马掌，马掌很小巧，钥匙链是很普通的那种。”

我们匆匆扫了对方一眼。

他说：“我当时什么也没有多想。”

“当然没有，”我附和道。“你不会的。好了，再回忆下。你用手碰到引擎罩时看到挡风玻璃了吗？”

“肯定看到了。”

“看到了什么？”

“什么也没有。你什么意思？”

“上面贴有纳税证吗？”

“肯定有的，难道没有吗？”他说。

“嗯，上面还有什么？比如招贴之类，上面写着‘救救老虎’什么的？”

“没有。”

“闭上眼睛好好想一想，”我引导他说。“你一路狂奔，不想让人看到，差点儿撞上一辆路虎，面部距离挡风玻璃近在咫尺——”

“有条红龙，”他打断了我的话。“红色圆环，里面有个像是龙的玩意儿。不很大，那种用透明胶粘在玻璃上的玩意儿。”

“太好了！”我说。“还有吗？”

他第一次神情专注地思考起来，只是再也记不起更多的情况。

“我和警方没一点瓜葛，”我说。“我不会坏了你留校察看的事儿，也不会把你出卖给姨妈，但我想把你告诉我的事情记录下来，假如我写的没什么问题，你同意在上面签字吗？”

“嗨，我真不知道，自己为什么要告诉你这些！”

“你说的也许至关重要，或许毫无价值。但我会查出这个家伙的……”上帝，请助我一臂之力吧，我心里想。我一定要说到做到！

“我也会的。”他这话发自内心，也许他真的还有希望。

他转过身去，快步走进屋子。我想，即使和他待在一起的人名声还算不坏，他也不希望别人看到。我慢步跟了进去，发现乔纳森并未回到客厅，几位神情木然的房客仍然坐在这里，脾气执拗的老姑姑撒着怨气，说是老早就让人给弄醒了，时不时地，那位聋丈夫总要机械地“嗯？”上一声，贝蒂·布拉肯神情茫然，也不知道愣愣地望着什么，三只宠物狗静静地躺在那里，此时此刻，仿佛只有它们才是清醒的。

我对布拉肯太太说：“家里有打字机吗？”

她漠然道：“办公室有一台。”

“嗯……”

“我带您过去。”她站起身来，把我领进屋子后面一处整洁的小房间，里面有各种通讯设备，看上去不太有人用过。

“我不清楚怎么用来着，”贝蒂·布拉肯坦率地说。“以前有个兼职秘书，每周来家里一次。您请便吧。”

我谢过她，她点点头走开了。我在防尘罩下找到一台电动打字机，插上电源。

我这样写道：

凌晨三点半左右，我实在难以入睡，便走出房间，到库姆·巴西特庄园庭院里散步。（我插入了日期）距离家庭围场大门不远的小径上，我从一辆停在那里的路虎旁边经过。车子是蓝色的，我没有看清车牌号码。我顺手摸了摸引擎罩，发动机还是热的。点火开关上插着钥匙，钥匙不只一把，全部串在钥匙环上，环上挂有一枚拴在链子上的银制马掌。车里空无一人，前座后面堆着几种器材，我没有仔细察看。隔着挡风玻璃，我看到红色圆圈里面用透明胶粘着一条红龙。我从车子旁边走过，回到了家里。

我在另一块防尘罩下找到一台复印机，然后拿着三份文件，离开办公室去找乔纳森。看到他的时候，他正躲在厨房里吃早饭。他放下麦片粥，将调羹悬在半空，一边念着我刚刚拟好的文件。我没有说话，抽出圆珠笔递了过去。

他迟疑片刻，耸了耸肩，龙飞凤舞地在第一个文件上签下自己的大名。

“怎么是三份？”他狐疑地问道，一边推开了两份复印件。

“一份你保存，”我平静地说。“一份我存档，另一份放入已经收集到的文件，这些文件可以帮我们抓住那个恶棍。”

“哦，”他想了想。“那好吧。”说着在另外两份文件上签了字。我递给他一份，他对自己的公民意识好像颇为满意。我离开时，见他还在读那份由我编辑过的证词。

回到客厅，我向那几位打听布拉肯太太去了哪里。她的姑姑，两个房客，还有她那位亲爱的聋丈夫，没有一个人搭理我的。

再次穿过屋子走廊和那个堆满垃圾桶的院落，我回到了牧场。此时，布拉肯太太、围栏清洗工、苏格兰兽医和她的哥哥正望着救护车慢慢靠近马驹。

所谓救护车，其实就是一架又窄又矮的拖车，拖车挂在一辆路虎后面，司机和马夫都是托运生病或受伤马匹的老手。在伊娃悲悲戚戚的呜咽声中，可怜的小马甩着脑袋，表情痛苦地踏着一条滑坡颤颤巍巍地走进车里。

“噢亲爱的，噢亲爱的，”身边的布拉肯太太低声说道。“我亲爱的，亲爱的，小伙子……他们怎么可以这样呢？”

我摇了摇头，瑞琪尔·弗恩斯的小马，还有那四匹宝贝马驹……到底是谁，竟然下得了手！

马驹被关进拖车，装着马蹄的冰桶也放了上去，于是，通向兰伯恩的十二英里悲惨之旅就此开始。

苏格兰兽医怜悯地拍了拍贝蒂的手臂，说了几句祝愿马驹的好话，然后开着车子离开了。

我取下手机，拨通《庞普报》，电话转到了那位坏脾气记者的家里。

凯文·米尔斯吼叫道："见鬼你去哪了？听说打你热线的人听到的都是电话留言，说你很快就会打过去。差不多五十个人打过电话，都是些漫步的。"

"是漫步者，"我说。

"你说什么？"

我给他做了解释。

"今天本来我休息，"他嘟囔道。"你能去酒馆见我吗？什么时间？五点？"

"七点吧，"我提议道。

"《庞普报》已经不是独家了，你知道吗？"他恳求道。"但你那儿要给我留着，可以吗伙计？我要内部独家消息！"

"那就留给你了。"

我关了手机，提醒布拉肯太太，说媒体可能要找上门来。

"噢不！"

"受害马驹多了去了，你们家的只不过是其中一匹。"

"阿奇！"她哀求地挥了挥手，转身向哥哥求助。她的一生中，他曾经千百次地给她慰藉，帮她排解过一个又一个难题。

"亲爱的贝蒂，"他说。"你不想面对媒体的话，就离开这里吧。”

“可是……”她有些踌躇。

“我不能再这样磨蹭下去了，”我说。

她哥哥赞许地看我一眼。他中等身材，体形瘦削，面色灰白，是那种很不起眼的男人，可眼睛却不同一般：棕色，明亮，机警。

是他让妹妹打电话给我的，看来他知道我很多事情，对此我感到颇不自在。

“认识一下吧，”他客气地说。“阿奇·柯克，贝蒂的哥哥。”

我说：“您好！”然后同他握了握手。

第五章

我随贝蒂、阿奇回到屋内，路上再次绕过那一堆垃圾桶。阿奇·柯克的车子停在庄园前门外，离我的车不远。

庄园女主人不想撇下丈夫独自离开，毫不知情的老人仍坐在那里"嗯？"个不停。经再三恳求，他才让人搀着穿过大厅和前门，钻进一辆老式的戴姆勒。在我眼中，这车子像极了保守派传统的政治宣言。

自己那辆奶黄色奔驰停在另一边。此时，我心里不免有些苦涩，这也算应了人们对我的评价吧：富足，冷峻，可靠为上，不爱炫耀，这一切都彰显得一清二楚，尤其是最后一点，此外当然还有速度。

贝蒂将她亲爱的丈夫哄进了车子后座，然后紧挨着坐了下来，一边用手轻轻地拍打着他。我猜想，抚摸已经代替了言语，成为他们之间的沟通方式。阿奇·柯克俨然成了总指挥，坐到方向盘后面开动了车子，临别前他只简短地留给我一句话："告知我。"

我不假思索，点了点头。告知什么呢！我所掌握的一切吧，我猜想。

我回到客厅，见那几位冷漠的房客已然站起身来，打算回到自己的房间。几只狗还在那里打盹，性情乖戾的姑姑尖声嚷叫，要埃丝特马上过来。埃丝特八点上班，无论什么人在场，漫步者、警察或别的什么，她也从来不会早到一刻。她个子矮小，头发花白，对自己的“权限范围”心里门儿清。听到喊叫，她令人生畏地出现在门口。

我离开两个唇枪舌剑的吵闹女人，去找乔纳森。唉，这是什么样的一家人！媒体不乐坏了才怪！四处查了个遍，也没有找到乔纳森，所以只能指望他凭着身上那股子野气避开手举话筒刨根问底的记者了。他发现的那辆路虎，里面或许就藏着砍刀，车子也许就是冲着马驹来的。假如可能，我要趁司机尚未将凶器隐藏起来查它个水落石出。

我首先想到了那匹马驹，于是发动车子，朝着北面的兰伯恩驶去。我心事重重，一边开车，一边盘算如何才能引起警方关注。你来我往地，我曾与警方打过多次交道，有的印象不错，有的则非常糟糕。通常而言，他们不喜欢我这样的自由侦探，而一旦发现我要抢了他们的饭碗，便会不遗余力地加以阻止。当然，有些时候，假如遇到侦办下去有可能遭到起诉的案子，他们也会很乐意地接手过去。我小心翼翼，尽量避开那些敏感区域，其中包括那些由赛马俱乐部和英国赛马委员会管辖的保安事务。我总是步步谨慎，即使有扑朔迷离的疑难案件得以告破，也不会前去邀功请赏，至于那些令人不屑的小案子，则更不会大肆张扬。

赛马俱乐部那边，我也常常是时而大出风头，时而令人生厌，主要就看当家的是哪一位了。至于同警方的合作，很大程度上取决于我搭上的是哪路警察，以及合作期间其个人生活所承受之压力大小。

此外，确认证据也变得越来越棘手了。就陪审团而言，不排除一切疑问，就不会相信警方。获准进入法庭的物证必须逐个传唤证人，并进行详细说明。比如说，你不能手举一把砍刀告诉对方："本人在某人的路虎上发现了此物，因此一定是某人砍掉了马蹄。"即便要到路虎上查找砍刀，你也必须持有一张特别搜查证，而不要说是席德·哈利，有些时候，这样的搜查证连警方也不易到手。

大体上，警察机关划分为不同的自治区域，比如泰晤士河谷警察局之类，各警局分别处理本地区刑事案件，而对其他地区发生的事情则可能不管不问。兰开夏郡的马驹致残案，约克郡警局很可能会闻所未闻。就是因为信息沟通严重滞后，过去几年连续发生的多起强奸案至今仍未告破，至于近来发生的系列马匹致残案，或许连必要的文件还没有收集齐全。

车子正缓缓行驶在通往兰伯恩的最后一段山路上，耳边突然响起了咔嗒咔嗒声。我把车停在一边，心中不禁一阵郁闷，想着也许是减震器出了毛病，果真如此的话，我对于这辆车也太过信任了。然而，车子停下后，咔嗒声仍是响个不停。我突然恍然大悟，于是钻出车门，绕到后面，用力掀开后备厢，才发现锁没上好。只见乔纳森卷曲在行李堆里，脚上只剩下一只鞋子，他把另一只拿在手里，正在对我的奶黄色奔驰动粗。见我掀开车盖，他暂时罢了手，转过脸来挑衅地望着我。

"见鬼，你在干吗？"我问他道。

好愚蠢的问题！他瞧了瞧手中那只鞋子。我转口厉声说道："滚出来！"

他扭动身子爬将出来，随即站到路的一边，很是平静地将手中那只鞋子套在脚上，没有看出半点儿道歉的意思。咣的一声，我使劲盖上了后备厢，然后转身回到驾驶座。他走上前来，想要爬进旁边的座位，却发现门是锁上的。他敲了敲玻璃窗，想引起我的注意。我不予理睬，发动引擎，将电动玻璃窗稍微往下一摇，对着他嚷道："兰伯恩，只有三英里了！"

"不要，嗨！你不要把我丢在这儿！"

想跟我赌！这样想着，将车子开上那条荒僻的公路。后视镜中，他正在没命的追赶，我将车速放慢一些，但还不至于让他追上。他还跟在车后拼命奔跑。

走了将近一英里，车子拐过一处弯道，他终于淡出我的视线。我踏下制动，停了下来。他绕过弯道，看见车子后，他加快了速度，一个箭步冲到驾驶座旁。车门仍是锁着，只留下三四英寸的缝隙。

"你这是干什么？"他厉声问道。

"什么干什么？"

"耍我！"

"后备厢上的锁给你搞坏了！"

"什么？"他有些困惑。"也就敲几下嘛，我没有钥匙。"他的态度明确告诉我，他没钥匙，所以才要敲锁！

"谁来掏钱修？"我问。

他似乎不太理解我为何如此小肚鸡肠，很不耐烦地说道："这跟那件事有关系吗？"

"什么那件事？"

"马驹的事！"

我让了步，侧身拉开驾驶座一旁的车门。他绕行过去，爬上来坐在了我身边。见他气喘吁吁的样子，我觉得很是有趣。

乔纳森在座位上安顿下来，竟忘了系上安全带。他的发型颇引人注目，让人想到青春期特有的躁动，他希望能够让人震惊，或至少能够引人注目。我觉得他手段颇不专业：用梳子蘸上双氧水，将头发漂成了斑驳的条纹状，看上去直而浓密，乱蓬蓬从中间一分为二，弯弯曲曲地沿着面颊耷拉下来，帘子似的遮去了一只眼睛；头发绕过后脑勺，从一只耳朵蜿蜒至另一只耳朵，齐整整地分切成一条直线，直线下面是刮得铮亮的头皮。在我看来，他这发型真是丑陋极了，但我终究不是一个十五岁的孩子。

毕竟，借发型宣泄一番也该是平常不过的事了。男人在光秃秃的脑袋中央扎上小辫儿，或是将胡须扎成小辫儿，女人将脑后别上一只只破旧不堪的发卡，这一切都不过是在表明："这就是我，我与众不同！"查理一世那个时代，长发男人可谓司空见惯，而叛逆的年轻男子却常常削去卷发，只留下一颗圆溜溜的头颅。阿奇·柯克一头白发就剪得短而整齐，很是利落。我自己满头黑发，任其滋生的话，会有种女人气十足的味道。迄今，发型仍然能够将一个人的内心世界表露无遗。

相反，戴上假发，这一切便会截然不同了。

我问乔纳森："你还记得别的事情吗？"

"不记得，真不记得了！"

"那你为何还要偷偷藏在车里？"

"嗨，伙计，让我消停下吧！那鬼地方，待在那儿，你要我一天到晚做什么？那位姨妈唠唠叨叨，我都快给逼疯了，还有埃丝特，死人都想从坟墓里跳出来掐死她！"

他的话有些道理，我想。

我一边想，一边沿最后一段山路向前滑行，朝兰伯恩方向驶去。

"说说你舅舅的事吧，阿奇·柯克，"我说。

"哪方面的？"

"随便，比如你可以先告诉我，他是做什么的。"

"他为政府做事。"

"什么事？"

"公务员吧，无聊死了！"

无聊？我想了想，阿奇的眼神里，我可没瞧出半点儿无聊的影子！

"他住在哪儿？"我问。

"雪莱绿地后面，离贝蒂姨妈家几英里远，没有他贝蒂姨妈就活不下去！"

到了兰伯恩，我转弯向马科医院驶去。这一路我们尽管放慢了车速，但那辆救护车显然开得更慢：马驹还没有从车上卸下来。

乔纳森一脸兴奋的样子，我猜想他该是第一次瞧见马腿让人砍断的情形，尽管他看到的不过是一条裹着敷料的断腿。

我对他说："你可以等我半个小时，要不就自由行动，不过要是再想偷车，我就亲眼瞧你丢掉留校察看的资格。"

"嗨，让咱歇歇嘛！"

"还没歇够吗！听着，就半小时！"

他瞪我一眼，一声没吭。我朝比尔·罗斯金走了过去。他身穿白大褂，正望着刚刚到来的"病人"。他一副心不在焉的样子，说声"你好，席德"，随后接过那只装有马蹄的冰桶。我跟在后面，走进一间满是量器和显微镜的小型实验室。

他解开马蹄，放在凳子上，仔细检查起来。

“干得真麻利，”他说。

“麻利又有什么好！”

“或许马驹当时就没什么感觉。”

“怎么做到的？”我问。

“嗯，”他想了想。“也只有这一个地方，换了别处，要截断马腿，非要用锯子锯穿骨头不可。如此精准，就是把大砍刀，也不一定能够一击而成。多次得手了，在不同的马驹身上，是吗？”

我点了点头。

“好吧，我们就来看看用的是不是那种猎剪。”

“猎剪？”我叫道。“你是说那种大剪刀，鸭子和野鸡开膛用的？”

“没错，就是那种玩意儿吧。”

“可要干这样的活，那种剪刀小了些吧。”

他噘了噘嘴。“那么会不会是刀呢？山上用来给鹿破膛的那种刀？”

“上帝啊！”

“虽然有挤压痕迹，我基本上还是觉得应该是那种大猎剪。可他又怎样能让马驹动也不动地站在那里呢？”

“地上撒有饲料。”

他闷闷不乐，点了点头。“卑鄙！”

“令人不耻！”

他仔细查看了球关节处红红白白的断面。“即便能接上马蹄，马驹也决不可能参加比赛了。”

“它主人知道的，她只想留它条活命。”

“最好还是领保险去吧。”

“没上保险。白花了二十五万英镑，但她伤心的并不是钱，她只是感到内疚。”

他能够明白，这种事他见得多了。最后他说：“试试吧，但我并不抱多大希望。”

“会给马蹄拍照吗？”

他看了看马蹄。“嗯，当然。拍照，X光检查，给马驹验血，显微缝合，哪一项都是价格不菲。我尽快给它实施麻醉，马蹄砍下的时间太长了……”他摇了摇头。“我尽力而为吧。”

“打我手机，”我把号码交给他。“随时。”

“回头见，席德，抓住那个家伙！”

他带着马蹄匆匆离开了。我回头去找乔纳森，发现他不仅没有离开，还兴奋地在那里跑来跑去。

“出什么事了？”我问。

“那辆拖马驹的路虎……”

“怎么啦？”

“挡风玻璃上有条红龙！”

“什么？可你说过是辆蓝色——”

“是的，没错，不是我在小径上看到的那辆路虎，可上面有条红龙，不完全一样，可那就是一条红龙！”

我回头看了看，救护车已然不见了踪影。

“他们开走了，”乔纳森说。“可我仔细看过，上面还有字母。”他话音里透着得意，在我看来，他的确应该得意。

“接着说，”我问道。“什么字母？”

“你不想说声‘干得好’吗？”

“干得好！什么字母？”

“E. S. M.，就在红色圆环外面。有空隙，不是印上去的。”他不太肯定我是否明白。

“我明白，”我让他放心。

我返回医院，找到比尔，问他什么时候买的路虎。

“本地一家修理厂从牛津弄来的。”

“E. S. M. 代表什么？”

“上帝才知道。”

“上帝不会告诉我的，牛津那家路虎公司叫什么名字？”

他大笑起来，稍微想了想，说道：“英国运动汽车公司(English Sporting Motors)。E. S. M.，我的天！”

“能告诉我那个公司什么人的名字吗？你具体跟谁做的交易？”

他不耐烦地说：“瞧，席德，我在设法清洗马蹄呢，看看有没有法子接到马腿上去。”

“我在设法抓住砍断马蹄的家伙！他当时开的可能是英国运动汽车公司售出的路虎！”

他说：“上帝！”他瞪圆了眼睛，急匆匆朝塞满文件柜的医院档案室跑去，没过多久，便找到一份财务收据，但却摇了摇头。

“村里泰德·詹姆斯或许可以帮你，我付过他钱，他直接和牛津那家公司做的交易，你只能去找泰德了。”

我谢过他，带上乔纳森，驱车赶往兰伯恩一个小镇上，找到了泰德·詹姆斯，他好像很是乐意为比尔·罗斯金这样的好主顾效劳。

“没问题，”他让我尽管放心。“去找牛津的罗杰·布鲁克吧，要我先打个电话吗？”

“有劳您了。”

“好嘞。”他对着话筒简单讲了几句，回头告诉我说：“忙着呢，周末交易量大，他总是忙得一塌糊涂，时间不太长的话，他可以帮你的。”

在英国运动汽车公司铺着地毯的销售办公室里，这个上午显得十分漫长，不过我终于有了和罗杰·布鲁克说话的机会，此时才十一点光景，还不算太晚。罗杰一身胖肉，很是圆滑，看上去颇为傲慢自大。他嘴巴紧绷，晃了晃脑袋，说是公司规定不可透露客户信息。

我可怜巴巴地说：“我不想招惹警察……”

“哦……”

“当然，给您添麻烦了，会有酬金的。”

酬金，听上去比贿赂体面得多，这一生中，我记不清曾经支付过别人多少酬金。

总算没太让人失望：红龙透明图案设计像是每年都会稍有不同，不同的时间都要做一些改进。我的理解大概没有问题。

我从外面将乔纳森带到罗杰面前，让他分别看过以前和现在的红龙图案，乔纳森十分肯定地从中挑出一枚，布鲁克说那是前年的设计。

“太好了，”我满意地说。“那年您售出过多少辆蓝色路虎？我的意思是，买主姓甚名谁，是实际买主，不是泰德·詹姆斯那样的经纪人。”

他张了张嘴，话却咽了回去，不过另一笔更大的酬金发挥了作用。“我们的丹佛小姐”帮忙打出了一张电脑清单，作为回报，我赏了一个吻给她。罗杰·布鲁克不失尊严地取走了他那份现款酬金，我则怀里揣着两百十一位蓝色路虎买主的姓名、住址，带着乔纳森钻进了奔驰。

我将名单过了一遍，乔纳森也想察看一番。他也应该有这份权利，我想，于是便随手递了过去。看到末尾，他一脸失望的样子，而我并没有告诉他，在那份名单上，有一个名字该是让我何等揪心。

其中一辆路虎卖给了特福德低地农场有限公司。

我曾经在那里用过午餐，该公司隶属于戈登·昆特。

那是一个周六的中午，车子停在英国运动汽车公司门外，我坐在车里，身边的乔纳森烦躁不安，不住地问我下一步该如何打算。

我说：“出去吃个汉堡，就当是午餐了，二十分钟后赶回来。”

他身上没钱，我给了他一些，再次嘱咐道：“二十分钟！”

他不置可否，竟是提前三分钟就赶了回来。他不在的时候，我想到了诸多令人不悦的事情，盘算着下一步该做些什么。他钻进车子，满口的生洋葱薯片味，我发动引擎，再次向南面的库姆·巴西特驶去。

“这是去哪？”

“去看你的贝蒂姨妈。”

“嗨！可她不在家啊，她去了阿奇那儿！”

“那我们就去阿奇家，你可以给我引路。”

他不太乐意，但离开牛津后，途中三次因红灯停车时，他并没有弃车而逃。我们按时赶到一幢只有库姆·巴西特庄园八分之一大小的房屋面前，坦白地说，没曾料想到，这幢房屋倒是颇有几分现代气息。

我迟疑地问道："你肯定就是这儿吗？"

"到狼窝了，没错！他不想见到我的！"

我钻出车子，按响了玻璃前廊上的那个绝对时尚的门铃，应门的女人个头矮小，满脸皱纹，身穿蓝色和淡紫色相间的无袖背心裙，活脱脱一只干瘪的苹果。

"哦……"见她满脸狐疑，我问道。"阿奇 · 柯克在吗？"

她瞄了我一眼，目光又探向车里的乔纳森，于是嘴巴即刻瘪起，做出了错误判断，旋风般缩回脑袋，请出了阿奇。阿奇故作不解："他来此有何贵干？"

"能占用您半个小时吗？"我问他道。

"乔纳森又闯了什么祸？"

"他可是帮了大忙！我来这儿向您求教的。"

"他帮了大忙？"

"是的。您能否暂且放下成见，给我半个小时，容我把这事儿解释清楚？"

他认认真真地打量我一番，棕色的眼睛一如既往，锐利而机敏。显而易见，他已经看出了眉目。

"请进吧，"一边说着，一边打开了前门。

"乔纳森有些怕您，"我告诉他道。"他嘴上不说，心里却着实怕您。先不要骂他好吗？让他进来，先不要理他？"

"这话意味着什么，你清楚吗？"

"我知道的，"我说。

"还没有人敢这样对我说话，"他说。实在说起来，我也只不过稍微违拗了他罢了。

我微笑地望着他。“那是因为他们对您了如指掌，而我今天早上才有幸认识您。”

“还有，”他说。“你这人极为敏锐，我早就有所耳闻。”

我曾有幸多次和他这样的人打过交道，而这一次也同样感受到了心理上的愉悦。一瞬间，我明白自己来对了地方。

阿奇·柯克走出门来，三步两步跨到车子跟前，隔着车窗说道：“乔纳森，请进屋吧！”

乔纳森目光穿过阿奇，向我求助，我使劲点了点头，示意他赶快答应。于是他离开避难所，脸色冰冷，极不情愿地朝屋内走去。

阿奇走在前面，穿过长短合度的门庭，来到一间中等大小的客厅，贝蒂·布拉肯，她的丈夫，还有那位小个子女人，正坐在扶手椅上喝着咖啡。

客厅里面满是书籍和古香古色的橡木家具，若是在昏暗的冬日黄昏，房间里亮起灯光，燃着炉火，倒也是个不错的去处，眼下正值绚丽多彩的六月，反有些让人感到不适。三张转将过来的面孔，瞧不出一丁点儿对那个爱惹麻烦的孩子表示欢迎的表情。

小个子女人自我介绍，说是阿奇的妻子。她缓缓站起身子，端给我一杯咖啡。“那个……嗯……乔纳森……可口可乐？”

乔纳森仿佛获得了大赦，跟她走进了隔壁厨房。我告诉贝蒂，我离开医院时，马驹正在施行手术，很快就会有消息的。她一时悲喜交集，我真担心她高兴得有些太早了。

我漫不经心地对阿奇说：“能和您私下聊聊吗？”他毫不迟疑地说道：“这边请。”然后带我来到了邻近的小房间，这里是他的书房，里面同样是一色的橡木家具和书籍。

“什么事？”他问道。

“我需要一位警察，”我说。

他朝我看了片刻，挥手让我坐在一张坚硬的橡木椅上，自己也在另一张椅子上坐了下来，一旁的书桌上堆满了各种各样的文件。

我向他讲述了乔纳森夜晚出去散步的事（当然是无辜版的），交代了我们在牛津追查路虎交易的情况。我说我知道那辆路虎眼下可能的去处，但手里没有搜查证，无权去查看那辆车子。他告诉我说，成功的起诉必须要有滴水不漏的证据，篡改或掉包根本就是行不通的。所以我才需要一位警察帮忙，但这人一定要听我使唤，愿意配合，决不能一脚将我蹬开，或是那种做事粗手粗脚的家伙。

“您或许认识什么人，”我最后说道。“我不知道还能求谁帮忙，打个比方，眼下我们已经发现对方的防御工事，就看能不能悄悄爬过去了。”

他坐直身子，像是有些茫然地望着我，头脑却着实没有闲下一刻。

他终于开口道：“今天早些时候，贝蒂叫来了当地警察，可是……”他迟疑片刻。“他们不是你想要的那种人。”他想了想，随手拿起一本通讯簿，翻出一个号码，拨通了对方的电话。

“诺曼，我是阿奇·柯克。”

这位诺曼不知何许人也，看样子很不乐意。

“这件事极为重要！”阿奇说。

诺曼显然是让了步，尽管很不情愿，还是给出了自己的建议。

“你最好不要弄错！”阿奇挂了电话，对我说道。“我可是把他欠我的十几次人情全都一笔勾销了。”

“请问他是哪位？”

“警督诺曼 · 皮克顿，泰晤士河谷警察局的。”

“妙极了！”我说。

“他下班了，现在砾石湖，人很年轻，聪明，有抱负。至于我嘛，”他眼里闪过一丝笑意，补充道。“地方法官一个，本人就有权签发搜查证，假如事情过后某人能收拾干净的话。”

我顿时张口结舌，他心里偷偷乐着。

“你还不知道？”他问我说。

我摇了摇头，脱口说道：“可乔纳森说你是公务员。”

“也不算错，”他说。“你使了什么手段，那乡下野小子，嘴巴竟让你给撬开了？”

“嗯……”我说。“皮克顿警督在砾石湖做什么呢？”

“滑水。”阿奇说。

到处是快艇和孩子，到处是泳衣和野餐聚会的场合。一大片茂密的草地上，有一处俱乐部会所，在绳索的牵引下，人们滑行在银波荡漾的水面上。

阿奇将戴姆勒停在一排轿车的尽头，我带着乔纳森，让奔驰车靠着戴姆勒停了下来。按照商定的计划，我们开来了两部车子，这样，完事儿后我可以返回伦敦，让阿奇带上乔纳森将布拉肯一家接回到库姆 · 巴西特。这样的安排乔纳森尽管并不热心，但还是老老实实地陪了我一个下午。守在我身边，总要比留在阿奇家闲逛开心得多，再说那个唠唠叨叨的姨妈也让人烦不胜烦。

来到湖边，他饶有兴趣的观望着身边那些有益的健身活动，竟有些跃跃欲试的样子。从阿奇家出来，他一路上问了我三个令人郁闷的问题，我只回答了其中的两个。

问题一："好久没这么爽过了！事情那么多，很快就干完了，你怎么做到的？"

我无法回答。

问题二："你偷过东西吗？"

"偷过巧克力棒。"我说。

问题三："你很在乎自己只有一只手吗？"

我冷冷地说："很在乎。"

他诧异地扫了我一眼，我顿时明白，他以为我会说"不介意"的。我想他还年纪太小，不知道这样的问题是应该回避的。但即使长大以后，他没准儿还是要问的。

我们钻出车子，来到滑水俱乐部。我问他道："会游泳吗？"

"饶了我吧！"

"那就跳到湖里去吧！"

"去你的！"说着便大笑起来。

此时，阿奇已经发现水上那个疾速掠过的身影正是我们要找的人。等了很久，一个身穿泳衣的大块头男人终于出现在眼前。他松开手里的绳索，娴熟而优雅地滑行到水边一处斜坡，满脸笑容地跳下滑板，对自己刚才露那一手颇为得意。他伸出湿漉漉的大手和阿奇握了握。

"抱歉让你们久等了，"他说。"我原想你们来的时候我也该结束了。"

他说话带着点儿伯克郡口音，显得自信而不失威严。

阿奇很正式地介绍道："诺曼，这是席德·哈利。"

我握了握他那又湿又凉的手，他不经意地打量我一番，就像我刚遇到阿奇时一样。这位警官的心思我一时还无法猜透。

"好吧，"他身子抖了一下，说道。"我去换换衣服。"

他扛起滑板，光着脚咯吱咯吱地走开了。五分钟不到，他回来了，下身牛仔裤，脚蹬运动鞋，上身开领衬衣和毛线衣，一头黑发仍是湿漉漉的，没有梳理，一根根钉子似的。

"好了，"他对我说。"说吧。"

"嗯……"我迟疑了一下。"能否让柯克先生的外甥乔纳森去玩会儿快艇？"

他和阿奇不约而同地朝不远处的乔纳森望去，见他正懒洋洋的靠在我那辆车子上。乔纳森总是不讨人喜欢，我想，他那叛逆的反权威发型把自己给毁掉了。

"他配玩什么快艇！"阿奇反驳说。

"我只是不想让他听到我要讲的话。"

"那就另当别论了，"诺曼·皮克顿说。"交给我吧。"

乔纳森悻悻地踏上快艇，由诺曼的儿子陪着，让诺曼的妻子带着在湖上兜风。我们望着快艇从面前呼啸而过，乔纳森那拖把似的头发一根根被风吹向了脑后。

"他现在正值不稳定时期，"我语气温和地对阿奇说。"身上也有不少优点。"

"也就是你这么想来着。"

"他想改过自新，可又怕丢了面子。"

两人对我的话慢慢咀嚼一番，然后又都摇了摇头。

我从口袋里掏出乔纳森签过字的证词，说道："看看这个再做定论吧。"

皮克顿和阿奇各自看了一遍。

阿奇难以置信地说："他从来都不讲话，这不会是他说的吧！"

"我问他的，"我解释道。"上面都是他的回答。我们一块儿去了牛津路虎交易中心，每售出一辆路虎，他们都会在挡风玻璃上面贴上一只红龙。如果不是乔纳森，我们也不会知道那辆停在小径上的路虎，包括谁有可能是车主，还有车子现在的去向。所以我真的认为，他有资格在湖里兜上一圈。"

"你要搜查证派什么用？"皮克顿问。"理由足够充分才能拿到搜查证，或至少要有令人信服的可能性，可以查到对案件有利的证据。"

"嗯，"我说。"乔纳森摸过那辆路虎的引擎罩，车子当时就停在牧场大门旁边，贝蒂·布拉肯家的马驹就是在那里被砍掉蹄子的。假如能找到哪辆路虎的引擎罩上留有乔纳森的手印，这样的证据不就足以证明你已经查出那辆车子了吗？"

皮克顿说："是的。"

"所以，"我放缓语速，继续说道。"假如把乔纳森留在湖边，而你带人过去找到那辆路虎，从上面提取到乔纳森的指纹，那就可以证明，指纹不是今天下午留下的，而是昨晚留下的。"

"以前就曾久闻大名！"皮克顿说。

"我想，"我说道。"指纹采集最好赶在下雨之前，或最好赶在车子送去清洗之前，您说是吗？"

“车子在哪？”皮克顿问道。

我掏出英国运动汽车公司的打印名单。“在这儿，”我说。“就是这辆。”

皮克顿默默地看着，阿奇则读出声来。

“这地方我知道，你一定搞错了！我去那里做过客，他们都是贝蒂的朋友。”

“也是我的朋友！”我说。

我话音里满是凄苦，他一定能听得出来。

“我们说的这是哪位？”皮克顿问道。

“戈登·昆特，”阿奇说。“纯粹一派胡言！”

“谁是戈登·昆特？”皮克顿追问道。

“埃利斯·昆特的父亲，”阿奇说。“你一定知道他。”

皮克顿点了点头，他的确知道。

“或者有可能，”我试着提了一句。“某人夜里借用了这辆路虎。”

“可你自己都不会相信，”皮克顿说。

“我倒是希望自己能够相信！”

“但这之间有什么联系？”皮克顿问。“还要再多找一些。特福德低地农场有限公司有辆蓝色路虎，年份吻合，这一点还远远不够。除非能够确定就是这辆车子，而决不是别的路虎，我们才能去采集指纹。”

阿奇沉思道：“搜查证管理现在严格多了。”

他和皮克顿从我身边走开，作为专业人士，他们与我这个来自民间的席德还是要保持一定距离的。我想，假如他们拒绝追查线索，就整个事件而言，对于我也该是一种解脱吧，果真如此的话，我就不必陷在里面了。可是，下个月还会到来，还有下一匹马驹……一次又一次得手，那种强迫症永远不会有结束的一天！

他们走了回来，问我为什么要把昆特一家和这个案子扯上干系，于是我将自己那张图表描述了一番。尚无最后定论，阿奇颇有见识地说，我告诉他还没有最终确定下来。

皮克顿重复着我刚才的话："瑞琪尔的小马是她父亲乔给买的，是埃利斯·昆特建议乔买的?

我说："瑞琪尔的小马被人砍断蹄子后，埃利斯还做了专题节目。"

"我看过的，"皮克顿说。

他们和我一样，也不愿意相信这是事实。好长一段时间，大家谁都没有开口讲话。

乔纳森回来了，风驰电掣地在湖上兜了这么多圈子，他看上去很是高兴。此时，诺曼·皮克顿匆匆走进俱乐部会所，从里面拿出一罐可乐塞到乔纳森手里。乔纳森用左手打开可乐，然后换到右手一饮而尽。诺曼漫不经心地接过空可乐罐，却只是捏着罐子的边沿。他问乔纳森是否愿意试试滑水，而不只是乘快艇兜风。

乔纳森正要兴致勃勃地接受邀请，却突然记起自己精心打造的刺儿头风格，于是说道："我无所谓，你硬要坚持的话，我想我只能悉听尊便了。"

"好嘞，"皮克顿开心地说。"我妻子负责驾驶，儿子观察绳索，我们这就去给你找来泳裤泳衣。"

他把乔纳森带走了。望着他们，阿奇满脸的不可思议。

“给他一次机会吧，”我小声说。“给他一次挑战。”

“发配到殖民地去，让他变成个男子汉？”

“玩笑，”我微笑着说。“以前倒是挺管用的。他很聪明，也很无聊，但还没有到不可救药的地步。”

“你这样的话，我这个地方法官变得软弱堕落的。”

“但愿你没说错。”

皮克顿回转来说道：“我返回之前就让那孩子待在这里，我们最好马上动身，带两辆车子，我的，还有哈利先生的，这样他随时就可以回伦敦了。阿奇，你的车子留在这里。有问题吗？”

阿奇说他不太放心乔纳森，车会给他偷走的。

“他要和同伴一起才偷车的，他觉着单干不好玩儿，”我说。

阿奇瞪大了眼睛。“这孩子一向什么都不说的！”

“给他找个冒险的活吧。”

皮克顿听见后说道：“比如说？”

“比如，”我毫无准备，说道。“比如说……嗯……送到钻油平台。在那儿干上两年，要他每天记日记，叫他学写东西。”

“老天！”阿奇晃着脑袋说。“他会闹得天翻地覆的！”

他锁了车门，将钥匙装进口袋，爬上我旁边的前排乘客座位。我们跟着诺曼的车子开进纽伯里，来到了他的办公地点。

我将车停在警局外面，坐在里面等候，阿奇和皮克顿走进去安排人员：摄影师，指纹鉴定师，皮克顿的侦缉员临时充当了书记官。

我坐在车里，午后的阳光透过挡风玻璃照射进来。真希望此时身在别处，真希望自己在忙着别的事情。

以前抓到的坏人，一个个与我毫无干系，或者是那些自认为曾经认识的人，大多数时候，我都会感到满足或为之释然，当然也会有遗憾，但从来没有过眼前这种绝望而无法自拔的感受。

埃利斯人见人爱，而我则将为万人不齿！

仇恨是不可避免的。

这一切我承受得起吗？

实际上，我已经别无选择。

阿奇和皮克顿从警局走了出来，身后跟着那批刚刚收罗来的人马。

阿奇从一边钻了进来，告诉我搜查证业已签毕，并说警长祝愿此次行动马到成功，我们这就可以赶往特福德低地农场有限公司了！

我一动不动地坐着，也没有启动车子。

“怎么啦？”阿奇盯住我的脸问道。

我痛苦地说：“埃利斯是我的朋友！”

第六章

特福德低地农场那幢舒适的正房前面，金妮·昆特正在花园里忙活着。她头顶大草帽，戴一双劳保手套，身穿灰色粗布工作服，想要拔除花圃里的杂草，却又显得力不从心。

“你好，亲爱的席德！”她一边热情地招呼我，一边丢开脏手套，站起身子将柔软的面颊贴过来让我亲吻。“真让人惊喜，可埃利斯不在这儿，你知道的，他去赛马了，完了回丽晶公园公寓，亲爱的，你得去那儿找他。”

她从我肩头望过去，看见诺曼一行正从车里钻出来，不禁心生疑惑，有些迟疑地问道：“你这些朋友都是谁，亲爱的？”话刚说完，随即现出如释重负的样子。“嗨，是阿奇·柯克！见到您真高兴。”

诺曼·皮克顿并不像我和阿奇那样碍于情面，一上来便直奔主题道：

“夫人，本人皮克顿，泰晤士河谷警察局警督。我有理由相信你们拥有一辆蓝色路虎，现持有搜查证对其进行检查。”

金妮有些慌乱，说道：“我们家有辆路虎，也不是什么秘密了。当然，我们是有一辆，您最好找我丈夫谈谈。席德……阿奇……这到底怎么回事？”

“或许这样的吧，”我苦着脸说道。“昨天夜里有人借走了您的路虎……嗯……做了不法的事。”

“请问我可以看看那辆路虎吗，夫人？”皮克顿执意要求道。

“应该就在农场里，”金妮说。“我让我丈夫带你们过去。”

就这样，残酷的剧情即将一步步展开。戈登怒冲冲走出屋子，情绪有些失控，但搜查是合法的，他无非只是抗议一番罢了。警员们各司其职，动起手来，拍照的拍照，取指纹的取指纹，有人还从车子的胎纹上收集了泥土样本，每进行一项，都由书记官认真记录在案。

搜查重点集中在车子的机械设备及前排座位后面各个部分。乔纳森所言不假，那两根疑似割草机把手的凸起物确实属于一台轻型的电动刈草机。除此之外，里面又查出十几根打围栏用的三角铁柱，一盘围栏铁丝，几件紧固工具，一包坚果饲料散着口，一条兽医常用的轧制皮围裙，两把铁锹，一把笨重的四齿钢叉，一把类似大砍刀的利器用麻布裹得严严实实。

那利器光滑锋利，还涂了油。

问及这些物件，戈登极不耐烦，咆哮着说，好工匠谁不爱惜自己的行头！他捡起一块破布，拎起一罐子油，以证明自己所言不假。刀子用来做甚？无非是清理沟渠，砍去林中多余的树枝，牧场上这类零零碎碎的杂活多了去了！

角铁下面尚有另一件稍长一些的麻布包裹，我不置可否地指了指，诺曼·皮克顿将其抽出并层层揭开。

里面是两根曾经上过漆的木头把柄，长度足有一米，锐利的一端还包了厚厚一层金属。

“修枝剪刀，”戈登说道。“林子里的枝蔓要一律剪去，你知道的，要不就会乱七八糟，什么也长不成。”

他伸手取过剪刀，为皮克顿演示如何操作。他用力将两只手柄拉开，另一端的刀口也随即张开，上过油的刀口光滑锋利，张开的宽度足可以咬紧一根三英寸粗的树枝。戈登猛地将手柄向里一合，金属刀口咔嗒一声紧紧咬在了一起。

“相当有用，”戈登点了点头，重又用抹布将剪刀包裹起来。

我、阿奇和皮克顿三人沉默不语。

我感觉有些想吐。

阿奇走开了，仍是一言不发，戈登不明所以，将麻布包裹放回路虎，跟了过去。“阿奇！搞什么名堂？”他困惑地问道。

皮克顿问我道：“行了吗？”

“行了，”我咽了口唾液，说道。“要是能仔细查看一下那把剪刀就好了！看上去很干净，可只要在刀口咬合处……铰链那地方……只要有一滴血……或是一根毛……那就够了，是不是？”

“这么说剪刀符合案情了？”

我轻轻点了点头。“柯克先生见过马驹的断腿，还有那只马蹄，我也见过。”我又吞了口唾液。“修枝剪刀！噢，上帝！”

“不就是一匹马嘛，”他颇不以为然，说道。

“有些人眼里，这些马驹不亚于他们的孩子，”我说。“假如有人砍去了你儿子一只脚呢？”

他瞪了我一眼。我冷冷地说：“过去三个星期，贝蒂·布拉肯是我遇到的第五位痛失马驹的主人，他们所遭受的痛苦会让你动容的。”

"我儿子，"他缓缓说道，"养过一条狗，让车给轧死了。真要了我们的命……饭都不要吃了……"他停了停，接着说道。"你和阿奇·柯克都是亲眼目睹的了。"

"还有全英国民众，"我提醒他道。"海德公园那些遭到恐怖分子残害的作战马匹，没有人不感到揪心的！"

他这个年龄，应该知道那场杀戮当时曾引起多大的媒体轰动，应该记得塞夫顿，那场残酷的狂轰滥炸的幸存者，为此所赢得了何等英雄般的殊荣，而那些葬送大批无辜马匹的炸弹，不过是军方为营造某种壮观场面而刻意引爆的。

而这一次，伟大的英国民众还将会一如既往地谴责这一罪恶行径，但却不会相信，也不可能相信，一位享誉全国的偶像竟是罪魁祸首。恐怖分子，是的！破坏者，是的！偶像……决不是！

跟着阿奇和戈登，我与皮克顿绕过正房，回到金妮身边。

"我真的弄不明白，"金妮哀怨地说。"你怎么会说这辆路虎有可能让人开出去做了不法的事……什么不法的事？"

没等皮克顿解释，戈登便插话过来。"这等事情，往往是盗窃之类的勾当！"他自负地说。"盗贼从哪里把车子弄走的？"

诺曼·皮克顿没有理会他的问题，反过来问他是否经常把钥匙留在车里。

"当然不会！"戈登像是受到了冒犯，说道。"但即使这样，区区一把钥匙绝对挡不住老练的盗贼！"

"假如你一不留神，钥匙落在了车里。请勿动怒，先生，我相信你是不会的。假如有人发现了钥匙，弄走了你这辆车子，是不是那把串在环上的钥匙呢？是不是上面还拴了一条银链子，链子另一端是一枚银制马掌？”

“啊，不是的，”金妮显得十分诚恳，插话道。“那是埃利斯的钥匙环，但马掌是白金的，不是银的，去年圣诞节我专门为他定做的。”

我驱车将阿奇·柯克送回纽伯里。前面一辆未上牌照的车子，坐的是四位警察及各类包裹整齐且标记清楚的物品，所有这些东西，收据均一并交给了戈登·昆特。

大剪刀及砍刀用麻布裹得严严实实，此外便是些破油布、加油壶、马饲料、即时拍下的红龙标志、精心保存的指纹样本等等。提取的指纹中，路虎引擎罩上那整只右手的影像尤其清晰，与乔纳森留在可乐罐上的右手手印完全吻合。

“绝对错不了，停在我妹妹家小径上的那辆路虎就是昆特家的，”阿奇说。“毫无疑问，埃利斯的钥匙当时就插在车上，可就是没有证据表明他本人当时就在附近。”

“是的，”我表示同意。“没有人看见他。”

“诺曼让你写报告了吗？”

“是的。”

“他会将你的报告，乔纳森的陈述，还有他自己的调查结果，一并呈交给皇家检察署，接下来就看他们的了。”

“嗯。”

众人一阵沉默。阿奇显然想找些话来安慰我，说道：“你做得棒极了！”

“这让我讨厌！”

"可你不会罢手的。"

假如他不会罢手的话……？假如我也不会罢手的话？

在警察局，阿奇与我告别时说："席德……我可以称你席德吗？我是阿奇，当然，这你知道的……你目前面临的情况，我的确有些想法，很想让你知道。"

"我……嗯……谢谢，"我说。"请稍等一下，我想和医院挂个电话，问问马驹怎么样了。"

他表情明朗起来，而我得到的消息却不是那么令人乐观。

"肌腱接上了，"比尔告诉我说。"部分血管也已经接好，现在马蹄已经可以正常供血了。神经系统向来是最棘手的，我已经尽了最大努力，严格说来，不感染的话，马蹄会安然无恙。现在整条腿都打了石膏，马驹尚未完全醒来。我们给它用了吊带，可你知道的，情况到底怎样现在还拿不准，马不像人恢复得那么快。当然参加比赛不可能了，至于生育……我知道它血统非常优良。给你提个醒，我不能打保票的。"

"你真的很棒！"

他嘿嘿笑道："我就爱听好话。"

我说："有位警官要过来采集马毛和马血。"

"太好了，抓住那个混蛋！"

我漫不经心，驱车行驶在伦敦车水马龙的街道上。来到酒馆时，已经比原先约定的时间晚了半个小时，《庞普报》的凯文·米尔斯早已离开，到处也看不到那个家伙：脑瓜铮亮，大腹便便，胡子上沾满啤酒泡沫，说起话来冷嘲热讽。

我并未感到遗憾，疲惫地溜达到吧台，要了些威士忌，再往里面兑足了蒸馏水。此刻我要做的事情，就是喝下这杯稀释过的“镇静剂”，回家找些吃的，然后蒙头大睡。我一边打着哈欠，一边想到，这会儿对我来说，睡觉该是头等大事了。

一个女声在身边响起，彻底打乱了刚才的设想。

“席德·哈利先生吗？”那女人问道。

我不情愿地扭过头去，只见她满头秀发乌黑发亮，一双淡蓝色眼睛明亮有神，嘴上涂了深红色唇膏，皮肤天生洁白无瑕，上面扑了一层薄薄的脂粉，浓黑的眉毛和睫毛衬托出轮廓分明的脸庞。时值六月，她却是一身皂衣。从面部看去，我感觉很难猜出她的实际年龄，误差总在十岁上下吧，再看那双手，红红的指甲修得整整齐齐，至多也就是三十岁光景。

“我是《庞普报》的，”她说。“我同事凯文·米尔斯去调查一桩强奸案了。”

我含糊地“噢”了一声。

“我叫英蒂娅·卡思卡特，”她自我介绍说。

我依然含糊地“噢”了一声。她的大名我曾经有所耳闻，也读过她写的东西。她主要撰写专栏文章，调查采访从不心慈手软，她是消解一切的复仇女神，她无情地揭露一切卑劣的人性。人们说她总是携带一把削笔刀，随时准备磨利握在手中的那一支笔。她这人也非常风趣，和所有的“庞普”迷一样，读她的文章，我也常常要为之开怀。

然而，无论当下还是将来，我都不打算成为她的猎物。

“我是来采访独家新闻的，”她说。

“哦，”我说。“恐怕没什么独家新闻。”

“你可说过的。”

“我倒是希望有，”我应和道。

“你一天都不接电话！”

我取下手机，佯装不解地看了看，终于发现了原因，于是说道：“自动关机了！”

她像是回过味儿来，说道：“早有人提醒过我，说你这人可是聪明得很！”

她这话不好回答，我便来了个不理不睬。

“我们一直在找你，你去了哪儿？”

“几个朋友在一起，”我说。

“我去过库姆·巴西特，知道我都见到些什么吗？没看见马驹，什么带蹄子的还是不带蹄子的。没找到席德·哈利，也不曾看见哭哭啼啼的马驹主人。有个疯疯傻傻的怪家伙告诉我说，所有的人都去了阿奇家。”

我慈爱地望着她。要说慈爱，装装样子我可是行家里手。

“于是，”英蒂娅显然有些厌恶，接着说道。“我去了雪莱绿地村庄，那位叫什么来着，阿奇博尔德……哦，对了，阿奇·柯克家里。你可知道我看到了什么？”

“看到了什么？”

“至少有五位记者，五花八门的摄影师，阿奇博尔德·柯克太太，还有那个老是‘呃？’个不停的老先生！”

“还有呢？”

“柯克太太躺在那里，瞪着两眼，嘴里唠叨个不停，说是她也不晓得大家伙儿都去了哪儿，折腾了三个小时，我回到库姆·巴西特去找漫步者。”

“找着了吗？”

“他们徒步行走了二十英里，翻过一道墙梯，来到一处牧场，牧场里养着一头公牛。一人惊慌失措，穿过后面一扇篱笆冲将出去，剩下的留在那里争论不休，说是要将农场主告上法庭，他竟在公路上放养这种危险的动物。一个扎着马尾辫的男人说道，他也要起诉布拉肯太太，她要是将马驹圈在马厩里，他女儿的歇斯底里症就不会发作了。”

“生活就是一出没完没了的闹剧，”我说。

我马上意识到说错话了，只听她随口不满地问道：“你对虐待动物就是这样的态度了？”

“不是的。”

“那么你是说漫步者？”

“小径是很重要的，”我说。

她朝我身后的侍者喊道：“一杯气泡矿泉水，加冰块柠檬。”

她理所当然地为自己的饮料买了单。我真不知道，那咄咄逼人的神态有多少是自然而然或刻意而为的，不知道她是否会因人而对自己的神态做出适当调整。我喜欢观察别人交谈的样子，并常常从中了解到不少有用的信息。

“你这样做很不公平，”她的目光掠过卡在杯子边上的那片儿柠檬，一边打量着我，一边说道。“你是通过《庞普报》热线才去库姆·巴西特的，凯文说你一定会还上这个人情，那就还了吧。”

“热线是他的主意，要是没有那上百个报假案的电话，点子倒还不错。可今晚我的确没什么可讲的。”

“不是没的可讲，而是不想讲。”

“两者常常是一回事儿。”

“请不要跟我讲大道理！”

“我每周都喜欢读你的专栏文章，”我说。

“你就不想起点儿什么作用吗？”

“这要看你了。”

她抬了抬下巴。“权贵们总是恳求我不要把真相发表出去。”

我不想和她针锋相对，也不想再和她要笑逗弄，于是不置可否，只是和蔼地看她一眼。

她突然问道：“你结婚了吗？”

“离了。”

“有孩子吗？”

我摇了摇头。“你呢？”

她更习惯于讯问别人，而不是让人讯问，迟疑了片刻，这才说道：“和你一样。”

喝着威士忌，我说：“请转告凯文，我很抱歉，不能提供他需要的内幕。告诉他我周一约他出来聊聊。”

“这可不太好。”

“是的，嗯……可我真的无能为力。”

“是不是别人付你钱了？”她问道。“别家报社？”

我摇了摇头。“或许周一吧，”我说。我把空杯子放上吧台：“回头见。”

“等等！”她目光直视着我，不是女权主义者那种公然挑衅的神态，倒更像是一位后生看到自己在战场上败给前辈而不得不做出让步。我想，英蒂娅·卡思卡特或许不会要求我放弃自己最拿手的技能，而以此作为与我保持婚姻关系的条件。我曾经娶来一位可爱温柔的姑娘，却让她的生活变得苦不堪言，这该是我人生中最为惨痛的败绩了。

英蒂娅·卡思卡特说道："你饿吗？我一整天没吃东西了，我的费用还够两个人共进晚餐的。"

真是祸不单行，坏事成双！我心中快速闪过《庞普报》第十五页整整一个版面的内容，想象着自己或被详细报道的可能性，然后一如既往地作出决定，不能总想着打安全牌。恪守伟大的箴言：小心翼翼，铤而走险。

"餐馆由谁来选？"我微笑着问道，一边警觉到对方眼神中闪过一丝得意的喜悦，她心下在想：鱼一上钩，就等于抓到手了。

我们来到一家热闹拥挤的餐馆，这里灯光明亮，四周的墙壁上镶着黑色镜面，该是熟人聚会的现成去处了。这便是英蒂娅的选择，此处是英蒂娅常来常往的所在。我们跟在一位口齿不清的侍者身后，朝中央一张很是显眼的餐桌走去，其间好几双手讨好地向她鼓起掌来。

英蒂娅·卡思卡特接受了人们的喝彩，我则像一个彗星尾巴，让她拖在后面，她却不将我介绍给任何人。

菜单上洋洋洒洒，名堂之多令人咋舌，而我依旧保持了长期以来养成的习惯，简单点了几样适合用一只手对付的饭菜：一份西洋菜慕斯，一份咖喱鸭，外加烤制香蕉片。英蒂娅点了油焖茄子拌香草酱，然后又要了一份分量不菲的酥脆青蛙腿，无拘无束地用手一只只送进嘴里。

在这家餐馆，最大的妙处便是声音嘈杂之极，私下谈话几乎是不可能的：无论你谈些什么，邻桌总能听得一清二楚。

“那么，”英蒂娅提高了嗓门，牙齿一闪一闪的。“贝蒂·布拉肯流泪了吗？”

“我没看见眼泪。”

“那马驹值多少？”

我吃了几片儿烤香蕉，觉得比焦糖味的好多了。“谁知道呢，”我说。

“凯文告诉过我，主人花了二十五万英镑买来的。你一直都在推诿。”

“花多少和值多少不是一回事儿，或许它能在德比赛马会上中了头彩呢，那样的话可就值好几百万了。谁能说得准。”

“你总爱这样玩文字游戏吗？”

“常常这样，”我点了点头。“彼此彼此。”

“你哪里读的书？”

“问凯文吧，”我微笑说。

“凯文只给我讲了你不想让我知道的事情。”

“比如说？”

“比如你平静的外表很容易骗了别人，比如别人长神经的地方你却长了钨丝，比如你对你那只断手极为敏感，如此这般，等等，等等。”

我非将凯文掐死不可，我想。“蛙腿味道如何？”

“太有嚼劲了。”

“不要紧的，”我说。“你有满口锋利的牙齿。”

她明显有了变化，不再那么目空一切，反而有些迟迟疑疑的样子，我都有些喜欢她了。

当然，喜欢她是很冒险的。

吃完咖喱和蛙腿，我们喝了纯咖啡，其间两人的目光偶尔还会碰在一起。我想，她刚见到我时，心里肯定是一大堆形容词和一段段评语，而我初遇到她时，则带着几分急于满足的好奇心，到了这会儿，我终于知道，这位鼎鼎大名、笔锋犀利的专栏作家，餐桌上究是何种吃相了。

观其言行举止，看不出她在床上会是什么样子，大概不至于像条响尾蛇扭成一团吧，说实话，我压根儿都没想过要尝试一番，弄个明白。至于她自己，似乎早就习惯了这种事儿理应由对方主动开口。

她说到做到，用《庞普报》信用卡付了饭钱，而心里却清清楚楚：到了周一，我会老老实实为自己的那份买单，为凯文备好一份独家消息。

我答应一有消息便会告知，并提出开车送她回家。

“你知道我住在哪儿吗？”

“随便哪吧，”我说。

“谢谢，这会儿还有公交。”

我没有勉强。我们在餐馆外面的人行道上分了手，没有亲吻，没有握手，她只是向我点了点头，然后转过身去，头也不回地离开了：我不相信，她就此便会放过了我。

周日早上，我再次打开琳达借给我的蓝色手提箱，通读了有关肯特郡小马致残事件的所有简报，又将埃利斯为马驹主人制作的二十分钟节目录像重新播放一遍，从不同的视角观看，竟还是差一点吐了出来。

屏幕上，他还是那样亲切，还是那样魅力超凡，还是那样沉稳老练。他用两只胳膊怜悯地将瑞琪尔搂在怀里，英俊的面庞上充满了同情与愤慨。刺瞎马眼，砍断马蹄，他说，所有这些与谋杀有何两样！

我心中充满了厌恶。埃利斯，你竟也忍心？

可假如这一切他只是无法控制呢？

我又将带子播放一遍，更为仔细地观看了各个细节，认认真真地听他都说些什么。

他天生的舞台表演才能实在无懈可击。有一个镜头，他正向所有的孩子大发慈悲之心：马具室内，他让孩子们绕着干草堆坐成一圈，他们一个个身穿马裤，其中两三个孩子还戴了骑士帽。他自己则蹲在他们中间，十分随意地穿一件深色运动衣，头上的鸭舌帽檐推向了脑后，胸前的口袋里插了一副太阳镜。不少孩子都流下了眼泪，他将自己的手绢递了过去，为他们一一抚去心中的哀伤。

面对镜头，他的那些措词再一次把孩子们带回到那一幕幕活生生的恐怖场景："一刀贯入，留下空洞洞的眼窝，眼球沿面颊瞬时滚落"，"月光下，一匹骄傲的纯种良驹银光闪闪"。

声音里满是同情与关爱，那触目惊心的画面不再让人不堪。

"月光下，一匹骄傲的纯种良驹银光闪闪"：这正是瑞琪尔梦魇中的情景。

"月光下"：他分明在月光下看到了那匹小马。

带子播放到第三遍，我闭目聆听，尽量避开他那张熟悉的面孔，避开让他拥在怀里的瑞琪尔。

他说道："在那些坚果饲料的诱惑下，一匹银色小马越过牧场，毫无戒备地一路小跑过去。”

这件事他不应该知道的。

就算弗恩斯家有人提过，于是他得知了事情的原委。

可弗恩斯一家没人会提到的，他们从未让银孩儿吃过坚果！坚果是那个毁灭者趁黑夜偷偷带过来的！

当然，埃利斯也许会说，这一切都是他虚构的，一切不过是巧合罢了。我将带子倒回去重新播放一遍，眼睛只是呆呆地望向别处。埃利斯可以巧舌如簧，埃利斯可以让人人信以为真。

下午，我给诺曼写了一份十分详尽的报告，你知道，这可并非什么好差事。

周一一大早，按照他的要求，我驱车赶往纽伯里警察局，亲自将这份封得严严实实的报告交给了他。

“和人提起过吗？”他问。

“没有。”

“尤其是昆特一家！”

“绝对没有！但是……”我迟疑了片刻。“这家人关系极是密切，很有可能，周六晚上或是昨天，戈登夫妇已经告知埃利斯，我们三人曾经过来打探了他们家那辆路虎的情况，而且你还带走了那把大剪刀。我想你心里必须有所准备，埃利斯已经知道有人查到了他的头上。”

他厌烦地点了点头。“埃利斯·昆特居住在城区，我们是泰晤士河谷辖区，因而无从对其实施调查……”

“你是说你们无法将其带到摄政公园监狱，问他一些敏感的问题，比如周六凌晨三点他在做什么来着？”

“不错，我们不能亲自讯问。”

“我原以为这些辖区界限早已打破了呢。”

“凡事都需要时间嘛。”

我让他把手头的问题排摸清楚，自己则驱车朝肯特郡驶去。心里想着要送给瑞琪尔一件礼物讨她欢喜，途中便绕道去了金斯顿迷宫乐园。停了车子，我流连于一家家铺面，一边寻找着灵感。

在一个橱窗前面，我停下了脚步，橱窗里，一只只狗崽儿闹得正欢。或许瑞琪尔需要一只活物让她宠着，这样就可以代替了那匹小马，又或许琳达不喜欢家里将养一只让人讨厌的小狗，把她的家具撕扯得七零八落。这样想着，我还是走进了宠物商店，于是乎，来到琳达·弗恩斯家门口时，我的车子里竟是堆满了鱼缸、水草、迷你城堡、电动水泵、小灯泡、鱼饲料和说明书，外加三桶分量不小的热带鱼。

大门口，瑞琪尔翘首以待，正准备迎接我的到来。

“迟到半个小时了，”她娇嗔道。“你说过的，十二点前会赶来的。”

“M25，时速二十五英里，听说过吗？”

“那条路呵，哼，现如今人人都拿来当作借口。”

“好了，我道歉。”

她的秃头还是那样让人触目惊心，气色看上去还好，只是由于服用了大量的激素，一张小脸显得圆而丰满。她身穿一件宽松的太阳裙，两腿又细又长，脚上蹬一双软运动鞋。别人的孩子，自己竟是爱到了如此地步，真让人感到不可思议，然而此时此刻，我内心深处有生以来第一次产生了强烈的父爱。

珍妮不想要小孩，说是我每次参加赛马比赛，都有可能让她沦为寡妇，孩子的事当时我还真没有太过在意。假如再要结婚的话，我真想生个女儿，一边想着，一边跟着瑞琪尔走进屋子。

见到我时，琳达笑得无比灿烂，她轻轻吻了吻我，随手递过来一杯杜松子酒。午饭准备的是意大利面条，桌子摆好后，几碟热气腾腾的菜肴端了上来。

“两个小时前，瑞琪尔就跑出去等你了！”她说。“真不知道你拿这孩子怎么了。”

“她还好吗？”

“就是高兴。”说着突然转过身去，差点儿又流出泪来。“再来点儿酒，你说过有事要告诉我。”

“等等吧，吃完饭再说。我给瑞琪尔带礼物来了。”

午饭后，鱼缸收到了极佳效果。瑞琪尔立刻给迷住了，琳达也兴致勃勃地打着下手。“谢天谢地你总算没送给她小狗，”她说。“我受不了脚边有动物跑来跑去，就因为我不让乔送给她狗，她才想要匹小马的。”

活泼健康的小鱼在哥特式城堡废墟间欢快地游走，水草起伏摇曳，灯光色彩纷呈，气泡上下翻涌，瑞琪尔撒进一些鱼料，望着她的新朋友争相逐食。

宠物店老板劝我买只大一号的鱼缸，看来他确实很有眼光。此时，瑞琪尔苍白的脸上容光焕发，坐在一旁婴儿车里的佩戈狄也瞪起两眼，张大了嘴巴。琳达随我一起走进了花园。

“骨髓移植有消息吗？”我问。

“这正是我要给你说的第一件事。”

我们在长凳上坐了下来。正值蔷薇花开，这一天美得令人心醉。

琳达悲伤地说：“瑞琪尔患的是急性淋巴细胞白血病，采用化学疗法，病情十有八九能得到缓解，超过百分之九十的时间都会是这样，其中有十分之七的患儿会出现持久性症状缓解，五年以后，他们也就算完全治愈了。说来也怪，女孩儿的几率要高于男孩儿，但百分之三十的孩子都会复发。”

她停了下来。

“瑞琪尔的病复发了？”

“噢，席德！”

“告诉我。”

她尽力想要把话说完，但刚一开口便流下泪来。“糟糕的是，不到两年，瑞琪尔的病就又复发了。本来已经长了头发，可一开始服药，就又掉光了。那些药又让病情得到了缓解，而且效果很好，二次治疗，这种情况非常难得。但我从医生的表情可以看出，不到万不得已，他们不建议实施移植手术，原因是骨髓移植只有一半的成功率。我总想着骨髓移植一定能够挽救她，其实也只是有这个可能。如果能找到组织配型，他们就会通过放射疗法把瑞琪尔的骨髓全部杀死，这会让孩子呕吐不止，痛苦不堪。骨髓全部死亡后，他们再由血管输入新的骨髓，这样的话，血液中就不会再有血癌成分了，而且一般都能成功……有时候，还可以给孩子输入不同类型的血液，真是不可思议！瑞琪尔是A型血，骨髓移植后，有可能会变成B型或其他类型。眼下已经做到这一步了，总有一天，他们就能医好所有人的病了。可是……噢……”

她抽咽不止，我用一只胳膊揽住了她的双肩。灾难永无尽头，太多的人失去了自己的伊甸园。

我耐心等待着，直到她平静下来，才告诉她自己查到了那个残害银孩儿的家伙。

“你不会愿意听的，”我说。“最好不要让瑞琪尔知道真相。她平时看报吗？”

“只看《花生漫画》。”

“电视新闻呢？”

“她不喜欢那些关于孩子挨饿的新闻，”琳达胆怯地望着我。“我就是想让她知道是谁害死了银孩儿，我花钱雇你没别的原因。”

我从口袋里掏出一个信封放到她手上，里面装着她开给我的那张支票，这会儿已经让我扯成了四片儿。

“我不喜欢自己查到的结果，也不想收你的钱。琳达……我真的非常遗憾……砍断银孩儿蹄子的正是埃利斯·昆特本人。”

一惊之下，她竟是跳了起来，顿时怒火中烧，浑身颤抖。

我该慢慢讲给她听才好，我想，可是话已经说出去了。

“你怎么能这样说？”她追问道。“怎么就能这样？你全搞错了，他不可能的！你简直疯了，竟说出这样的话来！”

我也站起身来。“琳达……”

“别说了，我不要听，我不要！他人那么好，你真是疯了！你对于他的非难，我自然不要告诉瑞琪尔，那会让她心里烦乱，再说你也弄错了。我知道你真心对她好……还有我……可早知道你会这样造谣中伤，我决不会请你来的。请……你走吧。走吧，这就走！”

我微微耸了耸肩，她反应也太激烈了，可长期以来，她情绪上一直都处于紧张状态，我理解她，但理解又有何用。

我劝慰她道："琳达，听我说。"

"不！"

我说："埃利斯也是我多年的朋友，我心里也很难过。"

她双手堵住耳朵，转过身去尖声叫道："走开，走开！"

我很不自在，说道："那么，打电话给我吧。"她不予理睬。

我轻轻拍了拍她的肩膀，她猛地一下闪开，向草坪那边跑出老远。过了一会儿，我转身回到了屋里。

"妈妈哭了吗？"瑞琪尔问道，一边望着窗外。"我听到她大声喊叫了。"

"她有些烦躁。"尽管心里不悦，我还是微笑道："她会没事的，鱼儿怎么样？"

"很棒！"她跪下身子，凝视着那小小的水族世界。

"我得走了，"我说。

"再见。"她像是非常肯定我还会回来的，眼前不过是朋友之间暂时分手。她头也没回，只是看着那些鱼儿。

"再见，"说完，我悲伤地驱车朝伦敦驶去，心里想到，琳达不过是第一位，拒绝与怀疑这才刚刚开始。

到了庞特广场，我刚刚打开家门，屋里就响起了电话。我倒了杯水，从冰箱取出冰块放了进去，下午天气真热，于是猛灌几口，接着又给左臂更换了电池，电话还在响个不停。

最后，我拿起了话筒。

"见鬼你究竟哪儿去了？"

满耳都是伯克郡口音，并非无理的言辞，而是有用的信息。原来是诺曼·皮克顿，泰晤士河谷警察局警督。

"你一定听到消息了。"

"什么消息？"我问。

"你是不是脑袋埋进了沙子？没有收音机吗？"

"出什么事了？"

"埃利斯·昆特被拘押了，"他说。

"他什么啦？"

"是的，嗯，听好了，像是被拘押了。他住在医院，由警方监护。"

"诺曼！"我有些迷茫，说道："从头讲起吧。"

"好吧。"听上去煞是耐心，像是在对孩子说话。"今晨，伦敦警察厅两位便衣来到摄政公园埃利斯·昆特那套公寓，拟定例行公事的询问一下周六凌晨他身在何处。二人刚至正门，即见埃利斯走出大楼，于是迎上前去，亮明身份，亮出徽章。当其时，"皮克顿清了清嗓子，操着一口乏味的行话继续说道。"……当其时，埃利斯·昆特先生将其中一位警官一把推开，因用力过猛，该警官身体失去平衡，冲上快车道，一辆疾驶而来的轿车将其撞翻在地。昆特先生向车道急速奔去，试图穿过马路，甩开警察。此时，一辆公交迎面驶来，因躲闪不及，昆特先生被其撞倒在地。昆特先生昏迷不醒，并因多处擦伤而被送进医院，目前住在监护病房，有关调查正在继续。"

我问他道："你是不是在读书面记录？"

"正是。"

"可否用你自己的语言将问题简单解释一遍？"

"我在上班，还有别的人在。"

"好吧，"我说。"埃利斯慌了神儿吗？他是否觉得让人给算计了？”

皮克顿似笑非笑地说：“我说是前者，可他的律师非要说是后者。可你知道吗？在医院里，他们从他口袋中翻出厚厚一沓钞票，还有他的护照。”

“不！”

“这也并不违法。”

“他怎么说？”

“他什么都还没说。”

“被他推倒的警察情况如何？”

“断了条腿，还算走运。”

“还有……埃利斯何时能苏醒过来？”

“这要看伦敦警察厅了，例行公事的话，拟定起诉期间，他们会拘留他七十二小时，依我看，这事儿还很难说，以他的能量，或许不出几个小时就能出去了。”

“我的报告你怎么处理的？”

“报送有关当局了。”

“当局”这字眼儿颇为暧昧，试想有哪个部门会自称“当局”呢？

“谢谢打来电话，”我说。

“保持联系，”这话听上去倒更像是发号施令。

我放下听筒，这才发现传真机上有一张凯文·米尔斯涂鸦似的手写留言，留言用的是顶端印着“《庞普报》”的信纸。

他真可谓直抒胸臆了：

“席德，你这狗屎！”

第七章

这一周过得真是糟糕，周四早上收到琳达的来信，情绪才稍有好转。信写得相当急躁，字体歪歪扭扭，很不规则，可见写信人焦虑不安的矛盾心情。

亲爱的席德：

非常抱歉我那样和你讲话。我还是不能相信埃利斯·昆特会砍断银孩儿的蹄子，可是我又分明记得，来这儿做电视节目的时候，他早就知道很多已经发生的事情，我是说报上没有提到的那些事，如银孩儿爱吃马料坚果什么的，我们从来没有告诉过他，所以也不清楚他是怎么知道的，我不晓得谁告诉过他，可小马是乔让埃利斯买的，所以我想埃利斯应该知道过去的事情，比如银孩儿来我们家之前喂食的是坚果。

不管怎么说，我还是认为你错怪了埃利斯。你那么好心，给瑞琪尔买了鱼缸，这几天她都离不开了。她老是问我你什么时候回来，我不想告诉她，事情弄成这个样子，你再也不会回来了，所以我在想，你下次来看我们的话，我不会再说你错怪了埃利斯。为了瑞琪尔，我

求你了。

今天，埃利斯没让那辆可怕的公共汽车撞伤，我们都很高兴。

你诚挚的

琳达·弗恩斯

回信中，我感谢她给我写这封信，接受了她的邀请，并答应很快就会去电话。

周二，埃利斯因“人身伤害罪”受到起诉，罪名是将一“攻击者”推入危险车道，致使其被一飞速驶来的机动车卷入车底，此行为并非故意实施，案件“暂缓调查”期间，当事人暂行释放。

诺曼·皮克顿带着幻灭的口吻对我说道：“他们没收了他的护照，就这一件事还算值得一提。他的律师指着警察的鼻子尖声嚷道：这是恶意中伤。”

“埃利斯眼下在哪儿？”

“留心你的背后！你的报告目前由皇家检察署掌握，我的也是一样。”

“这么说你也不清楚他现在在哪儿？”

“或许是英国，或许是任何一处不需要护照的地方。在法庭上，他告诉法官原已决定到澳大利亚制作一个体育节目，所以将护照带在身上，因为他需要办理去往澳大利亚的签证。”

“千万不要低估了他的智商，”我说。

“他最好也要当心你的智商。”

“我们俩也算得上知根知底了。”

周三下午，埃利斯一如既往地出现在电视演播室，对他来说，生活似乎毫无任何异样。而等他刚刚完成一档由观众参与的体育竞猜节目录音，三位身穿制服的警官便将其悄悄逮捕。埃利斯在监禁中度过整整一个夜晚，周四上午，他因切断一匹马驹的蹄子而受到指控，准确地说，应该是一匹昂贵的两岁纯种马驹的右前蹄，其主人系伯克郡库姆·巴西特庄园的伊丽莎白·布拉肯女士。举国上下，大多数民众对此义愤填膺，法官只得再将其拘押七天，该措施一般适用于那些以谋杀罪而被起诉的当事人。

诺曼·皮克顿打来了电话，用的是我家里的号码。

“就当我没有讲过，”他说。“明白吗？”

“我只当用棉球堵住了耳朵。”

“这可关系到我的饭碗。”

“明白的，”我说。“我守口如瓶。”

“嗯，”他说。“这我相信。”

“诺曼？”

“纸是包不住火的。那个打断你手臂的人，我查看了他的审讯记录，你没有向他提过他想知道的事情吧？”

“是的……哦……谁都有犯傻的时候。”

“有些人的确会犯傻。我看你还是把棉球从耳朵里取出来吧。知道埃利斯·昆特拘留七天的原因吧，因为他被捕后想拿领带把自己吊死在班房里。”

“他没能得手！”

“他这样的身份，当时谁也没有想到要取走他的腰带和领带，局子里也没有谁相信对于他的指控，眼下整个情形就是如此，上头在相互推诿，谁也不要把事实真相公之于众。所以，席德……”

“我发誓，”我说。

“下周他们会再拘留他七天，一是想阻止他自杀，再就是因为……”是否能完全信任我，他此时又产生了动摇，这毕竟关系到个人的职业生涯。

“我发誓！”我即刻再一次承诺道。“假如你希望我对什么事情保持缄默，我发誓一定会守口如瓶！”

“上帝！”他不再像刚才那样顾虑重重，接着说道：“那把大剪刀的铰合处查到了马血，抹布上以及麻袋里都有马血和马毛。他们已经在兰伯恩的医院里采集到马驹的血液和毛发，所有样本都已送去做DNA检测，结果下周出来。”

“埃利斯知道吗？”

“我想那就是他要尽早做个了断的原因了。领带是爱马仕的，说来也巧，上面设计有马蹄形图案。领带是丝绸的，他简单打了个结，结果松开了。”

“我的上帝……”

“我老是忘记他是你的朋友。不管怎么说，那些律师已经见过他了，都是资深的。眼下他仍在装出一身轻松的样子，他为你感到悲哀，席德，说你冤枉了他。他的律师要求出示证据，以证明埃利斯当夜曾经到过库姆·巴西特，我们则要求对方出示证据，以证明他当夜不在现场。他的律师知道，只要能找到可靠的不在场证据，以证明埃利斯不曾到过任何马驹残害案现场，我们就只能放弃诉讼了，然而目前为止，他们尚未如愿以偿。来日方长，他们会不惜一切寻找下去的，等着瞧吧。”

“是啊。”

“任何有关路虎的证据都不会见诸报端，原因是只要将其拘留，待审理法即会生效。一般情况下，这会对我们有利，但你席德就不一样了，审讯没有结束，你就无法公开为自己的清白进行辩解。”

“即使审讯结束，我也未必能为自己辩解。”

“陪审团是难以捉摸的。”

“法律也是，狗屎一堆。”

“局子里已经有人说你这是疯了，他们说埃利斯名气太大了，他无论走到哪里，都会有人认出他的，因此，假如没有谁认出他，那就可以证明他不在现场。”

“嗯，”我说。“这一点我也想到了。周末有空吗？”

“这周不行，周一可以吗？”

“我要看能否与阿奇商定些事情……还有乔纳森。”

“对了，还有件事，”诺曼说。“那辆路虎曾经出现在库姆·巴西特，这可是铁的事实，可乔纳森一旦来到证人席，很容易就会让埃利斯的律师团一口吞掉。因盗窃车辆而被留校察看，这算什么证人？”

“我知道，关于证人的情况，陪审团无权查知。我曾经旁听过一次中央刑事法庭的审讯，当时，出庭作证的是一位穿着漂亮入时的二十六岁少年，魅力四射，却满口胡言乱语，而陪审团却无从得知，这孩子曾因诈骗罪早已锒铛入狱，他出庭作证，竟是刚从监狱中提过来的，途中只是简单地理了理发，更了更衣，陪审团竟以为这孩子煞是可爱！所谓的陪审团，也不过尔尔！”

"你不相信陪审制吗？"

"假如他们能够了解更多的事实，我自然会相信的。可一半的真相都被掩盖起来，陪审团如何确定有罪还是无罪？在法庭上，任何证据都是许可的。"

"你也太天真了。"

"你别忘了，我席德不过一介平民。法律竭尽全力保护被告的最大权益，谋杀案的受害者绝没有任何机会向法庭提供证据。兰伯恩的那匹马驹不会讲话，所以谋害动物要安全得多。我很遗憾，但埃利斯堕落到如此地步，我实在无法容忍。"

他断然道："证人席上，感情用事适得其反！"

"不用担心，到了法庭，我会变成一块冰的。"

"早听说过。"

"你听说的也太多了吧！"

他大笑起来。"有个'老同学'网站，"他说。"输入口令，一个全新的世界就会展现在面前。"

"什么口令？"

"无可奉告。"

"别闹了，什么口令？"

"阿奇，"他说。

我足足沉默了十秒钟，回想起初次见面时他那双警觉而富于智慧的眼睛：他对我了如指掌，我对他却知之甚少。

我问："阿奇在政府机构究竟做什么的？"

"我觉得，"诺曼说。"他和你很相像，席德。你不该知道的，他不会告诉你。"

“周一我去哪儿找你？”

“警察局，就说你是约翰·保罗·琼斯。”

周五，凯文·米尔斯占据了《庞普报》整个头版，原本用来报道内阁部长性丑闻的版面，这次全部让给了对于我的谩骂与诋毁。“《庞普报》，”他提醒读者道。“曾为席德·哈利开设一条马驹遭袭热线，所有马驹的主人均被告知将马厩牢牢锁好，德比赛马会结束后，该措施收到极好的效果。现在我们严正声明，《庞普报》决不承认席德·哈利之于埃利斯·昆特荒谬可笑的指控，埃利斯决不是虐待那些无辜马匹的恶魔。早年，埃利斯·昆特灿若明星，曾为全国一流业余赛马手，即时起，他便开始对纯种马驹钟爱有加，在赛马这种古老的绅士运动中，这位广受爱戴的英雄勇敢而无畏地面对一切危险。”

类似的表述还有很多。

“详情可见第十版，又及第十五版英蒂娅·卡思卡特女士之专栏。”

我想我必须做好最坏的打算。我看了头条专栏文章：“前赛马手可否任其充当伪侦探？（答案：不！当然不可！）”最后，我翻到了英蒂娅·卡思卡特那篇东西：

席德·哈利，曾沾沾自喜地自称为冠军，在很短的时间内，他先后失去了职业，丢掉了自己的老婆和左手，而后他无奈地看到，他的那位朋友竟一跃成为全国上下家喻户晓的超级明星，而他则认为，这一切的一切都应该属于自己。然而，这位可怜而可悲的小男人，他可

曾知晓他在与何人开起了玩笑？他决不是埃利斯·昆特，他早已过时，他有严重的心理问题，他要竭力毁掉让他妒火中烧的东西。

这一切只是开始。接下来，她无情而又极不准确地剖析了一个人对于速度的冲动，却完全忽略了如下事实：或许埃利斯本人也同样不乏渴求速度与力量的自卑情结呢？

我对于胜利的无情欲望，英蒂娅·卡思卡特写道，毁掉了我人生中一切美好的东西，而眼下我又要置我的朋友埃利斯·昆特于死地，也出于同样的求胜心理，这样的野心简直到了疯狂的地步。

《庞普报》决不会坐视不管，席德·哈利这只臭虫，迟早要被碾得粉碎，《庞普报》要将其彻底根除，哈利编造的神话注定要彻底完蛋。

这臭婊子，真是该死，我想。十八年来，我第一次把自己灌醉了。

周六早上，我头疼欲裂，满屋子的呻吟。我看到传真机上有封电文。

信是手写的，非常潦草，信纸抬头印有《庞普报》字样……凯文·米尔斯。

席德，对不起了，可这是你自找的。

你也就是一堆狗屎。

星期天，大部分时间都花在了录音电话上，耳朵里灌满了千篇一律的信息。

有两个留言，总算驱散了心中的阴霾。

一条来自我以前的岳父查尔斯·罗兰：“席德，有什么麻烦，安斯佛永远欢迎你！”另一条是阿奇·柯克留下的：“我在家里，诺曼·皮克顿说你想见我。”

我满怀感激，心下想到，这两人多么相像：头脑冷静，乐于倾听，而不只是贸然指责。

我给查尔斯回了电话，听到我还算理智，他像是松了口气。

“我很好，”我说。

“不过埃利斯可是个满身盔甲的骑士。”

“是的。”

“你真的清楚吗，席德？”

“绝对清楚！”

“可是金妮……还有戈登……他们可是我们的朋友。”

“嗯，”我说。“假如我砍掉了人家的马蹄，你会怎么做？”

“可你不会的。”

“是的。”

我叹了口气。麻烦就麻烦在这儿，没有谁相信埃利斯会做出这等事来。

“席德，随时可以过来，”查尔斯说。

“你就是我的支柱，”我强作轻松的样子，说道。“需要的话，我会来的。”

“那好吧。”

我又给阿奇打了电话，问他乔纳森是否还住在贝蒂·布拉肯家。

阿奇说："我一直在和诺曼商量事情，乔纳森迷上了滑水，每天都待在湖里。贝蒂花掉了好几百镑，说是这样也值，总算能让他走出屋子了。他明天还去湖边，我们是不是在那儿碰头？"

确定了见面时间，我起身前去赴约。

到了湖边，乔纳森已经滑出去老远。

"他在那儿，"诺曼用手指了指说。

乔纳森一袭深红色泳衣，正脚踏滑板在水面上快速移动，时而一跃而起，腾入空中来一个漂亮的筋斗，然后稳稳地落向水面的滑板。

"是那个吗，"阿奇简直不相信自己的眼睛，问道。"那是乔纳森吗？"

"真是天生的，"诺曼说道。"这些日子我几乎天天来这里，他不仅平衡意识极强，姿势也拿捏得恰到好处，关键是非常胆大。"

我和阿奇望着乔纳森朝岸边滑了过来，他丢下绳索和滑板，很是自信地走上斜坡，那派头比起诺曼来毫无逊色之处。

乔纳森咧嘴笑了笑，额头上一缕缕湿漉漉的头发被风吹到了脑袋后面，乔纳森变了，瞧他那一脸灿烂的笑容。

看到阿奇木讷而惊异的面孔，他原本兴高采烈的神情顿时暗淡下来。我从车里取出一个柔软的运动包递了过去，让他拿去更衣室把衣服换上。

"嗨，"他说。"好吧。"他拎着旅行包，捡起滑板，光着脚丫子走开了。

"难以置信！"阿奇说。"可总不能让他滑一辈子水吧。"

"这不才刚刚开始嘛，"诺曼说。

我们坐在一起谈论着埃利斯，几分钟后，一个身影走了过来。他身着深色运动服，接近黑色的运动鞋，戴蓝色棒球帽，一副太阳镜，手里拿了一张纸。距离我们大概十五英尺的地方，他停下了脚步。

“这是？”诺曼有些茫然地问道，听口气像是不认识来人。“你有什么事吗？”

我说：“帽子脱掉，去掉墨镜！”

来人依言而行，乔纳森那一缕缕色彩斑驳的头发重又恢复到原来惊艳的状态。他两眼直视着我，我朝他微微点了点头，他走上前来将那张纸递给了诺曼。

阿奇看上去一脸不安的样子。诺曼大声读着我写在那张纸上的文字：

“乔纳森，这是个实验，请换上你在包里找到的衣服，戴上棒球帽，压低帽檐，遮住脸部，戴上太阳镜，拿上这张纸，朝我走过来，在几英尺开外的地方停下脚步，不要讲话。明白？谢谢！席德。”

诺曼拿着那张纸，望着乔纳森，茫然地说：“见鬼！”

“是这样吗？”乔纳森问我。

“棒极了！”我说。

“能去换衣服了吗？”

我点了点头，他若无其事地走开了。

“完全瞧不出来，”阿奇仍是惊奇不已，说道。“我一点儿也没认出他来！”

我对诺曼说：“埃利斯的节目录像带，就是那盘和报告放在一起的，你看了吗？”

“贴着标签，上写‘该物品为琳达·弗恩斯女士所有’，是那个带子吗？是的，我看过了。”

“埃利斯和孩子坐在一起时，”我说。“他穿的是深色运动装，开领的，鸭舌帽帽檐推到了脑后，看上去很是年轻，像个大男孩儿，孩子们回答他的问题……抚摸他……爱他。他胸前的口袋里还插了一副太阳镜。”

沉默了片刻，诺曼说道：“可他不会那样做的，他去切断弗恩斯家那匹小马的蹄子时，不会是电视上这身装扮的。”

“但他会的，对他而言这可有趣得很，没有什么比冒险更让他感到兴奋！”

“戴上棒球帽，”阿奇若有所思地说。“可以完全改变头的形状。”

我点点头道：“戴上棒球帽，穿上运动服，仪表堂堂的人也可以变得毫不起眼。”

“这一点我们永远也无法证明，”诺曼说。

乔纳森没精打采地走了回来，此时他已经换上自己的衣服，看上去还是那一副满脸轻蔑的神情。阿奇对于他的反感再次陡然而起。

“他可不是圣保罗，这也不是通往大马士革的洗心革面之路，”我嘟囔道。

“去你的，席德！”阿奇瞪了我一眼，然后大笑起来。

“你们说些什么？”诺曼问。

“去往大马士革途中，灵光一闪，圣保罗归依了耶稣基督，那种事可要惊天动地的，”阿奇解释说。

“席德在告诉我，砾石湖那点事儿，别指望马上就能出现奇迹，让乔纳森变成圣保罗。”

乔纳森充耳不闻，将旅行包交还给我。“主意不错，”他说。“谁也没能认出我来。”

“走近点儿的话，他们会认出你的。”

“你这主意还是有些冒险，”诺曼反驳道。

“我告诉过你的，”我说。“冒险才是问题的关键。”

“可这是毫无意义的。”

“砍断马蹄也毫无意义，超过一半的人类行为都是毫无意义的。是否有意义，智者见智罢了。”

我驱车回到伦敦。

电话留言处理了太多的来电，录音带竟然全部用完。

来电大同小异，无不骂声一片，其中三个留言对我惹出的麻烦大加讨伐，言辞可谓雄辩极了。三位受害马驹的主人与琳达·弗恩斯同出一辙，表达了对埃利斯坚定不移的信念。

切尔滕纳姆那位女士言道：“我不敢相信你竟是如此颠倒黑白，埃利斯绝对是清白的！我不想说你这人妒忌心极强，可所有报纸都是这么说的。席德，我真为你感到遗憾，我们再也不希望你光临此地！”

兰开夏郡那位愤怒的农夫更是出言不逊：“你知道吗？你就是个白痴！竟打起了埃利斯·昆特的主意！你这个蠢货！你也就配做个骑师，充什么福尔摩斯！老兄，你可真是可怜！”

约克郡的女士说道：“你怎么能这样呢？亲爱的埃利斯！要我说，他可要比你强上十倍！”

我关掉电话留言，可那些嘈杂的讨伐声总也挥之不去。

在整个媒体界，《庞普报》多少起到了领头羊作用。四处都是埃利斯潇洒的照片，自信而洋溢着迷人的微笑。在诸家媒体眼中，埃利斯·昆特就是一位无辜的英雄，席德·哈利不过是一条疯狂的恶狗，一个变态的小人。

情况如此糟糕，我本该早就料到，可为何竟要如此撞上南墙？我知道原因何在：我是人类，非是畜生，我实在不想做了冷血动物。我闭目静坐，宁愿如鸵鸟般将脑袋深深埋入安静的沙土。

周二，一切一如既往，我依然冷静如初，静待事态发展。

周三，埃利斯再次出现在法官面前，获得保释权。

诺曼打来了电话。

“棉球塞上了？”他说。“和上次一样？”

“聋了，”我向他保证。

“早就安排好的，庭审只有两分钟，和公布的时间不一致。媒体赶到时审讯早已结束，埃利斯满面笑容，非常随意地和他们打了招呼。”

“无耻！”

诺曼说：“他的辩护律师真可谓出手不凡，声言这样一个神志健全的人怎么可能想到自杀，简直是一派胡言，不过是领带纠缠在一起，他设法将其解开罢了。他推搡过的那位警察头脑还不够清醒，目前打着石膏正安然无恙地四处溜达。埃利斯被指控攻击的那匹马驹也还活着，而且恢复得很好。杀人犯尚且能得到保释，既然指控罪名要轻得多，那就没有必要再对埃利斯·昆特实施拘留……于是……他被释放了。”

“他还会接受审判吗？”

“目前看来会的，他的律师已经要求尽早开庭，也好让他摆脱这种令人不快的经历。当然，他会申诉无罪释放的，他的律师已然感到胜券在握。哦……我估摸着有位重要人物在幕后操纵这个案子。”

“重要人物？哪一位？”

“不晓得，只是感觉罢了。”

“会是埃利斯的父亲吗？”

“不，不会的，大不相同。只是……自从我们两人的报告送抵皇家检察署以来，就出现了某种新的情况，或许是政治的，很难说清，也不是要掩盖什么，再说事情已闹得沸沸扬扬，掩盖是掩盖不了的，更像是某种引导性的东西，不仅引导媒体，甚至引导官方，恐怕我必须得告诉你，某位不怀好意的实权人物想要把你彻底搞臭。”

“万分感谢！”

“席德，说正经的，一定小心了！”

我觉得自己已做到万无一失，准备应对某种即将到来的灭顶之灾，但同时又感到整个过程又那么微妙而漫长。

像是从未发生过什么事情，埃利斯重又做起了电视节目，并开始借席德·哈利插科打诨——“席德·哈利吗？那可是我的朋友！您可曾知道他老家是哈里法克斯？至于哈利的故事，那可都是他瞎编的。”还有什么“我喜欢大比目鱼，我要把它吃掉”，再有就是“口臭”“哈利路亚”之类我早已习以为常的老笑话。

闹得可真欢呀！

近来不常去赛马场，偶尔光顾的时候，那里的人要么不理不睬，要么放声大笑，我真不知道哪一类更让我感到厌恶。

我只爱去观看障碍赛马，因为我知道，依着埃利斯一向的风格，他应该会去最为时髦的无障碍长途赛马会。尽管令人不悦，我还是要承认，自己尽量避开他，这其中的确不乏畏缩的成分，这一点着实让我瞧不起自己。尽管如此，我还是不愿见到他，我不知道，自己这个样子，是由于他的行径已令我心生厌恶，或是因为怕他当众对我侮辱一番，我想他也一定会的。

从言谈举止来看，他仿佛再也不需要面对任何审判，什么路虎、剪刀，什么DNA检测、比对，一旦待审程序结束，所有这些麻烦的细节就再也不会浮出水面了。

诺曼、阿奇以及查尔斯·罗兰纷纷表示担忧：即使我们在法律程序方面非常谨慎，埃利斯的律师也不会接受有关那辆路虎的起诉。诺曼说，埃利斯的律师团幕后有重要人物撑腰打气，甚至可能为其支付高额的诉讼费用，该团队还包括一位连续七年败诉率为零的辩护律师。

令人惊奇的是，尽管辱骂声铺天盖地，竟还是不断有人雇请我。当然，雇请的方式往往是尝试性的，或带点儿道歉的口吻："不管埃利斯·昆特这件案子您是对的还是顽固不化……""即使您完全误会了埃利斯……"说来说去，他们似乎就需要我这样的人，而且没有谁能够取而代之。

咳，我真该为自己叫声好了。我侦破琐碎案件，核实信用级别，找到丢失马匹，抓捕各色盗贼，凡此等等，对我来说不过小事一桩。

七月来临，洪水泛滥，大水漫过河流，弄坏了赛马观众的鞋子。直到满月的时候，也没有马驹遭到袭击，或许由于这段时间夜晚风高月黑，阴雨连绵的缘故吧。

媒体终于感到兴味索然，不再对席德·哈利施行日复一日的谩骂，暑期一到，埃利斯·昆特的节目也暂且告一段落。这期间，我到过肯特几次，给瑞琪尔带去些新买的小鱼，陪她一块儿坐在地上玩国际跳棋。我和琳达谁都没有提到埃利斯，每次她总是和我拥抱告别，并问我何时还会再来。她说瑞琪尔再也没有做过噩梦，所有的一切都成了过去。

八月悄悄到来，又悄然离去，这个月仍无马驹受到攻击，哈利热线冷了下来。英蒂娅·卡思卡特近来和某位内阁大臣的情妇较上了劲，但每到周五，她仍是不忘来上一篇继续对我实施报复。我到美国小住了两个星期，在怀俄明州，我跨马登上了特顿山脉，头顶天空无垠，四周林木苍苍，我尽情享受着大自然的安宁与静谧。

九月，时入初秋，昨夜月明露浓，到了周六清晨，有匹马驹被发现掉了一只蹄子。

其时我正在厨房煮咖啡，消息从收音机里传到耳边，我差点儿吐了出来。

想必听众依然记忆犹新，播音员声音冷静地说道，六月份，席德·哈利，这位臭名昭著的前赛马骑手，曾对埃利斯·昆特提起公诉，控诉罪名与此次事件同出一辙。关于新近这一事件，昆特先生一笑了之，声称他对此类事件毫不知情。

没有来自《庞普报》的热线电话，诺曼·皮克顿的电话铃声却几乎震断了话绳。

“听说了吗？”他开口便问。

“是的，具体还不清楚。”

“这次是一岁小马，很明显，眼下牧场里不易找到两岁马驹，而一岁马驹动辄就有好几百匹。”

“没错，”我表示同意。“现在正是一岁马驹上市季节。”

“受害小马为北安普敦附近某户人家所有，他们都快要疯了，已让兽医为马驹解除了痛苦。但请注意，埃利斯·昆特的律师已经宣布他有不在场证明。”

我坐在起居室里，默默地望着窗外平静的花园。

“席德？”

“嗯。”

“你一定要拿下那个不在场证明，不然你会给人家拿下的。”

“嗯。”

“说点儿别的行吗，见鬼！”

“那是警方的事，归你们管。”

“醒醒吧！他们不会卖力的，假如没有其他可靠证据，他们就会相信那个不在场证明。”

“你真的认为，”我麻木地说。“一位备受尊敬的律师会纵容其当事人去残害……去屠杀……一匹马驹，或者说他会纵容当事人雇人去残害或杀死一匹马驹，从而让另一案件疑云重重，你真会这样认为吗？”

“这么说来，我倒是不会相信。”

“我也一样。”

“所以一切都是埃利斯·昆特本人编造的，而既然是编造的，你就能够一一揭穿。”

“他还有好几个星期，或者说还有两个多月的时间进行策划。”

“席德，”他说。“想要认输吗？这可不是你的风格。”

假如换作了他，我想，假如他也像我一样，让那些冷酷无情的家伙没完没了地诋毁谩骂，他或许就能体会我此时的心情了：即使不完全认输，也至少会令人生出厌战心理。

“北安普敦警方那里，”我说。“那些警察不会张开双臂欢迎我的。”

“可以前你从没有打过退堂鼓。”

我叹了口气：“你能去趟北安普敦警察局吗？弄弄清楚那份所谓的不在场证明。”

“小菜一碟，回头给你电话。”

我放下听筒，走到窗前。此时，小广场看上去安宁而又安全，围栏内的花园郁郁葱葱，秀木蔽日，孩子们欢快地在树下玩耍，守在一旁的保姆们家长里短，窃窃私语。我的童年是在利物浦的穷街陋巷度过的，当时父亲已不在人世，母亲整日里为生计奔忙。说到自己卑微的出身，我向来不曾有过任何抱憾，在那里，我曾经学会了自信与生存之道。也许是由于早年的那些经历，在我眼中，那小小的花园更显得弥足珍贵。我不知道，这花园中长大的孩子会以何种方式看待埃利斯·昆特，我也许能从他们身上学些什么，埃利斯就是在他们这样的环境中长大的。

上午晚些时候，诺曼打来了电话。

“你的朋友，”他说道。“据说在什罗普郡的私人舞会上待了一个晚上，那里位于马驹受害现场西北方，大致距离一百英里。数不清的朋友都可以为他作证，包括舞会女主人公爵夫人，舞会就是为庆祝她的继承人二十一岁生日举办的。”

“该死。”

“或许他再也找不到比这更为明显且滴水不漏的不在场证明了。”

“还会有某些可怜的贱女人发誓说，拂晓时分，她正和他相拥而眠呢。”

“为什么拂晓时分？”

“是案发时间。”

“你怎么知道？”

“不关你的事，”我说。

“你真是个坏小子，席德。”

很久以前了，我想。还是在认识珍妮之前，夏日舞会，盈盈的露珠，湿漉漉的草地，咯咯的笑声，澎湃的激情。很久以前，那时候该是多么天真！

生活这玩意儿，我想。

“席德，”耳边又响起诺曼的声音。“你知道审判将在两周后的周一开始吗？”

“我自然知道。”

“那就抓紧行动，破了这个不在场证明。”

“是，警督先生！”

他大笑起来：“把那家伙弄进牢房里去！”

周二，我去什罗普郡拜访了那位公爵夫人。从前，我曾经为她赢得过比赛，她甚至还藏有我的一幅油画，当时我正骑着她那匹心爱的赛马。而如今，我已经不再是她心爱的骑手了。

“是的，埃利斯当然通宵都在我这儿，”她肯定地说。她个子矮小，身体瘦弱，刚开始态度很是淡漠。穿过通风良好的古屋门廊，她带我走进客厅，我来的时候，她一直坐在这里观看障碍赛马。

刚才，前门是由一位老仆人为我打开的，他患有关节炎，看见是我，便一瘸一拐地走过去察看夫人是否在家。她所以来到了大厅，显然是想尽早将我摆脱，然而又突然大发慈悲，待我和蔼可亲一如当初，仿佛是曾经丢掉了某种习惯，如今又重新找了回来。

电视屏幕上，三英里越野障碍赛即将结束，骑手们个个奋勇，争相朝终点线冲去，所有的马匹都已精疲力竭，第一名由一位体重较轻的骑手夺去。

公爵夫人关小了音量，以免影响了两人的谈话。

“我就是难以置信，席德，”她说。“你控告亲爱的埃利斯，说他居然干下那种让人恶心的事。我知道你和埃利斯是多年的好朋友，大家也都知道的，我的确认为他在电视上对你有些不恭，可你知道，这是你自找的。”

“他当时在这儿……？”我问。

“当然了，整个通宵。大家五点或稍晚些时候才离开的，当时乐队还在演奏……我们都在这儿用的早餐……”

“舞会几点开始的？”我问。

“开始？请柬上写着十点，可你知道大家的脾性，直到十一点或午夜过后，大部分人才算是到了。天气预报说晚些时候有雨，所以我们凌晨三点半放了烟花，结果整整一夜都晴得好好的，谢天谢地。”

“埃利斯离开时和您道晚安了吗？”

“我亲爱的席德，上周五晚上，这里有三百多号人，用我的话来说，那叫一个轰动！”

“这么说，您不记得埃利斯何时离开的？”

“我最后看见他时，他在和那个笨拙的姑娘跳里尔舞。打住吧，席德，看在过去的分儿上我才见你的，可你这样做，对自己没什么好处吧？”

“也许是的。”

她拍了拍我的手。“无论是赛马还是别的什么事，我都能理解你。”

“谢谢您，”我说。

“嗯，学乖些。自己出去吧，这老斯通近些日子又犯关节炎了。”

说完她调高电视音量，准备观看下一场比赛。我离开了她家。

原来，那个同埃利斯跳里尔舞的笨拙姑娘竟是一位伯爵的三丫头，她本人到希腊和人玩游艇去了。她二姐一再说道，那以后，埃利斯又跟几十个人跳过舞。此时此刻，我，席德·哈利，竟像是成了让人耍弄的小傻瓜。

我去拜访了理查森小姐和贝姗妮太太，温沃德种马场合伙经营者，也是最近那匹受害马驹的主人。令我难堪的是，金妮·昆特竟然也在这里。

此时，三个女人同在种马场的一间办公室内，办公室位于一幢杂乱无章的单层居室隔壁。经一位马夫指点，我来到一处粉红色砖墙建筑。此时，我丝毫没有料到，一场暴风雨即将来临。

我叩了叩门，随即走了进去，也算是遵循了办公场所的一般惯例。眼前是一排整齐的办公桌，桌子上摆放着电脑、复印机、挂图以及不计其数的文件夹。

来之前我曾做过一些准备工作，所以很容易便认出了理查森小姐。她个子高大威猛，上身粗花呢夹克，下身吊带裤，一头卷发短而坚硬，约莫五十岁年纪，向来也不把男人看在眼里。贝姗妮太太身量要小一些，因而气势上比起理查森小姐稍显逊色，据说母马生仔的时候，她通宵都会守在身边，种马场办得风生水起，也得益于她这种对于马的全身心投入。

农场里的两匹公马以及其他母马并不属于两个女人，它们归企业联合会所有，温沃德种马场从事着代人养马和繁殖马驹的行当，所以经不起有关那匹受害小马的负面宣传。

金妮·昆特坐在一排办公桌后面，我刚一进门，她便狂怒地一跃而起，积蓄已久的怨恨火山爆发般向我倾泻而出，我张着嘴巴，喉头发干，只是愣愣地站在那里。

“他是那么相信你！甚至不惜为你而死！”

我能察觉到，一边的理查森小姐和贝姗妮太太惊呆了，她们不清楚我是何许人也，也不知道我到底做了什么，竟至遭来如此猛烈的谩骂。我的目光一直集中在金妮身上，她长期以来对我的喜爱此时已全部化作滔天的仇恨。

“你居然要告上法庭，一心要把你最好的朋友送进监狱……你要害了他……要毁掉他……要葬送他！你要背叛你的朋友，你根本不配活在这个世上！”

由于情绪失控，那原本温和的面孔变得丑陋不堪，她唾星乱飞，不停地咒骂。

事实上，这等行径，都是她自己儿子所为，她那位金光灿灿、备受崇拜的儿子！正是他，让我最终沦为出卖朋友的犹大！

我只是一言不发。

此时此刻，我尤其强烈而痛苦地感到，反抗是无济于事的。受待审理法制约，我始终无从为自己辩解，尤其是媒体那边，总是随时准备扑将过来，对我义愤填膺的抗议大肆诋毁和嘲弄，什么“哼哼唧唧”、“小可怜”，什么“老师啊他揍我……”，什么“不公就是不公，我先下手为强”，凡此等等。

我咨询了律师，才知道以诽谤罪起诉一家报社倒还可以，但却不能对所有的诽谤者提起公诉。埃利斯那些调笑是无法起诉的，而且不幸的是，我所从事的职业眼下仍为我带来不菲的收益，因此我无法证明，他那些刻薄的言辞已使我蒙受了经济损失。

“咬紧牙关认了吧！”他曾经乐呵呵地建议道，于是我接受了他的提议，让自己悠哉游哉每一天。

我已经不再指望金妮会让我开口辩解，于是尽管心里不悦，我还是识相地准备撤离，打算哪一天再度光临，与理查森小姐和贝姗妮太太重新谈过。刚一转身，竟发现有人挡住了去路，新来者是两位壮硕的警察，和种马场主人早已熟识。

“女士，史密斯警官有事相告，”其中一位向理查森小姐说道。

她点了点头：“什么事，先生？”

“我们在牧场周围的树篱中发现一件物品，你的马驹就是在那儿让人得手的。”

对于我的存在，似乎没有谁表示异议，于是我便安安静静地呆在了办公室内。

史密斯警官将一捆细长的东西放到一张桌子上。“女士，请问这玩意儿是你的吗？”

他态度颇不友善，几乎是在责问了，看样子他以为对方会给出肯定的答案。

“这是什么？”理查森小姐问道，语气里没有半点内疚与不安。

“就是这个，女士，”警官不无得意地说。他揭开一层层脏布，里面的东西露了出来，原来是两把长木柄，另一端连着两个沉重的剪刀片。

修枝大剪刀！

理查森小姐和贝姗妮太太坦然地望着剪刀，金妮·昆特却不禁面色苍白，竟至晕了过去。

第八章

十月来临，一枚枚金黄色的树叶从枝头飘然而下。

此时，我趴在瑞琪尔·弗恩斯的床头，戴一副硕大的橘黄色小丑假发，毛茸茸的，外加一只红色蒜头鼻，想要逗这位病中的孩子开怀一笑，而内心深处，我却感受不到些微的快乐。

“弄疼胳膊了吗？”瑞琪尔关切地问道。

“碰了一下，”我说。

她点了点头。见琳达一脸惊奇的样子，瑞琪尔说：“身上疼的时候，眼睛里能看出来。”

才九岁的孩子，真不该知道这么多关于疼痛的事。我说：“我还是走吧，免得你太累了。”

她笑了笑，没有表示异议。她和所有那些戴着假发的孩子一样，短时间内会显得很有精神，探视时间最多不能超过十分钟。

我取下小丑假发，吻了吻瑞琪尔的前额。“再见，”我说。

“你还会回来吗？”

“当然会了。”

她满意地叹了口气，知道我的确还要回来的。从病房出来，琳达送我到医院门口。

“这真是……太可怕了，”她说。她站在医院出口的台阶上，一副孤独凄凉的样子。风很冷，寒潮就要到了。

我将她拥在怀里，两只胳膊紧紧地搂着她。

“瑞琪尔老是问起你，”她说。“乔总把她搂在怀里，一边流眼泪，她也搂着乔，使劲安慰他。她是她爸爸的乖女儿，她很爱他，可你……你是她的朋友，你让她欢笑，而不是哭泣，她老是问起你，而不是乔。”

“能来的话，我一定会来的。”

她伏在我肩上轻轻抽泣，哽咽着说：“昆特夫人真是可怜！”

“嗯，”我说。

“埃利斯的事，我没有告诉瑞琪尔……”

“不要，别告诉她，”我说。

“我太蛮横了。”

“没事，还不至于。”

“报上说了你那么多坏话，”琳达在我怀里浑身颤抖。“我知道你不是那种人……我告诉过乔，关于埃利斯·昆特，我相信你没有错，他说我这人真是愚蠢。”

“照顾好瑞琪尔，别的事都无关紧要。”

她转身返回医院，我无精打采，乘出租车回到伦敦。

尽管比原计划早到一个多小时，想起戈登·昆特那次突如其来的袭击，我决定还是先不回庞特广场，而是径直来到艾美酒店，我约了戴维斯·塔特姆律师在这家酒店的酒吧里见面。

我坐在整洁的酒吧里静候朋友到来。饭店老板是一位法国小姐，她用那千金难买的微笑为我点了份咖啡加三明治。说实在的，这间酒吧看上去也就适合吃顿午餐：餐桌不过六张，酒保只有一位，饮料常常是夹在腋下送过来的，不过说起气氛，倒还算得上安静。饭店采光充分，大尺寸的窗户，绿油油的植物，又避开了繁华闹市区，所有这些，都让人有种远离尘嚣的感觉。

我坐在一张桌子旁，背对着门口。酒足饭饱后，大部分客人都已离去。我吞下一些布洛芬缓释镇痛剂，耐心地等待客人到来。我工作中时常要花去若干小时，耐心静候那些掠食者突然钻出洞来。

戴维斯·塔特姆来晚了。他气喘吁吁，显然没有等电梯，而是一步步爬上楼的。他先在我背后呼哧了好一阵，然后才走上前来，将他那六英尺三英寸的庞大身躯塞进了我对面的椅子里。

他俯身过来，向我伸出了手。我只是软塌塌地回应一下，他皱了皱眉头，却没说什么。

他头脑非常机敏，与他那庞大的身躯颇不相称。他宽脸庞，双下巴，肿眼泡，小嘴巴，一头黑发浓密而整齐，耳朵扁平，脖颈仿佛一台起重机，宽大的肚子上紧绷绷地套着一件灰色条纹西装。我想，要看到自己身上的某些部位，他或许要费上不少周折。除了那副精明的脑瓜，造物主所赋予他的一切也真够让人悲哀的了。

“首先，”他说。“我有些坏消息，不过按照你对阿奇博尔德的理解，也许我压根儿就不该来这里跟你谈起这些事。”

“阿奇博尔德该是所有辩护律师楷模了？”

“多多少少吧。”

“什么坏消息？”我问。本来也就没有过什么好消息。

“埃利斯·昆特收回了‘有罪’供述，又重新回到原来的‘无罪’申辩。”

“收回？”我大声嚷道。“怎么可能翻供呢？”

“这还不容易，”他叹了口气。“昆特说，昨天母亲的离去让他感到心烦意乱，他关于有罪的供词被人曲解了。这说明，他的律师已经从震惊中醒悟过来，并对案子进行了重新思考。他们显然知道，那天夜晚马驹受到攻击时，埃利斯的不在场证明你目前还无法推翻，因此他们认为，尽管有路虎及其他的间接证据，他们照样能够拒绝关于布拉肯家那匹马驹的起诉。他们寻求的是完全无罪释放，而不再考虑精神障碍之类的由头，而且我很遗憾地告诉你，他们很有可能得手。”

他无需接着告诉我，假如埃利斯完好无损地出现在公众面前，我的恶名就再也不会有洗清的一天了。

“那么阿奇博尔德呢？”

“假如我是本案那位首席辩护律师，我就不可能有机会在这儿见到你这位证人。你知道，我是议事厅资深律师，那里的一位同僚负责对埃利斯·昆特进行起诉。我看过他的起诉书，并和他一起探讨过这个案子。但我仍可以光明正大地和你谈话，尽管有人会以为我这样做很不明智。”

我笑了笑：“再见吧。”

“在本案中，我也许会将你作为证人进行调查，那样的话，我就不会来这儿找你了。当然我也不会调查你的，还有，我们也可以聊点儿别的什么，比如近期的高尔夫比赛。”

“我不打高尔夫。”

“亲爱的伙计，别这么死板嘛，你可是感觉一向敏锐的。”

“聊聊钓鱼的事如何？”

他两只眼睛在肥厚的眼皮下闪了闪。“我看过你交给‘皇检署’的那份报告。”

“皇家检察署吗？”

“一码事儿。有一次，我和一位朋友碰巧谈起此事，我说你的报告着实令我惊奇，一是报告如此周全，再就是你的推论能力。他说我不该如此大惊小怪，说是你每一句话都关系着赛马俱乐部高层人员的职位。大概是一年前，他还说过，你在同一个时间曾经摆平了两起重大的赛马纠纷。这件事他们永远也不会忘记。”

“去年五月的事，”我说。“他指的是那一次吗？”

“我想是的。他说你当时有个助手，现在见不到了。我想让你做的事情可能需要一个跑腿的助手，你现在还有助手吗？”

“你是说奇科·巴恩斯？”

他点了点头。“像是这个名字。”

“他结婚了，”我简要地说。“他妻子不喜欢我这一行，他只得罢手。他现在教柔道，我还经常见到他，大部分时间都是他给我上的柔道课，我不好开口再让他帮我别的忙了。”

“真可惜。”

“没错，他很出色，善于合作，而且人很聪明。”

“他让人威吓了，所以才会罢手。”

我沉下气来，问道：“你什么意思？”

“我曾经有所耳闻，”他直愣愣地望着我，说道。“他让人给打了，用的是细链子，有人威胁过他，不许他再给你当助手，不许再从事侦探活动。这手段奏效了。”

“是他结婚了，”我说。

戴维斯·塔特姆仰身靠在椅背上，沉重的身躯下发出了吱吱呀呀的响声。

“我曾经听人讲起，”他说。“你本人也受到过同样的礼遇。有一次，赛马俱乐部的官员曾让你脱下上衣，他们说从未见到过如此惨烈的情景：你的整个上身及双臂伤痕累累，浑身布满了可怕的红色鞭痕。你用衣服将那些伤痕遮盖起来，平静地向他们讲述了自己遭到袭击的来龙去脉。你说主谋就是他们当中的一个恶棍，然后赛马俱乐部的某位要员就让你给开了。”

“这些都是谁告诉你的？”

“听来的。”

我心里好一顿臭骂。当天看到我脱去上衣的那六个人信誓旦旦，说是决不会向外人提起半个字。还有我所指认的俱乐部那个恶棍，这样的家丑他们自然不希望外扬。至于我本人，当然更乐得息事宁人，当时情况已经够糟的了，这样的事我不想再想起。

“都是哪里听来的？”我问。

“你都这么大了，席德。夜总会……咖啡店，跑马场……这些事常常有人提起。”

“怎么个……常常提起？你听人提起过几次？”

他顿了顿，仿佛在向某位权威咨询来着，然后说道：“一次。”

“谁告诉你的？”

“我向人家保证过了。”

“赛马俱乐部的吧？”

“我答应过人家的，换了你的话，你会告诉我吗？”

“不会。”

他点了点头。“我到处打听你的情况，于是有人就说给我听了，当然是私下讲起的。你要是在意的话，就算谁也不曾告诉过我好了。”

“我的确很在意。”

“对你来说那可是件光彩的事，”他断言道。“显然并没有让你难堪。”

“这会让别的坏人产生灵感的。”

“你常常受到坏人的攻击吗？”

“哦，不，”我说。“从那时候起，还没有谁动过我一个指头。”直到昨天为止，我想。“假如你说的非肉体攻击……你看过报纸了吗？”

“卑鄙无耻！”戴维斯·塔特姆在座位上扭了扭身子，向酒吧招待叫道：“一杯添加利金汤力①。席德，你呢？”

“苏格兰威士忌，多加些水。”

招待将两杯酒端了过来，放在小巧的白色圆垫上。

“为健康干杯！”戴维斯·塔特姆举起金酒，说道。

“为活着干杯，”我应和道，而后一饮而尽，为健康，也为了活着。

他放下杯子，终于切入了正题。“我需要一个人，”他说。“要聪明胆大，危机时刻能急中生智。”

---

① 添加利金酒是英式干金酒，属于金酒中的极品。此处是指添加利金酒与汤力水混合的饮料。

“哪有这样的人。”

“你怎么样？”

我笑了笑。“我很笨，很多时候都是胆小如鼠，又爱做噩梦。眼前这样的主儿不是需要的。”

“我就是需要能写出昆特报告的主儿。”

我没去看他那张彬彬有礼的面孔，而是亲切地望着手中的杯子。

“假如你要对一个孩子做点儿什么，而心里知道他不会喜欢，”我说。“比如说给孩子打针，你首先就要让他知道他有多勇敢，这样的话，他就会毫无怨言地让你将针头刺进自己的身体。”

一阵沉默后，他嘿嘿一笑，身边顿时回荡起浑厚的男低音，这笑声令人不安，让你察觉到某种先发制人的意味。

我淡淡地问道：“什么活？”

此时，酒吧里走进来四位商人，他们点了酒水，在一张离我们最远的桌子旁坐了下来，谈论起买卖上的事情。

“我要是提到欧文·约克夏，你晓得是哪位吗？”塔特姆问道。他没有看我，而是漫不经心地望着那四位商人。

“欧文·约克夏，”我回想着这个名字，却记不起究竟何许人也。“他养了一匹还是两匹马？”

“他的确养有马，而且还是托普林食品公司的拥有者。”

“托普林……是不是安特里赛马会那个赞助商？是不是全国越野障碍赛前夕邀请过埃利斯·昆特光临其午餐会？”

“正是那家伙。”

“那么调查呢？”

“查查他，看他是否为一己之利而操控了昆特一案。”

我若有所思地说。“我的确听说过，案子背后有某位重要人物撑腰。”

“查查他是何等人物，目的是什么。”

“那位年迈的阿奇博尔德怎么办？他会死不瞑目的。”

“那么你就让他死不瞑目！”

“我尽力而为吧。可为什么要找我？为什么不找警方？为什么不利用网络？”

他直直地望着我。“因为你会守口如瓶。”

“我要价很高的，”我说。

“聘用费，另加额外报酬。”他承诺道。

“谁来支付？”

“所有费用全部经由我手。”

“搞定了，”我说。“调查结果归你，起诉与否由你定夺。”

他点点头，伸出了他那圆鼓鼓的手。

“握手成交，”说着，他牢牢抓住我的手掌，我整条臂膀顿时感到一股强大的冲击力。

“怎么啦？”他察觉到了异样，问道。

“没什么。”

整个情况他其实并不很清楚，我想。我的声誉已经岌岌可危，断裂的尺骨时常隐隐作疼，而埃利斯那帮辩护律师也很有可能将我撕得粉碎。

很有可能，他说不定还会将我那位留着条纹发型的朋友乔纳森牵涉进来。

“塔特姆先生，”我开口道。

“戴维斯，叫我戴维斯。”

“我想请你保证，请不要在夜总会提起赛马俱乐部那档子事好吗？”

“保证？”

“是的。”

“可我已经说过……那可是件光彩的事。”

“关系到我的隐私，我不想弄得沸沸扬扬。”

他若有所思地望着我，说道：“我向你保证。”我很想相信的保证，可又拿不准自己是否真的相信。他这人是铁杆的夜总会成员，在那里，人人都在向其他人悄悄交代：“别透露一个字，老伙计！”

“席德。”

“嗯？”

“无论报上怎么说，真正重要的在于，你是受人尊敬的。”

“这又从何说起？”

“夜总会向来是流言飞语满天飞的去处，但这些日子那已经不是问题的中心了。”

“问题的中心就像地磁北极，总在四处徘徊。”

“这话谁说的？”

“正是本人，”我说。

“不，我的意思是说，你自己编的吗？”

“无可奉告。”

“这些天，问题的中心已经分散了，”他说。

我跟着加了一句：“问题的中心所在，不一定即是人们趋之若骛的去处。”

他脸上顿时现出得意的神色，仿佛我这个人就是他给创造出来的。

此时，耳边蓦然传来衣服的沙沙声，转念间，一股芬芳的花香袭上了鼻端，一位年轻女人用力拽着一把椅子来到我们这张桌子旁边，得意洋洋地坐了下来。

“哇，哇，哇，”她说。“戴维斯·塔特姆先生，席德·哈利！好让人意外呀！”

戴维斯一头雾水，我对他说：“这位是英蒂娅·卡思卡特小姐，《庞普报》的写手。假如你什么也没有说，在她的笔下，你会发现自己想都不曾想到的东西，而假如你真的说了什么，你宁愿什么也没有讲过。”

“席德，”她嘲讽而又悲哀地说道。“你难道就不能正经一点吗？”

塔特姆恼怒地张开嘴巴，我摇了摇头，担心他真的会为我拔刀相助。他望了我一眼，然后态度来了个急转弯，以律师特有的腔调平缓地说道：“卡思卡特小姐，你为什么也在这儿？”

“为什么？当然来看您的呀。”

“可是为什么？”

她望望塔特姆，再看看我，而后又将目光转向了塔特姆。她看上去还是当初记忆中的模样：皮肤白皙，完美无瑕，淡蓝色的眼睛，棱角分明的嘴唇，头发乌黑闪亮，衣服的色调为棕色和红色，脖颈上戴一串琥珀项链。

她说：“作为皇家检察官的同僚，您在此让人看到与证人进行密谈，难道您觉得合适吗？”

“是的，不合适，”塔特姆说，转而问我道：“你告诉过她我们在此约好了见面的吗？”

“当然没有。”

“那么卡思卡特小姐，你怎么……为什么会在这儿？”

“我告诉过你的，只是巧合。”

“《庞普报》知道你在这儿吗？”我问。

她脸色一沉，愠怒地说：“我又不是个孩子，我有我的自由，随意到什么地方。对了，随便说一声，的确是报社派我来的。”

“《庞普报》告诉过你我们会在这里？”塔特姆问道。

“我的编辑让我过来看看，他还真对了！”

塔特姆说，“席德？”

“嗯，”我说。“真是太妙了。”

英蒂娅对我说：“凯文说你当年在利物浦读的书。”

塔特姆不解地问：“说什么来着？”

她解释道：“席德不愿意告诉我他在哪里读的书，可我打听清楚了。”她带着责备的语气说：“你口音不像是利物浦的。”

“不像吗？”

“听上去更像伊顿口音，怎么会这样？”

“我这人善于模仿，”我说。

假如她真的想要打听清楚，她就该用心去查一查，十六到二十一岁时，我曾被纽马克特一位训马师收养过（他去过伊顿），是他把我造就成一位优秀的骑手。他言传身教，教我如何讲话，如何生活，怎样做人，怎样理财。他当时年事已高，后来便去世了。我常常想起他，如今他仍在为我指点门径。

“凯文告诉我说，你是在贫民窟长大的，”英蒂娅说。

“贫民窟只是一种态度，并非一个地方。”

“我们俩浑身都长了刺，是吗？”

该死，我想。我不能再由着她，让她继续刺痛我了。我微微一笑，这可不是她愿意看到的。

塔特姆不耐烦地问道：“凯文是谁？”

“他为《庞普报》效力，”我告诉他。

英蒂娅说：“凯文·米尔斯是《庞普报》首席记者，他帮了哈利不少忙，却让他给一脚蹬开了。”

“真讨厌，”塔特姆冷冷地说。

“戏该收场了，”我说。“英蒂娅，塔特姆先生不是什么检察官，我也不是什么证人，我们爱聊什么就聊什么，比如你来之前，我们还在讨论高尔夫球来着。”

“你就一只手，还打什么高尔夫球。”

塔特姆有些畏缩了，我却丝毫没有退让：“没了双臂、双腿，或即使耳朵没了，你不照样能在电视上观看高尔夫球比赛吗？你那位编辑怎么知道能在这儿找到我们？”

“他没告诉我，不过也无关紧要。”

“这才是问题的本质，”塔特姆说。

“有意思的是，”我说。“关于肯特郡马驹遭袭事件，一开始《庞普报》可是最热心的主儿，要不我怎么能和凯文·米尔斯勾搭上？我们一拍即合，设了热线，叫什么玩意儿来着？对了，‘款冬花’。”

英蒂娅问道：“你说什么？”

“款冬花，”塔特姆偷偷乐道。“一种野花的植物学学名，‘款冬’，意思是‘马驹之蹄’。”

“你怎么知道？”她厉声问道。

“查到的。”

“哦。”

“总之，一旦将埃利斯·昆特与马驹联系在一起，或一旦将其与瑞琪尔·弗恩斯的小马联系在一起，《庞普报》便突然转向，并对我大肆谩骂和攻击。英蒂娅，我想请问，你到底为何把我写得那样不堪？是你向来如此行事吗？除了恶毒诽谤，你别的是不是什么也不会了？我并不希望你大发慈悲，可是你……每个星期……太过分了！”

她看上去有些不安。整整一个星期，她都在对我进行谩骂侮辱，口口声声称我是“小可怜”。她为自己辩解道：“我一直听编辑的。”她几乎在摇头了。

“这么说是他告诉你怎么写的？”

“是的，不是。”

“是还是不是？”

她瞅瞅我，望望塔特姆，又将目光折了回来，说道：“我的东西都要经他编辑，说是要与整体政策保持一致。”

我不再说话，塔特姆也一言不发。英蒂娅显得有些绝望，说道：“只有圣人才心甘情愿走向火刑架。”

塔特姆严肃地说：“关于我和席德之间的谈话，关于即将到来的昆特案审判，假如我看到任何无中生有或是讽刺挖苦一类的报道，卡思卡特小姐，我将以诽谤罪对你本人提起公诉，并要求你支付惩罚性赔偿金。何去何从，你自己定夺！”

我几乎有些可怜她了。她瞪大眼睛，茫然地站了起来。

“就说我们不在这里，”我说。

她表情冷漠，不知道心里在想些什么。她离开我们，朝楼梯走去。

“糊涂的年轻女人，”塔特姆说。“可她和她的报社怎么知道我们会在这里？”

我问：“约会的事你平时输进电脑吗？”

他皱了皱眉：“我不亲自经手，秘书处理的。我们有个系统，紧急情况下可以知道所有搭档的去处，无论到了哪里，它都能够找到我们。我确实告诉过秘书要来这里，但没有提到和谁见面，所以还是无法解释……”

我叹了口气：“昨晚你打过我的手机。”

“是的，后来你给我回的电话。”

“有人一直在监听我的手机频率，你呼叫我时让人听到了。”

“见鬼！可你给我回的电话，他们大概什么也听不到吧。”

“你报了自己的名字……你的办公电脑保密措施如何？”

“我们每三个月更换一次密码。”

“是不是很容易记住的那种？”

“嗯……”

“有人喜欢破解密码，就图个好玩儿，也有人专门窃密的。说来你可能不信，有些公司对自己的大部分私人信息都非常大意。我那台联网的电脑最近就有人进去过，是上个月的事，我安装了侦测程序，所以才会知道。好在里面没放私人信息，任何一位黑客都可以进出自由。但我的手机，还有你的办公电脑，将两者联系起来，就有可能告诉对方你要约见的是我。《庞普报》摸到了消息，派英蒂娅过来打探一下……我们果真在这儿。他们成功了，所以我们知道他们有人在搞这玩意儿。”

“难以置信！”

“《庞普报》谁办的？由谁制定经营策略？”

塔特姆沉思道：“总编乔治·古德巴，经营人蒂勒皮特勋爵。”

“和埃利斯·昆特有染吗？”

他想了想，然后摇头道：“据我所知没什么联系。”

“还有那些播放埃利斯节目的电视公司，蒂勒皮特勋爵与它们是否有利益关系？我想这要查查清楚。”

戴维斯·塔特姆笑了笑。

从戈登·昆特在庞特广场向我发起突然袭击，到现在已经过去了三十来个小时，此时，他不大可能还在那里徘徊。想到这里，我离开艾美酒店，上了辆出租，让司机带着绕中心花园转悠两圈，以查明周围的情况。

一切看上去都很平静。我付了车费，平安无事地沿着门前的台阶拾级而上，掏出钥匙打开房门，来到二楼，最后总算置身于家的避难所。

没有埋伏，没有咯吱咯吱的响声，周遭一片静寂。

我从信箱里拿出几封信件，又看见传真机上有一页纸。我好像出门很久了，其实才不过昨天早上离开的家。

那只断裂的手臂又疼了起来，这也难怪，我参加赛马，赢得冠军，骨折的事儿乎成了家常便饭，可我只能将这一切掩盖起来，因为那些赌家只会把赌注下在健康的骑手身上。奇怪的是，比赛进入高潮，对那些伤痛我竟是浑然不觉，只有激动的心情过后，才会让人感到浑身不适。

减轻痛苦的最佳手段是专注于某项事情，于是我翻出一个号码，给那位替我组装电脑的朋友打去了电话。

“道格，”我说。此时他正给车子更换机油，他妻子把他叫了进来。“给我说说监听手机的事吧。”

“我满身油污，”他抱怨道。“下次不行吗？”

“有人在监听我的手机。”

“噢，”他吸了吸鼻子。“那么你想知道如何阻止对方吧？”

“完全正确！”

他又吸了吸鼻子。“我伤风了，”他说。“我岳母要来吃晚饭，机油箱也需要清洗换油。”

我大笑起来，也实在是忍不住。“求你了，道格。”

他软了下来。“我想有人模拟了你的手机，他们获取了能够监听到的无线电信号，尽管这很难做到，酒馆里你那些酒肉朋友是干不了的。”

“你行吗？”

“我可不是你那帮酒肉朋友，有合适装备的话，应该没有问题。”

“我该怎么办？”

“简单透了。”他喷嚏连连，使劲吸着鼻子。“我需要张纸巾。”对方突然不说话了，随后一阵擤鼻涕的声音从远处传来，接着那充满智慧的沙哑的嗓音又在耳边响起。

“好啦，”他说。“你把模拟功能屏蔽掉，电话就变成数字的了。”

“我来做吗？”

“席德，仅仅做个骑手，你就无法成为生活在未来世界的现代人。”

“这我明白。”

“每一个人，”他吸了吸鼻子。“但凡有些头脑，都会摆弄数字这玩意儿的。”

“教教我吧。”

“数字系统，”他说。“基于零和一两个数字。计算机刚刚诞生，我们就开始和这两个数字打交道了，此外再没有谁发明出更好的技术了。”

“没有吗？”

他察觉到我话里有讽刺意味。“还有谁，”他问道。“能重新发明出轮子？”

“嗯，没有。”

“的确如此，比如圣灵感孕说，没有任何人能够对其进行改进。”

“这话可是犯戒的，”我总喜欢和他斗嘴。

“当然不是，”他说。“有些事情一开始就是完美无缺的，比如爱因斯坦的 $E=mc^2$ 等等。”

“这话不错，可我的手机呢？”

“信号发送到数字电话时，”他说。“可不只有一个，而是同时模拟出八个同步信号，其中每个信号负责传送你所听到的八分之一的单位。”

“是这样的吗？”我不咸不淡地说。

“你就去偷偷笑吧！”他说。“但我说的这些可都是干货。数字电话可以接收八个同步信号，除了接收信号的手机，任何人都无法对其进行解码，而由于信号是按八个单位发出的，接收效果并不总是那么完美。模拟电话就没有类似情况，不会出现爆裂声，声音也不会时高时低，但有时也会出现字节丢失的问题。还有，数字电话不会让人窃听，即使是警方，也绝对无法对数字手机实施监听。”

“那么，”我给迷住了，说道：“什么地方能搞到？”

“去哈罗兹看看吧？”他说。

“哈罗兹？”

“离你住的地方不远，转弯就是，不是吗？”

“大概吧。”

“去那儿看看，也可以去别的电话售卖店。现在的号码不用更换，和服务商讲清楚就行了。当然，得有个 SIM 卡，你手头有吗？”

我怯懦地说：“没有。”

“席德！”他不满意地说，随即又打了个喷嚏：“对不起。SIM 卡就是用户身份识别卡，离开它你简直就没法过！”

“我没法过吗？”

“席德，我都为你绝望了，睁眼瞧瞧吧，这些高科技产品。”

“我更想瞧瞧马的头脑是怎么思考的。”

他耐心地对我启蒙道：“SIM 卡就像是信用卡，其实也就是一张信用卡，里面有你的姓名、手机号码及其他信息，它可以插进任何一部兼容的手机，比如说，你在雅典某个人家作客，假如他的手机可以兼容你的 SIM 卡，你就可以把卡插进他的电话，这样一来，产生的费用就会记在你户头上，而不是他的。”

“你可是当真？”我问。

“这样的问题，我能开玩笑吗？”

“哪能买到SIM卡？”

“去哈罗兹问问。”他打了个喷嚏。“问问那些为生活四处游走的人，你的服务商也会提供的。”他吸了吸鼻子。“再见，席德。”

我感到非常愉快，心中充满了谢意。我打开邮件，去看那些传真，其中一封是手写的，字迹非常潦草：“给我电话，”随后是一长串号码。

是凯文·米尔斯写给我的，而信息却并非由《庞普报》社传真机发出。

我拨出了他留下的号码，对方应该是一部手机。电话里传出的只有令人着恼的提示音：“请稍后再拨。”

留言电话上有十几条信息，都是我不太想接听的，还有一则信息来自什罗普郡，装在一只牛皮纸大信封里，我尤其不想看到。

信封里有一册光面乡村杂志，是我写信索要来的，因为我曾经听说，杂志上有那位公爵夫人继承人成年礼舞会的详细报道。果真不假，仅仅是照片，就占去四个页面，照片大多为彩色的，旁边是关于成年仪式乏味且喋喋不休的描述，后面还附有完整的贵宾名单。

烟花燃放场面壮观而引人入胜，几乎占去了半个页面，一群仰望夜空的观众中，那位身着白色晚礼服的正是光彩照人的埃利斯·昆特。

我不禁心里一沉，烟花凌晨三点半开始燃放，此时月上中天，埃利斯正在距离马驹受害现场一百多英里的地方。

有很多跳舞的镜头，此外还有一页黑白照片，上面附有来宾的姓名。埃利斯一直在跳舞，在来宾那一页上，埃利斯微笑的镜头出现过两次，看上去是那样的开心而轻松自如。

该死，我想。他应该早已得手，比如说一点之前就已经砍掉了马蹄，然后于三点之前赶来观看烟花。我调查的人当中，谁也不曾见他到来，而有几位则信誓旦旦地说，他们是五点一刻看到他的。五点一刻，他扶那位继承人爬上餐桌，听她醉醺醺地发表一通胡言乱语。继承人将一瓶香槟倒在了埃利斯头上，这场面给每个人都留下了深刻印象。埃利斯不可能是拂晓前驱车回到北安普敦的。

上周整整两天时间，我疲惫地奔走于什罗普郡以及邻近的柴郡，从一家宅第到另一家宅第，依照不同的性别重复着两个雷同的问题：您和埃利斯·昆特跳过舞吗？您和他一起饮过酒或喝过茶吗？对于这两个问题，人们一开始回答还算随意，而到了后来，我此行的目的渐至为人所知，于是我遇到的不是仇视的面孔，便是紧闭的大门。什罗普郡成了埃利斯牢固的地盘，那里的人无不竭尽全力，想要证明我对于他的起诉多么不公正，他们绝不会说自己不清楚他何时到的现场。

最后我回到了公爵夫人前门，并从那里谨慎而迅速地驶向温沃德种马场，把时间限定了在两小时五分钟。在夜晚空旷的路面上，从北安普敦到公爵夫人家大概用了不到十分钟。所有这一切，我只是想证明埃利斯有充分的作案时间。

仅仅有充分的作案时间还远远不够。

类似这样的场合，舞会开始以前，来自本地或周边的客人都会举行宴会，或参加别人的宴会，而在所有的调查对象中，没有任何人曾经宴请过埃利斯。

没人宴请也还不够。

我将来宾名单耙梳一遍，把已经拜访过的一一删去。尚未访谈的人一半还多，其中大部分我都是闻所未闻。

奇科在哪儿呢？我时常需要他帮上一把。我没有足够的时间，或者坦白地说，即使他们乐意回答我的问题，这种查找和讯问所有客人的做法也已经让人兴味索然。那天夜里，一定还有人——当地人——帮忙照应停车场来着。奇科应该在当地酒馆和人聊过，应该能查出是否有停车人记得埃利斯何时到来。酒吧里，奇科可是应酬的高手，这方面我是无法企及的。

这种事，或许应该有警方的分儿，可他们并没有去做，死个马驹无论如何也算不上谋杀。

警方也就是警方吧。

我拨通了诺曼·皮克顿警察局的号码，告诉对方我是约翰·保罗·琼斯。

诺曼心情不错，走过来接了电话，并耐心地听我把话讲完。

“你是这个意思吧，”他说。“你想让我请北安普敦郡警察局帮忙对吗？我该告诉对方什么呢？”

“剪刀铰合处的马血。”

“他们会自己检测的。”

“是的，但北安普敦那匹马已经死亡，而且早就送进了炼胶厂。就说是过失，可以吗？难道他们会驳了你的面子？”

“你这样会让我万劫不复的，你究竟想要什么？”

“嗯……”我开口道。“警方在树篱间找到那把剪刀时我就在当场。”

“不错，你说过的。”

“嗯，我一直在想，这把剪刀也没有用麻布包上，和我们从昆特家取走的那把一样。”

“是的，而且也不是同一把剪刀，北安普敦那把型号要新一些，园艺商店到处都有卖的。问题是北安普敦郡警区和我们这儿都没有记录表明埃利斯买过这种剪刀。”

“有没有可能，”我问。“让我再检查一下用来包裹剪刀的那块布呢？”

“即使里面有马毛，也找不到匹配对象了，血液也一样。”

“尽管如此，那块布或许可以表明剪刀的来路。哪家园艺商店，这你清楚吗？”

“那我就去看看他们是否已经这样做了。”

“多谢，诺曼。”

“谢谢阿奇吧，迫于他我才帮你的。”

“是吗？”

他听出我话里有惊讶之意。“阿奇很有影响，”他说。“我只是依言而行罢了。”

他挂上了电话，我又试着拨打凯文·米尔斯留下的号码，里面照例传出了那个电子语音：“请稍后再拨。”

放下电话，我坐在了扶手椅上，此时天色已晚，宁静的广场上华灯初上。时节已过秋分，冬天即将来临，对我而言，在我几近一半的人生中，秋天总是意味着期待已久的重要赛事重又开始，这季节曾经充满了胜利与速度，充满了激情与鲜血。至于冬天，则更是怀旧时光，如今才三十有四，我已觉垂垂老矣。

我坐在那里，想起了埃利斯，是他让我的岁月变成了不毛的荒原。我想起了瑞琪尔·弗恩斯，想起了银孩儿，想起了淋巴母细胞。我想起了媒体，想起了英蒂娅·卡思卡特以及数月来那些精心策划的诽谤与攻击。我还想起了埃利斯无数次对我无情的戏谑和调笑。

关于阿奇·柯克，我想了很久很久，是他让我来到了库姆·巴西特，也是他让我结识了诺曼·皮克顿。我不知道，是否因为阿奇，诺曼才逐渐察觉出案子背后有一位重要人物；我不知道，是否因为阿奇，戴维斯·塔特姆才要雇我去查出那个重量级人物；我不知道，是否因为阿奇，戴维斯·塔特姆才得以知道我在赛马俱乐部与那个恶棍之间的冲突，果真如此，他又为何能对我了如指掌？

我信任阿奇，只要我相信他背后没有权势操纵，那么我就会心甘情愿地为其所用。

我想到了戈登·昆特，他那难以抑制的狂怒，还有他手中那根令人生畏的铁棍。我想到了金妮·昆特，她那绝望的神情，还有她从十七楼纵身跃下的一瞬。

我想起了那些马驹和那些让人砍掉的马蹄。

躺到床上，我又做起了从前那些噩梦。

痛苦，羞辱，斩断的双手。

我醒了过来，大汗淋漓。

让这一切通通见鬼去吧！

第九章

次日一早，我还是没能得到凯文·米尔斯的应答，于是乘上地铁，穿过伦敦市区，出现在位于城市大道55号的公司注册处附近。

公司注册处是我常来常往的地方，这里存有全英所有国有及私营有限公司的档案，其中包括已审计的年度资产负债表、投资资金、固定资产及董事会主要股东与董事姓名。

不久我便得知，托普林食品公司是一家老商号，最近刚由几位大的投资商及一家新的投资方接管。首席股东和董事长为欧文·克利夫·约克夏，此外尚有十五位非执行董事，其中一位便是蒂勒皮特勋爵。

公司办公地点及注册办事处均位于柴郡的弗罗德沙姆。公司主打产品是各类动物饲料。

托普林之后，我找到了《乡村庞普报》，1900年前后，该报去掉了“乡村”一词，却保留了散发小道消息、传播流言蜚语的报业理念。在这里，我发现了一些颇耐人寻味的条目：紧随《乡村庞普报》之后，我查到了那家播放埃利斯体育节目的电视公司，而在其与经营相关的材料中，却没有发现蒂勒皮特及欧文·约克夏的影子。

我安然回到家中，拨通了阿奇的电话，他妻子告诉我说他在上班。

“上班时间我能找他吗？”我问。

“噢不，席德。他不喜欢那样，他回来时我会转告他的。”

请稍后再拨。

稍后我又试了试凯文·米尔斯的电话，这一次，我的耳膜差一点被震破：“总算等到你了！”

“我都打过十几次了，”我说。

“我一直待在一个养老院。”

“呵，有你的。”

“你在庞特广场吧，”他说。“能过来找你吗？我在车里，离你那儿不远。”

“我想我该是《庞普报》报道过的头号混蛋了。”

“是呀。我能过来吗？”

“我想可以的。”

“好极了。”他啪的一声挂了电话，生怕我会改变主意，十分钟不到，他就来到了门前。

“不错嘛，”他细细打量过我的客厅，赞赏道。“不是我想象的样子。”

谢拉顿风格的写字台，纽扣装饰的红锦缎面椅子，时尚而富于异国情调的嵌入式餐桌，马克·博丁顿的。整个屋子呈灰蓝色调，柔和而又安静。唯一显得突兀的是那台老掉牙的投币式水果老虎机。

和大多数客人一样，凯文·米尔斯径直走到老虎机前面。我总是随意地将辅币丢在地板上，旁边的桌子上，碗里面也放了一些。凯文从地毯上拣起一枚，喂进投币口，拉拉把手，轮子便丁零当啷响了起来。他赢了两颗樱桃，一只柠檬，随手又拿起另一枚辅币试了试。

“怎样才算头奖？”他问道，这次又赢到了一只橘子、一个柠檬和一只香蕉。

“三位骑手骑马跳过栅栏。”

他看了看我，目光很是锐利。

“以前是响铃，”我说。“太单调，就给换了。”

“那三匹马出现过吗？”

我点了点头。“去把地上那些辅币源源不断地投进去吧。”

这台机器会让人上瘾，平时我常把它当作心理训练师。一边和我聊着，凯文两只手一直没有闲下来，而他最好的成绩也就是两匹马和一只梨子。

“庭审开始了，席德，”他说。“独家新闻还是给我们吧。”

“也只是程序上的。我现在没什么好讲的，休庭结束后，你不妨去那里听一听。”

“那就不是独家了，”他抱怨道。

“你心里明镜似的，我什么也不会告诉你的。”

“整个故事可是我起的头。”

“我看透你了，”我说。“《庞普报》为何不再帮助那些马驹的主人，而是将矛头对准了我？”

他全神贯注地摆弄着那台机器：两只香蕉和一颗黑莓。

“为什么？”我说。

“政策。”

“谁的政策？”

“公众喜欢狂轰滥炸，他们对仇恨嗜血如命。”

“没错，可是——”

“听我说，席德，上面有人发号施令，不要问是谁，我也不知道。我不喜欢这样，社里没一个人喜欢，是的，我们可以选择，要么听从号令，要么找个舒服的地方待着。可你知道哪个地方会喜欢你？我为《庞普报》效力，因为这家报纸还不错，报道大体上还算客观公正。好吧，是毁了你的名声，可我说过，公众喜欢这样。时不时地，就有人要求务必‘逼紧席德·哈利’，我也毫不犹豫地做了，可谁让你一直对我守口如瓶。”

他始终盯着那台机器，飞快地投着辅币。

“那么英蒂娅·卡思卡特呢？”我问。

他拉下控制杆，两只柠檬和一匹跳跳马停在了一排。

“英蒂娅……”他缓缓地说。“出于某种原因，她其实并不想诋毁你。她说她喜欢和你一块吃的那顿饭，你人很安静，也很善良。善良！你相信吗！第一篇文章，她的那位编辑硬是从她身上一滴一滴挤出毒药兑了进去，终稿时，大部分内容都成了他自己的手笔，第二天看到时，她气得大发雷霆，可文章已经见报，她也只能听之任之。”

我内心竟是感到一阵欣慰，可又不想让凯文看到。我说：“后来每周她都会撰文对我进行诽谤，这又作何解释？”

“我想她也要和上面的政策保持一致，我说过，她也要吃饭的。”

“乔治·古德巴的政策吗？”

“那位白净的大个子总编吗？是的，你可以认为，作为报纸总编，他有最后的发言权。”

“蒂勒皮特勋爵吗？”

他开心地看了看我：机器里又吐出两只梨子和一只柠檬。“报纸所有人罢了，他不再亲自管事儿了，不像报业巨头比弗布鲁克，或是《每日邮报》的哈姆斯沃思，我们几乎忘了他还活着。”

“他给乔治·古德巴下达整体政策吗？”

“也许是的。”机器又吐出一匹跳跳马，一只柠檬，还有几粒樱桃。“我来采访你的，怎么感觉像是你在采访我？

“我不这样想。关于欧文·克利夫·约克夏，你都知道些什么？”

“什么都不知道。他哪位？”

“极有可能是蒂勒皮特勋爵的朋友。”

“席德，”他抗议道。“我只管自己的事，什么强奸、谋杀，或是老太太梦中窒息而亡之类，我可不想丢了饭碗。”

他沮丧地捶了一下水果机。“这该死的玩意儿总和我过不去！”

“它又没长脑袋，”我说。我用塑料手指随便夹起一只辅币塞进机器，然后拉下把柄：三匹跳跳马！爱的眷顾，源源不断，生活真是充满了讽刺意味。

凯文·米尔斯腆起大肚子，捋着小胡子，嘟嘟囔囔地回去做他的码字工了。我以约翰·保罗·琼斯的身份又给诺曼打去了电话。

“我的同事说，约翰·保罗·琼斯是个告密者，”他说。

“很好。”

“这次又有什么？”

“你这儿还放着那些坚果饲料吗？我从贝蒂·布拉肯牧场弄来

的，还有我们从那辆路虎上采集到的。”

“还放着，你知道的，两种饲料成分一样。”

“能否查查是不是托普林食品公司的产品，公司位于柴郡的弗罗德沙姆。”

他沉默了片刻，慎重地说：“查倒是可以查，但这有必要吗？”

“匀我一些吧，我自己搞定。”

“没法匀给你，都打包登记过了。”

“可恶。”当初我本来可以自己留下一些的。真粗心，这会儿是没有办法了。

“谁生产的很重要吗？”

“嗯……还记得吗？你说过的，幕后可能会有某位重要人物。哦，有人要我调查此事。”

“呀！”他说。“是哪一位？”

“不能告诉你，要为客户保密。”

“阿奇·柯克吧？”

“据我所知不是的。”

“哈！”听上去他有些不信。“不多问了。你要能搞到一些托普林原装坚果饲料，我会设法查清与手头这些饲料是否一致。我能做的也就是这些，而且已经越俎代庖了。你不是整个起诉过程的策划者，因此不会有诉讼请求的机会，还有，我的调查结果也不能作为你的举证内容。”

“衷心感谢！我会设法弄到托普林坚果饲料的，但和你手头那些饲料不一定能够匹配。”

“为什么？”

“饲料出厂后，谷物颗粒——成分配比——会发生一些变化，而且不同批次的产品配比也不尽相同。”

他很清楚我这话意味着什么：成分分析可以显示饲料的出产地，其可靠性不亚于子弹的螺旋膛线检测。

“你怎么会对托普林食品公司感兴趣的？”诺曼问道。

“因为我的客户。”

“去你的客户，说实话吧。”我没有告诉他，他重重地叹了口气。“好吧，你眼下不能告诉我，我讨厌业余侦探，我已经给你弄到北安普敦案件现场那块破布，可望今天晚些时候就能送达。你打算拿它做什么？埃利斯·昆特的不在场证明查清了吗？”

“你真了不起，”我说。“哪里碰头？哦，对了，不在场证明尚未告破。”

“再加把劲儿。”

“我也就是个业余的。”

“是的，没错。五点钟，湖边见，我也想把游艇弄回家过冬。行吗？”

“不见不散。”

“回见。”

我拨通了坎特伯雷医院的电话。病房护士告诉我，瑞琪尔“很安逸地睡着了”。

“什么意思？”

“病情没有昨天那么糟，哈利先生，您什么时候回来？”

“很快吧，时间还没定。”

“好的。”

我花了整整一个下午，把那部极易让人窃听的模拟手机换成了数字的，这样一来，泰晤士河谷警局的牛人都拿它没办法，你《庞普报》能奈我何。

回到公寓，我给北安普敦郡的理查森小姐打去电话，她言辞激烈地拒绝了我，说是不许我再去拜访。金妮和戈登是她亲爱的朋友，要说埃利斯会伤害那些马驹，她死也不信，还说想到这些，就觉得我这人太邪恶，太缺德了。这一切金妮都告诉她了，金妮自杀前非常痛苦，她的死都是我一手造成的。

我执著地向她提了两个问题，她也算是勉强应答了。

“七点钟发现马驹的时候，马蹄已被砍下多长时间，您的兽医说过吗？”

“没有，他没说。”

“能否请您告诉我他的姓名及电话号码？”

“不。”

近些年来，我几乎收集了满满一书架电话号码簿，所以这件事也难不倒我，我通过北安普敦郡黄页找到并联系上了理查森小姐那位兽医。他说他很乐于助人的，非常自信地声称，马腿和那只砍掉的马蹄上面都没有新鲜的血迹，是理查森小姐本人坚持要他立即解除马驹的痛苦，他自己也这么想来着，于是就照办了。

他无法向警方提供有关马驹遭受袭击的具体时间，只能说应该是比较早的时候。伤口很干净，是一刀切下来的。兽医说他感到非常惊讶：一岁的小马，怎么就能老老实实地站在那里让人剪掉蹄子。不错，他确认道，马驹打了薄掌，周围也散落着坚果饲料，不过理查森小姐平时也常常喂它些坚果作为补充饲料。

他的确很乐于助人，但却没有帮上什么忙。

接下来，我要想一想怎么到湖边去。原本一般的驾驶动作，到了我这儿竟变得如此复杂：我将一只球形把手固定在车子方向盘上，这样一只手操作就能够握得牢固一些，然后，我用没有感觉的左手拉动了自动变速杆。

我试着弯曲并握了握右手，整个钻心地疼，真是烦透了。我恼火地服了些布洛芬，驱车朝湖边驶去，想着奇科能在身边该有多好。

湖边，诺曼已经将游艇挂上拖车。他身材高大，机警能干，见我慢腾腾地出现在面前，他皱起了眉头。

“哪儿伤着了？”他问。

“自尊。”

他大笑起来。“先把船弄好，搭把手可以吗？我往上抬的时候帮忙推一把。”

我看了看，很干脆地说我做不了。

“你用一只手推就行了。”

我平静地告诉他，戈登·昆特原本对准了我的脑袋，挡过去的右手虽然伤得不重，做事却很不方便了。“你不知道，再来一次他准能得手了，可惜当时金妮的事儿让他走了神儿。”

我已经想到，诺曼会说我应该正式对他提出控诉。

“不，”我说。“没什么正式不正式的，就此打住为好。”

他走开找来一位朋友帮忙，然后一个人用拉链式罩布将那台大功率舷外发动机盖了起来。

我说：“一开始你怎么会想到案子背后有位重量级人物？”

“一开始？”他一边忙活，一边沉思。“数月前的事了，当时我和阿奇谈到了这件事。一开始我只当作是一般案件，尽管埃利斯的大名让案子闹得沸沸扬扬。后来，警长竟开始胁迫我，要我找个理由把案子给搁置下来，我让他看了有力的证据，他说局长对此事非常郁闷，并说局长郁闷的原因总是和来自外部的政治压力息息相关。”

“哪种政治压力？”

诺曼耸了耸肩。“不是某个党派，而是一种压力集团，或是游说集团，达成了某种交易，说什么‘停止起诉昆特，你会得到如此这般的好处’。”

“不是直接的现金交易吧？”

“席德！”

“噢，对不起！”

“该死的我倒是希望如此。”他用粗麻绳将引擎罩捆了个牢固。“北安普敦郡的那块破布，我可是没拿它换了银子。”

“向你认错，”我说。

他龇了龇牙。“我决不会干出那样的事！”他爬进游艇，将各种设备固定结实，以免途中撞坏。

“没有人会彻底屈服于压力，”他指出。“埃利斯·昆特的案子并没有被撤销。的确，眼下案件处于胶着状态，你本人也受到无情诽谤，几乎是名誉扫地，虽然极不公平，但却是事实。”

“嗯。”

事实上，我思忖道，戴维斯·塔特姆雇用我，正是要我查出到底谁想将我击败。就我而言，这样的对抗也不是第一次了，但我却是第一次拿了别人的钱来挽救自己的命。目前情况下，要想自救，就得击败埃利斯·昆特。首先，我拿了别人钱的，而拿钱就是要干这个的。

诺曼把车子靠近游艇拖车并钩了上去，然后俯身靠近前排乘客座位的窗子，打开下面的贮物箱，掏出一个塑料袋递了过来。

“一块肮脏的破布，”他乐呵呵地说。“不白给的，一周时间，每日早餐前，屈膝跪拜一番。”

我感激地接过袋子，里面那块破布，宽约三英寸，随意地叠了厚厚几层。

“大约一米长，”诺曼说。“能从他们手里拿来的就这么多了，还签了字的。”

“太好了！”

“你准备拿它怎么办？”

“先洗干净再说。”

诺曼顾虑重重地说：“上面有些图案，但没有任何字体，根本看不出来自何处，没有园艺商铺名称，什么都没有。”

“我也没抱太多希望，”我说。“不过坦白地说，眼下每根稻草都值得抓住不放。”

诺曼叉开双腿站在那里，两只手搭在臀部上。他看上去的确不失一位警督的威武，而内心深处却着实有些优柔寡断。

“我信任你，可应该多大程度？”

“暂不说出，如何？”

他点了点头。

“我原以为这事儿说好了的。”

“没错，几个月前就说好了。”

“说好了就决不反悔！”我说。

又终于痛下决心，重又将脑袋缩进车内，这一次，他拿出了一封牛皮纸信件，伸手向我递了过来。

“坚果饲料分析报告，”他说。“看过后请丢进碎纸机。”

“好的，多谢！”

我将信封和塑料袋放在一起，心里想着，绝不要看轻了这份信任！他对我该是何等信任，我想，此时，我心中感到的不是沾沾自喜，而是忧虑与不安。

“我一直在想，”我说。“你可曾记得七月间发生的那些事，当时，我们将这些东西从戈登·昆特的路虎上带了回来。”

“当然，忘不了的。”

“路虎上有一件兽医的围裙，卷着的，当时我们没有带走，是吗？”

他皱了皱眉。“不记得了。不，应该是带回来了，很要紧吗？”

我说：“我一直觉得奇怪，即使戴了颈圈，即使撒了坚果饲料，那些马驹怎么能够安安静静地站在那里让人把蹄子剪去。我问过那些兽医，所有马驹都钉了马掌的。还有，马的嗅觉十分灵敏，应该能闻出那是铁匠围裙的味道。我想埃利斯可能戴了那个围裙，以消除马驹的疑虑，让它们觉得他在给自己打马掌。有了信任，他就可以让马驹抬起球关节，用剪刀头紧紧夹住。”

他瞪大了眼睛。

“你怎么想？”我问。

“马这种动物你是最了解的。”

“就是有了信任，曾经有匹两岁马驹才让我靠近了它的腿部。”

“以我之见，”他说。“情况应该就是如此。”

他不自觉地伸出手来和我道别，又突然想起戈登·昆特在我身上造成的后果，于是耸耸肩，龇龇牙，说道：“那块破布有了有趣的发现，会让我知道吧？”

“当然。”

“回见。”

他挥了挥手，拉着游艇拖车离开了。我返回车内，将塑料袋和信封放在一边，朝不远处的阿奇·柯克家驶去。

阿奇已经下班，他带我进了客厅，他妻子满面微笑，到厨房忙活去了。

“情况怎么样？”阿奇问。“威士忌？”

我点了点头。“多加些水……”

他指指椅子，我们坐了下来。十月，屋子有些阴暗，壁炉里的人造火苗点燃了人造煤球，房间顿时有了生气，给人的感觉是阳光灿烂的六月所没有的。

好久没见过阿奇了，我再一次被他那普通的外表和从容的神态所吸引，再一次看到了他那睿智的棕色眼睛。

他很随意地说：“你近来日子可是不太好过呵。”

“看得出来吗？”

“是的。”

“别担心，”我说。“能问几个问题吗？”

“要看什么问题了。”

我喝了几口兑过水的威士忌，让浑身紧绷着的肌肉放松下来。

“首先，你是做什么的？”我说。

“普通公务员。”

“这不太……哦……不太具体。”

“不妨先问最后一个问题，”他说。

我笑了笑，说道：“再聪明的人也不一定知道谁在付他工钱。”

酒杯快到嘴边时，他停了下来。

“说下去，”他说。

“那么……你可知道戴维斯·塔特姆？”

顿了一顿，他回答道：“是的，知道。”

他好像有些警觉，和我一样，他也要细细掂量一番，哪些事实可以透露，哪些事实不应该透露。这是个古老的二言推理——他知道我知道他知道吗——有时就像是孩子玩的游戏。

我说：“乔纳森还好吗？”

他大笑起来。“听说你可是个象棋高手，”他说。“还听说你非常善于误导别人。你的对手以为他们赢了，然后……砰。”

我只在安斯佛和查尔斯下过棋，而且也只是偶尔为之。

“认识我岳父吗？”我问。“是前岳父，查尔斯·罗兰。”

他眼睛一亮，说道：“我们在电话上聊过。”

他总算没有撒谎，我想。既然没有撒谎，我便可一路放心地问下去了。于是，我又问起了他妹妹贝蒂·布拉肯的事。

“那个让人头疼的孩子还在库姆·巴西特，眼下滑水季已经结束，他都快把大家逼疯了。能在他身上看出好来，也就你一个人罢了。”

“还有诺曼。”

“诺曼看他是一位滑水天才，也不乏犯罪倾向。”

“乔纳森有钱吗？”

阿奇摇了摇头。“我们只给他些零钱买买牙膏之类，他还在留校察看，平时生活一团糟。”他顿了顿。“贝蒂掏钱让他滑水，我们家她才最有钱。她刚从学校毕业就嫁人了，博比大她三十岁，娶她时家里很富有，现在更有钱了。你也看到了，她对他仍是一往情深，一直就是这样。他们没有孩子，她不能生育，让人很伤心。乔纳森要是有点儿头脑的，就该对贝蒂好一些。”

“我想他还没有误入歧途，无论如何，还没有到那种地步。”

“你喜欢他吗？”阿奇好奇地问。

“不很喜欢，但也讨厌看到有人自暴自弃。”

“傻小子。”

“我看过马驹了，”我说。“蹄子接上了。”

阿奇点了点头。“贝蒂很高兴。马驹永远要瘸下去了，不过它品种很优良，他们想看看是不是可以让它配种，贝蒂打算明年就让它为优良母马配种。”

阿奇可爱的妻子走了进来，问我是否留下来吃晚饭，说是多做一个人的饭菜很方便的。我谢过她，站起来准备离开。阿奇和我握了握手，我有些踌躇，心不在焉，他没太在意，出门送我来到车子旁边。此时，天色已渐渐暗淡下来。

他说：“在文职机关，我供职于一个很小的分支部门，不久前刚设立的，尚未对外公开，其职责是预测高层政府任命可能出现的后果，此外，我们还负责预测各类立法提案将会产生的不可避免的后果。”他停了停，表情冷漠地接着说道。“我们自命为卡桑德拉机构，能看到将要发生的事情，但却没有任何人相信。我们总是密切关注那些杰出的自由侦探，他们不效忠于任何部门，因此很难发现，比如你就是其中一位。”

暮色中，我站在车子旁边，望着那双不同寻常的眼睛。眼前这个人非同一般，有着不可思议的洞察力。我说：“阿奇，只要我能确定你不会故意陷我于危急之中，我会竭尽所能替你做事的。”

他深深吸了口气，却并未做任何吩咐。

“晚安！”我轻声说道。

“席德。”

“我会打电话的。”我想，这也该是承诺吧，那样坚定，一如“我们共进午餐吧”。

车子开出了大门，他仍然站在碎石路上，好一个名副其实的公务员，我有些怜悯地想道。规则充满了变数，他如何能给我明确的承诺！

我穿过牛津郡，来到安斯佛，按响了查尔斯家侧门的门铃。克罗斯太太过来应的门，见我到来，原本疑问的脸上顿时充满了欢迎的神情。

我问她查尔斯是否在家。“少将先生在军官起居室，”说着便匆匆跑上前去给查尔斯报信。

我三天两次来寻求避难，对于此事他避而不谈，只是指了指那张柔软的镀金椅子，径自给我倒了杯白兰地。

我坐了下来，一边喝酒，一边感激地望着这位严肃而矜持的单薄老人，他曾经指挥过各种舰只，而如今这里成了我唯一的港湾。

“胳膊还好？”

话很简单，我轻轻答道：“很疼。”

他点了点头，等我往下说。

"可以住下吗？"我说。

"当然。"

过了一会儿，我说："阿奇博尔德·柯克，这人你认识吗？"

"不，我想我不认识。"

"他说电话里和你聊过，应该是几个月前吧。他是公务员，地方法官，住在亨格福德附近，我刚从他家过来。能想起来吗？再回忆下，我想他可能向你打听过我，比如查对情况，比如推荐信之类的事，你或许告诉过他我会下棋来着。"

他陷入了沉思，在记忆里搜寻着。

"给你写推荐信，我向来都是搜肠刮肚的，"他说。"怎么，这样写你不高兴吗？"

"不，当然高兴。"

"人家不止一次问起你的人品和能力，我总是告诉他们，要说这找侦探，他们算找对了。"

"你真……太好了！"

"好什么，算了吧。为什么要问这位阿奇博尔德·丘克？"

"是柯克。"

"嗯，柯克。"

我喝了些白兰地，说道："还记得那天你陪我到赛马俱乐部的事吗？那天保卫科科长让我们给开了。"

"怎么能忘了呢？"

"那件事你没和阿奇·柯克提过吧？"

"当然没有，从来没有提过，我向你保证。"

"有人提过，"我不悦地说。

“赛马俱乐部居然不守诺言。”

“是的。”我想了想，问道：“有位叫戴维斯·塔特姆的律师你认识吗？他是埃利斯案的控方律师代表。”

“有过耳闻，从没见过。”

“你会喜欢他的，也会喜欢阿奇的。”我顿了顿，接着说道：“他们都知道赛马俱乐部那天的事。”

“可是席德……这真的很重要吗？我是说，你为赛马俱乐部做了件好事，替他们清理了门户。”

“可以肯定，戴维斯·塔特姆，还有阿奇，他们雇我就是要我查出那个想破坏昆特案的幕后黑手。这些话我只当你没听见。”

他笑了笑。“客户隐私吗？”

“是的。哦，戴维斯·塔特姆一再告诉我，他认识所有那些让我脱去上衣的赛马俱乐部官员，而且也知道其中的缘由。我想他和阿奇都深信我会为他们不惜铤而走险的。”

他一脸平静而毫无表情，盯住我看了许久。

他最后说：“你会吗？”

我叹了口气。“也许吧。”

“哪种危险？”

“我想他们也不知道，但从事实来看，假如有人一开始就处心积虑地想要阻止埃利斯受到审判，那么这个人又会是谁呢？”

“席德！”

“是的，他们要我查出是否真的有人想要竭尽全力将我从这个案子彻底清理出去，他们想要我查出是否果有其人，又有何动机。”

“上帝，席德！”

查尔斯从不直呼上帝名讳，可见他的话有何分量。

“于是，”我叹了口气。“戴维斯·塔特姆说了欧文·约克夏这个名号，告诉我他的名下有家托普林食品公司。全国越野障碍赛马前一天，该公司在安特里曾举行一场午宴，埃利斯·昆特应邀为重要贵宾。客人中还有位蒂勒皮特勋爵，既为托普林食品公司董事会成员，又是《庞普报》拥有人，过去几个月，该报一直极尽其能事，不停地对我进行讽刺挖苦。”

他坐在那里，僵住了一般。

“所以，”我说。“我要去看看欧文·约克夏和蒂勒皮特勋爵到底在做些什么，假如我回不来的话，你不妨去大闹一场。”

他好不容易平稳了气息，说道：“这事不要去做，席德！”

“不……假如放弃的话，埃利斯就会得意洋洋地走出法庭，而我在这个世界上从此也就没了立锥之地。这道理你能明白的。”

他的确能够明白。

过了一会，他说：“我隐约记得，我确实和这个叫做阿奇的家伙谈过话，他当时问你脑筋好不好使，说是他知道你有很强的身体适应力。他那些词儿很怪，我现在仍然记得。我告诉他你下棋变幻莫测，也算实话，你确实是这样。都过去那么长时间了，当时眼前这些事都还没有发生。”

我点了点头。“他妹妹家有匹马驹被人削去了蹄子，那天早上五点半的时候，他让她给我打了电话，这之前，他已经知道我很多事情。”

“原来是他？布拉肯女士的哥哥？”

“是的，”我喝口白兰地，说道。“再与托马斯·乌拉斯顿爵士联系的话，想请你随口打听一下，赛马俱乐部那件事是不是他告诉的阿奇·柯克和戴维斯·塔特姆，你看可以吗？”

托马斯·乌拉斯顿爵士时任管事部经理，负责保卫科科长清理一事，当时他企图要让我和奇科彻底丢掉私人侦探这个饭碗，就我来说，这件事已经成为过去，我也真不想去翻旧账了。

查尔斯说他会去问托马斯爵士的。

“请他不要让《庞普报》知道这件事。”

和我一样，查尔斯心里也充满了惊惧，思考着整个事情可能的后果。外面，侧门的门铃响了起来，查尔斯皱着眉头看了看手表。

“会是谁呢？都快八点了。”

我们很快弄清来者何许人也。“爸爸！”，一个极其熟悉的声音从厅外传来，随即一个极其熟悉的身影出现在门口。珍妮……查尔斯的小女儿……我曾经的妻子，那位对我依然怨恨不已的妻子，说话还是那样刺耳。

心中一阵刺痛，掠过令人窒息的沮丧，我站起身来，查尔斯也站了起来。

“珍妮，”一边叫了一声，查尔斯走过去迎接女儿。“真让人惊喜！”

她转过脸来，还是那么从容不迫，说道：“我们碰巧路过，总得过来看看吧。”她不冷不热地瞧我一眼，说道：“看见门外你那辆车了，才知道你也在这里。”

她和查尔斯贴了贴面颊，我也上前几步，向她施了贴面礼。她一如往常，并没有拒绝，说起来，即使敌对双方，恶战之后也常要以礼相待，以示开化。

"你好像瘦了，"她说，不是因为关心，而是出于挑剔，这也是她历来的习惯。

她看上去还是那样漂亮，我心里想，但这会儿还是不要夸她为好，我不想让她对我嗤之以鼻，主要怕糟蹋了她那甜美的唇线。她经常出口伤人，总是恶言恶语，而我唯一的防卫手段便是沉默不语，以前如此，当下依旧。

她那位英俊的第二任丈夫跟着她走进房间，一边和查尔斯握手寒暄，一边为贸然到来而深表道歉。

"我亲爱的小伙子，欢迎随时光临，"查尔斯劝慰他道。

安东尼·温纳姆向我转过身子，故作亲切地叫了一声："席德……"并向我伸出手来。

我握着他那只热情而又令人尴尬的手，一边心下想道：真是不可思议，一天下来，你不知要和别人握上多少次手。说来奇怪，以前竟未曾留意。

查尔斯倒了饮料，并建议两人留下用餐。安东尼·温纳姆表示感谢，随后找个理由拒绝了。珍妮冷冷地看我一眼，在那张锦缎镀金椅子上坐了下来。

查尔斯陪安东尼在一旁闲聊，聊过了天气，就再也找不到话题。我站在两人身边，两眼却望向珍妮，珍妮此时也在看我。她突然打破沉默，说道："哦，席德，下面的话想必你不爱听，可这次你真的把自己搞得一团糟。"

"不。"

"不什么？"

"不想听你说。"

"埃利斯·昆特！你胃口也太大了吧！夏天的时候，那些报纸连我也给烦上了，我想你是知道的。"

我很不情愿地点了点头。

"那个《庞普报》记者，"珍妮抱怨道。"英蒂娅·卡思卡特，就是甩不掉她。她想要知道你的一切，还有我们的离异。知道她都写了什么吗？说我和你离婚，因为你满足不了我，而不是由于你残废了，她竟然说这都是我告诉她的。"

"我看过，"我敷衍道。

"看过？喜欢是吗？你很喜欢吗，席德？"

我无言以对。查尔斯厉声说道："珍妮，别说了！"

她脸色立刻缓和下来，所有的怨气都烟消云散了，我又看到了那个身着嫁衣的温柔姑娘。转瞬之间，一切都发生了变化，仿佛监狱的铁门蓦然洞开，她渴望获得的自由，我想，终于戏剧般实现了。

"我没说过的，"她告诉我，有些不知所措的样子。"真的没说，是她编的。"

我咽了口唾沫，眼前这个温柔如初的珍妮竟是更让人感到棘手。

"你说了什么呢？"我说。

"嗯……我……我……"

"珍妮！"查尔斯又插过话来。

"我告诉她，"珍妮对查尔斯说。"我无法生活在席德冷酷的世界里。我告诉她，无论她怎么写，都不会击垮他的，因为还不曾有人击垮过他。我告诉她，他从来不流露自己的感情，钢铁都比他柔软得多，而这一切我都无法忍受。"

以前，我和查尔斯都曾一遍又一遍地听她说到过这些，只有安东尼看上去有些吃惊，他居高临下地审视着我一脸的无辜相，明显认为是珍妮冤枉了我。

“英蒂娅·卡思卡特也没把珍妮的话当一回事儿，”我安慰他道。

“什么？”

“他也能读懂别人心思呢，”说完，珍妮放下杯子，站起身来。“安东尼，亲爱的，我们走吧，好吗？”她对父亲说：“对不起，瞧我们来去匆匆的。”最后又对我说道：“英蒂娅·卡思卡特是只母狗！”

我吻了吻珍妮的面颊。“我依然爱你！”我说。

她匆匆望我一眼。“我就是受不了，我说给她的是实话。”

“我知道。”

“别让她毁了你。”

“不会的。”

“嗯，”她笑了，大声说道。“鸟儿出了囚笼，欢快地歌唱。好了……再见，席德。”

她大声笑着，看上去很是幸福。我怀念那些两情相悦的日子，那时候，她总是刚才的模样，可人又怎能回到过去的时光。

“再见，珍妮，”我说。

查尔斯有些茫然，送他们走出门口，回来的时候，我见他皱着眉头。

“我真不懂自己的女儿，”他说。“你呢？”

“哦，是的。”

“她都把你撕成碎片儿了，反正我受不了，尽管你行。为什么你就是不还手？”

“瞧我都给她带来了什么。”

“嫁给个什么人，当初她自己心里清楚。”

“我想她不清楚，嫁给个骑手，并不总是那么容易的。”

“你原谅她太多了！那么你知道她刚才离开时说些什么吗？她真让我搞不懂，她只是拥抱了我，就是抱了抱，她不该吻吻我这老脸吗？她竟然对我说：‘当心席德！’”

一瞬间，我心中顿时涌动起来，眼泪几乎要夺眶而出了。

“席德……”

我摇了摇头，尽量让自己保持冷静。

“我们总算冰释前嫌了，”我说。

“什么时候？”

“刚才。以前的珍妮回来了，她总算摆脱了我，蓦然感到了解脱……所以她不再需要……将我撕成碎片，你这么说来着。我想她胸中的愤怒终于散去，就像她说的那样，她终于飞出囚笼了。”

他说：“倒是希望如此，”却又像将信将疑。“我想要来一杯。”

我笑了笑，同他一起喝起酒来。然而，当我们其乐融融地共进晚餐时，我突然发现，尽管他女儿不会再对我鄙视和折磨，我分明感到的却并非什么解脱，而是怅然若失。

第十章

周四一大早，我离开安斯佛，驱车回到伦敦。同往常一样，我将车子停在庞特广场附近一处大型地下公共停车场，又从那里步行来到洗衣店，平时我都是将衬衣拿到这里来洗，而这一次，却是来等着取走已经干洗过两遍的北安普敦的那块破布。

出现在眼前的像是一件纤维织品，大致呈宝石绿色，上面的图案为非几何形，由绿色、棕色和橙红色构成，此外尚有几处难以去除的不规则黑色印记。

我说服洗衣工将破布熨烫一遍，这样我拿在手里的时候，就不再是皱巴巴的了。

“用清洁剂洗涤会怎么样？”我向那位壮硕的心不在焉的干洗工询问道。

“你当然不会彻底毁掉它的，”他讽刺带挖苦道。

于是我再用清水洗涤，重新熨烫一遍，结果还是没有多大改观：宝石绿色，模糊而不规则的图案，顽固的黑色污渍。

借着黄页，我参观了一位知名布艺设计师的批发销售展示室，那里有个彬彬有礼的老者解释说，我这块布的图案是织成的，而他们的则是印花的，两种产品分属于不同的市场，批发销售商瞄准的是中端市场的高档产品。他说我需要咨询一位室内装饰师，出于好心，他为我列出了几家公司的名字。

前面两家公司没能够提供有用的信息，到了第三家，我遇到一位二十来岁的年轻人。他这会儿手头没什么活计，正用苍白而修长的手指梳理着齐肩的卷发。他饶有兴趣地望着我手里的东西，抽出一根宝石绿色的线头对着灯光细细察看。

“是丝绸哎，”他说。

“真丝的吗？”

“毫无疑问。这块布很贵重，图案是织上去的，你瞧。”他转过身来，让我看了看布的背面。“非常漂亮。哪儿弄来的？看上去像是彩花细锦缎，太美了！颜料都是有机的，不是矿物的。”

他还那样年轻，我看了看他，问他是否还有别的可能。

“就因为我刚从设计学校毕业吗？”他猜出了我的心思，却并不生气。“我可是面料专业的，所以这家公司才会雇我。我对各种面料了如指掌，设计师不懂纺织，他们只会使用。”

“那就告诉我这东西到底是什么。”

他用手指拨弄着宝石绿布料，贴上嘴唇，再贴上面颊，仿佛手里拿的是一颗水晶球，而他正用心灵感应与它进行沟通。

“是现代仿制品，”他说。“做工非常精妙，彩花细锦缎，提花织布机织出的。有些东西还不能确定，但我认为应该是一幅丝绸挂件的仿制品，挂件出自菲力浦·拉萨勒之手，时间在1760年前后。只是真品底色为奶黄色，不是蓝绿色，图案呈绿色、红色和金黄色，由绳索和树叶交织而成。”

我被深深地吸引了。“你肯定吗？”

“学习这种东西我可是花了三年时间。”

“那么眼下都有谁在仿制？我需要去法国吗？”

“你不妨找几家英国公司试试运气，可是，你知道——”

正要说下去，一个面色严厉的粗鲁女人打断了他。她一身皂衣，颈项上挂了一串硕大的阿兹特克项链。她风风火火地闯了进来，然后将身子靠上柜台，那里放着我那块不起眼的破布。

“你们在干什么？”她问。“我不是吩咐过吗，你去登记一下那批新到的花边。”

“是，莱恩女士。”

“喏，请赶快动手，抓紧过去！”

“是，莱恩女士。”

“你需要帮助吗？”她突然问我道。

“就几个纺织工的名字。”

赶去登记那些花边的路上，他回过头来简要地对我说：“看上去像是出自坊间艺人之手，不是公司生产的，去找索尔·马库斯试试。”

“他在哪儿？”我大声问。

“伦敦。”

“谢谢。”

接着他走远了。莱恩女士冷冷地盯视着我，我收起破布，息事宁人地笑了笑，便离开了这家商号。

我首先通过电话通讯录联系到了索尔·马库斯，在伦敦西区奇西克附近一家宽敞的布艺作坊里，我找到了这位胡须花白的老者。

他对破布颇感兴趣，但看过之后却摇了摇头。

我催促他设法查到可能出自谁人之手。

“可能是帕特丽夏 · 哈克斯福特的作品，”他终于犹豫不决地说道。“你可以找她试试，她以前和现在偶尔做这种东西，别的人我就没听说过了。”

“我去哪儿找她？”

“萨里，苏塞克斯，或诸如此类的地方。”

“多谢您了。”

回到庞特广场，我在手头每一本有关萨里、苏塞克斯的电话号码薄里查询帕特丽夏 · 哈克斯福特的信息，保险起见，我还查找了靠近汉普郡和肯特郡南边的邻县，在所有列出的哈克斯福特姓氏中，没有找到一位名叫帕特丽夏的织工。

告别保罗 · 哈克斯福特夫人，一位双层玻璃经销商的妻子，我突然意识到，自己真的该找一位助手了，此类查询工作动辄就要花上几个小时。该死的奇科，还有他那位小鸟依人的漂亮太太。

电话黄页上不易找到，我就开始利用计算机中心系统的电话号码查询服务。通常情况下，每查找一个号码，查找人都需要提供一个地址信息，只是计算机系统仅能输入“帕特丽夏 · 哈克斯福特，萨里”这种太过模糊的查找信息。

我试了试“帕特丽夏 · 哈克斯福特，吉尔福德郡”，但系统只列出了已经查到过的“帕 · 哈克斯福特”两个人名，再输入“金士顿，萨里”，同样没有任何结果。我对其他所有主要地区进行了系统的搜索：萨顿、埃普索姆、莱瑟黑德、多金……萨里郡只有数平方英里，面积不大，却人口众多。查来查去，还是一无所获。

好在我要查找的不是“史密斯”，作为姓氏，“哈克斯福特”总归不太常见。

轮到苏塞克斯了。苏塞克斯分东西两区，东苏塞克斯即县城刘易斯，西苏塞克斯即奇切斯特。我在心里默默掷了枚硬币，然后选定的是奇切斯特。接下来听到的信息让我简直不敢相信自己的耳朵!

一个机器合成的声音说道：帕特丽夏·哈克斯福特的电话未载于号码簿，如需急用，该号码可通过警方获得。该号码甚至未登记于发起呼叫级电话簿，不然便可以说些好话，让接线员为自己拨打这个电话。帕特丽夏·哈克斯福特绝对享有二级隐私保护，上述手段是无法行得通的。

享受第三或最高级别隐私的包括政府事务部门、皇室家族及谍报人员，他们的号码在任何目录上均无从查到，即使是电话交换局和接线员，他们也不一定知道这些电话号码。

我打个哈欠，伸伸四肢，吃些爆米花，算是将午饭应付过去了。

我无精打采，正想着要往七十英里外的奇切斯特跑一趟，查尔斯从安斯佛打来了电话。

“太好了，总算把你给逮住了，”他说。“我一直在和托马斯·乌拉斯顿通话，有些事情你一定很想知道。”

“是的，”我兴致勃勃地回应道。“他怎么说的？”

“你知道的，当然，他已不再是赛马俱乐部管事部经理，任期结束了。”

“是的我知道。”

与此同时，我也为此感到遗憾。新上任的管事部经理很容易认为我也就是个小打小闹的讨厌鬼。我想他也有他的道理，但假如我向俱乐部各部门现任头脑索取点儿什么，这位新任管事部经理该是阻挠不了的。我曾为他们清理过一匹害群之马，但在赛马俱乐部，谁也不再要因此而对我感恩戴德。那件事让他们丢了脸面，因此巴不得早些忘了才好。他们要是这样，我也没什么可说，我只是以为，总不该如此绝情，不留下些微感恩之心吧。

“你的问题让托马斯哑口无言，”查尔斯说。“他辩解道，他那样做原本对你没什么恶意。”

“啊！”我说。

“是的，他不否认，那天上午的事他告诉过别人，但却一再声称他只讲给过一个人听，说是那人地位很高，而且廉洁公正。我问他是不是阿奇博尔德·柯克先生，他一下子傻了眼，席德。他说那是今年夏天早些时候的事了，当时阿奇·柯克找他打听你的事情。阿奇·柯克告诉他，他听说你是位优秀的侦探，他想知道你究竟优秀在哪里。好像阿奇·柯克的部门偶尔会悄悄雇用私家侦探，可苦于找不到可以信任的优秀探员，托马斯·乌拉斯顿便告诉他你这人可以信任。阿奇·柯克显然还打听了别的很多问题，到了后来，托马斯也就说出了你身上那些可怖的伤疤和链子留下的伤痕……我是说，对不起，席德。”

“嗯，”我说。“还有呢？”

“托马斯告诉阿奇·柯克，你有着骑手的体格和身体适应能力——托马斯说‘身体适应能力’，阿奇就是从他那儿学来的词儿——以你天生的身体适应能力，没事儿人似的，把一切全都抛在了脑后。”

“没错，”我说。其实也并非完全如此，没有谁能彻底忘掉一切，只是你可以暂时丢在一边。说来也怪，我想，我噩梦中竟是从未出现过那些铁链留下的累累伤痕。

查尔斯扑哧一声笑了。“托马斯说，他要是个坏蛋的话，可不想让哈利少爷踩着尾巴。”

“哈利少爷”这会儿觉着心里挺受用的。

查尔斯问道：“我还能为你做点儿什么，席德？”

“你已经非常了不起了！”

“多加小心！”

我笑了笑，让他知道我会小心的。对一位骑手来说，“多加小心”不过是一句无奈的忠告，从内心来讲，此时我一如既往，决心要奋力一搏。

我向车子停放处走去，路上买了些结实的医用绷带。来到车上，我将右臂牢牢绑紧，吞下足量的止疼药，驱车朝西苏塞克斯的奇切斯特驶去，那里离海岸只有七英里。

这是个令人精神振奋的下午，我的浅褐色梅赛德斯飞奔在起伏不平的南唐斯丘陵，到了最后一英里，地势渐平，我加快速度，驶向奇切斯特教堂城，车速还算不慢，但仍然赶不上马的脚力。

我找到公共图书馆，要求查阅一下选民名册。

名册上琳琅满目，按选区列出了全县所有已登记投票人的姓名及地址。

这该死的奇科，他此刻在哪儿呢？

整个查询过程可能要花去两到三个小时，而在短短十五分钟内，我就找到了帕特丽夏·哈克斯福特的记录。这选民名册真让人讨厌，字体之小，我不得不眯起了眼睛。

哈克斯福特，帕特丽夏·海伦，布拉沃宅第，洛厄尔。

赞美上帝！

我顺着路线图，在洛厄尔村打听着方向，终于找到了布拉沃宅第。这是一座改建过的教堂，外面停了一大片轿车和厢式货车，看上去压根儿就不像连电话也要保密的隐蔽之所。

厚重而高大的西门是开着的，有人不断从那里进进出出，我随即也走了进去。进得门来，才知道一家服装杂志举行的摄影展即将接近尾声。

我向一位抱着剪贴板的年轻女人问道："帕特丽夏·哈克斯福特？"

女人对着我灿然一笑，说道："她非常棒，不是吗？"

我顺着她的目光瞧了过去：一个衣着惊艳的小个子女人正信步走向一个类似宝座的去处，那去处位于耳堂与中殿交叉处的台子中央。耀眼的舞台灯光即将关闭，摄影师正忙着收拾各种电缆，热情洋溢的致谢声在四周荡漾。活动圆满成功，人人志满意得，激动之情溢于言表。

我一边等待，一边向四周望去，发现原来的教堂变成了现代宅第：窗户很高，上面安装的不是彩色玻璃，看上去非常明亮；中殿石板铺面，上有地毯，不见靠背长凳，墙边立着些舒适的时尚沙发，此外还有一台大屏幕电视机。

台上的宝座后有一面白漆隔板，遮去了宝座与祭坛之间的视线，然而这一切都丝毫没有影响那石拱穹顶的磅礴之气，没有影响众生对于上帝荣耀的赞美。

住在这样的地方，我想，宅主人该有着无忧无虑的品性。

各家媒体渐次走下中殿，离开时祝福声仍响成一片，帕特丽夏·哈克斯福特挥手将众人送走，终于关上了那扇沉重的大门。她回过头来，见我仍待在里面，感到非常吃惊。

“非常抱歉，”说着，走过去就要把大门重新打开。

“那些摄影记者和我不是一路的，”我说。“我来这儿想打听些别的事儿。”

“我累了，”她说。“必须得请你走。”

“您看上去真美，”我向她说。“就耽误您一会儿工夫。”我拿出那片儿破布递给她看。“如果您是帕特丽夏·哈克斯福特，这是您织的吧？”

“翠西，”她心不在焉地说道。“我叫翠西。”

她看看那块破布，又望了望我。

“你叫什么名字？”她问。

“约翰。”

“约翰什么？”

“约翰·西德尼。”

约翰·西德尼是我真名的前面两部分，那是我母亲年轻时的习惯称呼：“约翰·西德尼，来亲我们一下。”“约翰·西德尼，快来洗洗脸”，“约翰·西德尼，又和人打架了吗？”在我的工作中，无论什么时候，多咱不想再叫席德·哈利，也常常会称自己约翰·西德尼。

据我看来，翠西·哈克斯福特该是人到中年，或是将近五十了吧。她人很漂亮，满头金发，体格娇小，性情活泼快乐。她那双明亮而机警的眼睛朝我打量过来：灰色工作服，白色衬衫，上面打一条颇不招眼的领带，脚上穿一双棕色皮鞋，黑眼睛，一副中规中矩的模样。

图片展圆满成功，她此时仍是兴奋不已，正需要有人帮她缓缓心情，于是我也就有了安全感。谢天谢地，我终于看到她渐渐放松下来。

她拍照的那身装束令人惊艳，裁剪却极是简单：布料整个儿从双肩垂下，长可及地，无袖，脖颈处绣一圈柔软褶边。真正抢眼的是她披在身上的那块布料：蓝、红、银、金四色相间，流光溢彩，烁烁闪光。

“这身裙装是您自己织的吗？”我问。

“当然。”

“这样的品相我可是从未见过！”

“是的，你不会见过的，尤其是这年头。我能帮你做点儿什么？你从哪里来？”

“伦敦，索尔·马库斯说，您也许知道我这块丝绸是谁织的。”

“索尔！他还好吗？”

“头发白了，”我说。“气色还好。”

“多年没见他了。能给我沏杯茶吗？这身衣服我不想弄脏了。”

我笑了笑，沏茶我可是行家里手。

她带我从宝座旁边走过，然后穿过那面白漆屏风。不远处是唱诗班席位，陈旧却未曾有人坐过。祭坛桌上铺着块布，我不禁停了下来：鲜亮的宝蓝色，边上织着金光闪闪的古希腊模体。桌子上方，拱形的透明玻璃窗直抵屋顶。“这边请，”帕特丽夏·哈克斯福特领我走过唱诗班席位，然后拐进一条狭窄的门廊，门廊面向一间不大的时尚厨房，厨房旁边是一间淋浴室。

"我的床在南面耳堂里，"她告诉我说。"织布机都在北边的袖廊。你或许以为，我们是来喝银茶壶泡制的柠檬中国茶，其实我没工夫摆弄那玩意儿的，茶缸和茶叶袋都在这个架子上了。"

我将电热壶灌些凉水，插上电源，这当儿，她在厨房里踱来踱去，欣赏着身上那套色彩纷呈的裙装。

我一边等水烧开，一边好奇地问道："这是什么做的？"

"你说呢？"

"嗯，像是……哦……金子做的。"

她大笑起来。"太对了，金线，银线，还有蚕丝。"

我笨手笨脚地将水倒进缸子。

"牛奶？"她提议道。

"不，谢谢。"

"运气还算不错，刚刚离开的那帮人，总算让事情有了圆满了结。"她对我灿然一笑，端起茶缸重又坐回到那个宝座。红色的天鹅绒椅子上，她的坐姿看上去那么优美，那纤弱的手臂，优雅的依靠在雕花镀金扶手上。那套裙装，漫过她修长的大腿，软软地搭在镂刻的褶层上。

"他们拍的那些照片，"她说。"是为一家杂志的艺术节准备的，艺术节将于明年夏天在奇切斯特举行，要持续整整一个夏季。"

我站在她面前，仿佛中世纪的侍童：我也只能站在那里，就因为身边再没有别的椅子。

"我想，"她说道。"你会以为我这人一定古怪死了，是也不是？"

"还不至于。"

她很是开心，抿嘴笑了笑。“平时我一般会穿牛仔装和破旧的工作服，”她喝了几口茶。“平时我闲不着的，今天就算是演戏了。”

“您真了不起！”

她点了点头。“这年头，没有谁还在用金线做织品。”

“金缕地呢？”我问。

“不错，那地方你知道很多吗？”

“听说而已。”

“金缕地在法国的圭内斯，1520 年 7 月，英王亨利八世和法王弗朗西斯一世在那里会面，本来是要讲和的，但由于彼此积怨已深，两人竟在那里比起摆阔来了。于是双方都穿上了金线织成的衣服，相互赠送的礼物是你今天从未见过的。我想节庆活动上用金线织些布匹该是有历史意义的……也就去做了。我可以告诉你，我身上这件裙装重达一吨，今天第一次穿上，我都舍不得脱下来了。”

“太惊艳了！”我说。

她又滔滔不绝地讲了起来：“1476 年，勃艮第公爵与瑞士人交恶，结果战败逃亡，留下一百六十四金缕织品。就像我身上这件裙装一样，制作金缕布时，要把软金织在丝线上，布燃烧后，金子还可以回收，我做这件裙装时，从领子和袖口裁下来的那些部分，烧过之后黄金融化，然后就可以回收了。”

“太美了！”

“你真的懂行？”她说。“从没像你这样的，见了这件裙装而闭口不问价钱。”

“我的确也想知道。”

“可我不会说的。你那块丝绸给我看看。”

我接过她的空茶缸放在左臂下，右手将那块破布递了过去。她接在手里，目光却停在我的左臂上。她抬起双眼，望着我的眼睛。

"这是……"她说。

"是的，分量上可不亚于黄金，"我随口说道。

我把缸子放进厨房，转身回来时，发现她正站在那里用手指轻轻抚摸着破布。

"一位室内装潢师告诉我，"我说。"可能是一个挂件的现代仿制品，真品于 1760 年出自……嗯……我想是出自菲力浦·拉萨勒之手。"

"真聪明，是的，没错。有段时间，我自己就仿过很多件。"她停了停，突然说道："跟我来。"说罢掉头便走，我跟了过去。

这一次，我们穿过另一面白漆屏风上的小门，来到北面的袖廊，这里是她的工作室。

室内摆有三架结构不同的织布机，机子都处于运转状态。旁边还有一处交易区，那里摆满了文件柜和办公设备，另一处是测量、裁剪和包装区。

"我织的这些布别处是买不到的，"她说。"大部分都去了中东。"她朝那架最大的织布机走去，真可称得上庞然大物了，个头能赶得上我两个。

"这叫提花织布机，"她说。"你的那块布我就是用它织的。"

"听说这块布叫……彩花细锦缎，什么是彩花细锦缎？"

她点了点头。"彩花细锦缎是一种混合织品，上面使用了额外的经纱和纬纱，这样就可以让图案和色彩仅仅凸显于织物表面，背面是看不到的。"她给我演示了那些绳索和树叶为何只会在一面显示出宝石绿光泽，而在另一面却几乎看不到。“这要花去很长时间的，”她说。“除了中东地区，现在几乎没有人知道，这种漂亮的织品是物有所值的。不过以前英国的大户人家也曾买去过不少，都是私人圈里的，我只接受定做。”

我语气平淡地问道：“您知道这块布当时是做给谁的吗？”

“我亲爱的先生，不，不记得了，不过记录可能还在。为什么要问这些？很重要吗？”

“我不知道是否重要，有人给了我这块布，让我查查哪里出产的。”

她耸了耸肩。“我们这就去找找。你不知道，这东西说不定还会有人过来定做的。”

她打开橱柜，里面摆了很多个档案盒，她的手在标签上面游走，终于在一处停了下来。她从架子上取下盒子，放在桌子上将其打开。

里面是一页页硬面纸，上面钉着各种布料样品，并附有十分详细的说明：纤维种类、交货日期、定做数量、买家姓名以及收据。

她一页一页地慢慢翻找，一边拿着我那块布料进行比对。她找到了同一种设计的不同款式，但在颜色上都不相匹配。

“就它了！”她突然叫道。“就是这个，我想差不多是三十年前织的。时光如水，日月如梭，那时我恰逢少年。是四柱床上的挂饰。我记得，做花边时，我那时用的是金流苏。”

我并没抱太大希望，问道：“谁定做的？”

“上面说是戈登·昆特太太。”

我说：“……哦……”我几乎接不上气来。

金妮？这块布是金妮的？

“我对她不大有印象了，”翠西·哈克斯福特说。“不过颜色都对得上，一定是这次订的货，我记得别人没有谁定做过的。”她看了看那块破布上的黑色斑痕：“真可惜！我以为自己织的东西都会永远存留于世的，不费什么事儿，放上两百年该是没问题的。我喜欢让美丽的东西永远留在这个世界上，我想你会以为这老女人也太多愁善感了吧。”

“您非常了不起！”我真诚地说，接着问道：“您是做生意的，可为什么不将电话号码登上黄页？”

她大笑起来。“我搞设计讨厌别人打扰，会分散注意力。朋友圈里有我的手机号码，但我可以随时关机。中东我有个代理，他负责为我采集订单。瞧我，干吗要和你讲这些？”

“我很感兴趣。”

她收拾好文件，放回架子上，问道：“这块挂饰坏了，你说昆特太太会不会再定做一件？”

昆特太太已经跳下十七楼摔死了。

“我不知道，”我说。

返回伦敦途中，我把车开到路边，拨通了戴维斯·塔特姆家里的电话，这是他特意留给我的。

他正好在家，听到我的声音像是很高兴，他想知道，目前为止我都为他做了些什么。

“明天，”我说。“我想去拜访托普林食品公司，你从谁那儿探听到欧文·约克夏这个名字的？”

他支吾了一下，说道：“你说什么？”

“戴维斯，”我温和地说。“你想让我过去看看欧文·约克夏和他的公司，为了什么？为什么是他？”

“这不能告诉你。”

“你的意思是不能说还是不知道？”

“我的意思是……你只管过去看看。”

我说：“托马斯·乌拉斯顿爵士，赛马俱乐部去年的管理部主管，是他告诉阿奇·柯克我身上那些伤痕的事，阿奇·柯克又讲给了你，这么说，欧文·约克夏也是阿奇·柯克告诉你的了？”

“见鬼！”他说。

“我想知道要我去那里干什么。”

停了一会儿，他说：“有人看见欧文·约克夏有两次去过《庞普报》董事会，我们想查清楚原因。”

“谢谢，”我说。

“这些够了吗？”

“凑合吧。噢，我的手机现在总算安全了，不会再有窃听。回头见。”

我回到伦敦，将车子开进地下停车场，沿着两边高墙林立的小巷走到庞特广场对面。我小心翼翼，脚步轻缓，看到我家窗外的街灯没有点亮，我停下来。

时不时地，男孩子们会拿石头将街灯打碎，一般而言，这一片黑暗不会让我感到毛骨悚然，或是让我的右臂蓦然记起戈登·昆特那次突袭。正常情况下，我大概都会装模作样地吹着口哨，一边穿过广场，一边盘算着次日早上请人过来把灯修好。

然而这一次情况并不正常。

进入中心花园有两扇上了锁的大门，一扇正对着我所在的这条小径，另一扇在我家对面，离这儿较远。站在阴影处，我摸出那把附近住户人手一把的花园钥匙，轻轻穿过环形路，打开离我最近的那扇大门。

周遭毫无动静，我缓缓把门打开，侧身进去，又随手将门带上，身后没有发出任何响声。我从阴森森的树下慢慢前行，似明似暗的树枝在微风中轻轻摇曳，枯黄的树叶鬼魅般一片片儿从头顶飘落。

行至花园尽头，我停下脚步，稍作等待。

那里不会有任何人，我这岂不是傻傻地徒生恐惧。

街灯突然熄灭。

以前也常常突然灭掉的……

我背靠着树，等待内心的惊惧平息下来，然后打开第二扇门，穿过马路，来到门前的台阶。城市的喧闹声从远处传来，眼前的花园死一般静寂，此时不见驶进来一辆车子。

我总不能站在这里挨过整个通宵吧，我心里想着……就在这时，我看到了他的身影。

他坐在车里，车子离我只有几米。他那颗脑袋——没错，就是戈登·昆特的脑袋——在车窗后晃动，他正直直地盯住前方，等着我从马路或人行道上走过来。

我立在那里，动也不动，整个身子都仿佛粘到了树上。他一定是走火入魔了，我想。周一过后，他那不可遏制的狂怒并未因悲伤而得以平息，反而化成了复仇的火焰。我离开公寓已将近三十个小时，他就这样坐在那里，究竟已等了我多长时间？这个恶棍，每周至少要过来等候我一次，静待我毫无防备地走进他早已设好的圈套。

走火入魔——全神贯注——是最令人恐惧的对手，它会让你插翅也难以逃过魔掌。

我非常害怕，向后退去，心想他也许会发现这边的动静，而他却没有想到，我竟会出现在花园里。我从一棵树摸索到另一棵树，一边绕过毫无遮蔽的草坪，重新回到那扇大门旁边。轻轻出了门去，穿过马路，我缓缓走上那条胡同，心里不禁感到怯懦，唯恐身后突然一声怒吼，一阵追赶，没准儿还会有一声枪响，要知道他这人可是个农夫。

一切平安无事！我轻抬脚步，不让鞋子发出丁点儿声音，重又来到地下车库，上了车子。此时此刻，我拿不准自己是否已到了浑身筛糠的地步，但要说心有余悸，的确算是实情。去他的塔特姆神话，我心里想到，这样一位侦探，还讲什么聪明智慧、无惧无畏。

我总在车里放上一个旅行袋，里面塞了一套衣服，以便能随时改变自己的身份。衣服曾经让乔纳森穿过：两件套的深色运动服（裤子和拉链式夹克衫），深蓝色运动鞋，外加一顶棒球帽。袋子里还有一件长袖敞领衬衣，两三节充电电池，为左臂准备的，充电器自然也是必需品。出于习惯，我手腕上总是用皮带系上一只拉链式口袋，用以存放现金和信用卡。

我既没有武器，也没有狼牙棒之类的防身器材，要是在美国，这两样东西我没准儿可以同时带在身上。

我坐在车里，盘算着路程远近和我右臂上尺骨的事儿。从伦敦到我的出生地利物浦市，总该有两百多英里的距离，弗罗德沙姆，托普林食品公司所在地，距离伦敦倒是不及利物浦远，但也超过了两百英里。那天我去了奇切斯特，然后又折了回来，路上已经行驶了一百五十英里。到了这会儿，我更是强烈地思念起奇科来。

我考虑过乘火车去，但时间上又不方便。飞机呢？也好不到哪里去。那么出租怎样？我想到了乘坐出租舒适的一面，但最后还是决定放弃，无可奈何，只能自己驾车向北驶去。

通常情况下，驾车也算是轻而易举的事。这样宽敞的快车道，两百多英里充其量也就是三个小时。刚过一个小时，我便来到一家汽车旅馆，吃些东西，然后美美睡上一觉，早上七点钟，再继续朝前赶路，尽量不要去想愈合极是缓慢的右臂，还有从旅馆顺手拿来的那篇英蒂娅专栏。

六月份以来，每个周五的早晨对我而言总是一场考验：《庞普报》第十五版那些文章，篇篇都仿佛一把利刃直刺我的五脏六腑。

她并没有提到曾在艾美酒店的酒吧见过我和塔特姆，或许她听从了我的劝告，只当双方不曾在那里见过。她文章中有关我的表述虽然大都属实，却充满了恶言恶语。我真不知道她怎么能够这样，难道她真的没有半点仁慈之心？

她今天的版面大都让给了一位政界人物，他的裤子“下半旗”时给人家逮了个正着。然而在靠近右边的那篇专栏里，她却进行了如下的描述：

席德·哈利是一个十九岁窗户清洁工同一位饼干厂包装工的私生子。席德年少时性情顽劣，极尽胡作非为之能事，他曾经生长在利物浦的贫民窟，住的是蟑螂成灾的廉租屋。所有这些倒也算不得过错！然而今天，席德·哈利竟然做起了文雅富足的中产阶级，切尔西拥有公寓吧？家具一色的谢拉顿吧？你可听到过他一口时髦文雅的腔调？

滚回去寻你根去吧，这位仁兄。也真难怪，埃利斯·昆特会以为你这人滑稽透顶，你也着实滑稽得让人可怜！

这种贫民窟背景清楚地解释了哈利妒贤嫉能的本性，哈利好勇斗狠的性情日渐原形毕露。现在，我们终于知道其原因何在！

哈利的优雅都是假装的，一如他左边那只塑料假手。

天啊，我想，他们还要怎么样呢？为什么非要如此残忍地伤害我！

在我降生的八个月前，父亲便在一场事故中离开人世，而再过几天，他就要娶我那十八岁的母亲。母亲孤苦伶仃，四顾无援，尽了最大努力将我拉扯成人："过来亲亲我们，约翰·西德尼……"

我从未有过胡作非为，大多数时候，我都是一个安静的孩子："又和人打架了吗，约翰·西德尼……？"母亲向来不喜欢我和人打架，尽管有时候你必须出手，否则就要受人欺负。

得知自己将不久于人世，她把我带到了纽马克特，因为我个头太过矮小，她便将我留给了当时最优秀的训马师，希望他能把我造就成自己一心向往的赛马骑手。

我不可能再回到利物浦寻找我的"根源"，我早已记不起在那里的成长经历。

我从来也不曾妒嫉埃利斯·昆特，对于他我向来是喜爱有加。作为骑手，我远比他优秀，这一点我们都心知肚明，如果说嫉妒的话，那倒是应该他嫉妒我。然而辩解又有何用，我自始至终不都在一直辩解吗？我的辩解反而被《庞普报》恶意利用，屡屡将其归因我可怜的肢体残缺。

手机突然响起，我接了对方电话。

“凯文·米尔斯，”一个熟悉的声音说道。“你在哪？我打过你家里电话，看过今天的《庞普报》了吗？”

“是的。”

“不是英蒂娅写的，”他说。“我给她提供过信息，但她没用。那些版面她都换成了性压力方面的内容，后来被编辑替换了。”

全身的肌肉顿时松弛下来，我居然不知道刚才曾是那么紧张。我尽力让声音平静下来，尽管我千百次地想道，那些读者是如何一边吃着吐司，一边对我吐槽。

“这么说是你写的了，”我说。“现在该知道那混蛋是谁了吧？《庞普报》就你一个人见过我那张谢拉顿书桌。”

“你才混蛋！你在哪？”

“回利物浦了，还能在哪？”

“席德，听我说，我很无奈。”

“因为政策吗？”

他没有回答。

我问：“为什么要打电话告诉我今天那篇诽谤我的文章不是英蒂娅写的？”

“我于心不忍。”

“这部手机现在不会有人窃听了，有什么话尽管说。”

“我的天！”他大笑起来。“这种现象不会长久的。”他停了停。“你也许不信，《庞普报》大部分人已经改变了对你的态度。”

“那就奋起反抗嘛，”我冷冷地建议道。

“我们也得吃饭不是，你可是个强硬的家伙，你能承受的。”

你也真该领受一下，我想。

“听着，”他说。“报社收到很多读者来信，投诉我们对你不公。”

“很多是多少？”

“两百来封吧。相信我，确实是很多，但就是一封也不许刊登。”

我饶有兴味地问：“谁说不让的？”

“总编古德巴说的，其实他也不想这样，但政策是上面定的。”

“蒂勒皮特吗？”

“你肯定不会有人窃听吗？”

“万无一失。”

“这么多残忍的诋毁、诽谤，其实你是无辜的，这我知道，我们都知道。我很遗憾扮演了那种角色，今天我又说了那么多恶毒的话，尤其还提到了你的手，非常对不起。没错，就是蒂勒皮特，《庞普报》的所有人。”

“嗯……谢谢。”

他说：“真是埃利斯·昆特砍掉那些马蹄的吗？”

我悲哀地笑了笑。“陪审团会作出裁决的。”

“席德，你听着，”他争辩道。“你可欠我的！”

“人生真是个混蛋，”我说。

第十一章

星期五上午九点，我驱车来到弗罗德沙姆镇，向人们打听托普林食品公司。

河的不远处，有人告诉我说，就在默西河附近。

在利物浦历史上，默西河滨水区的那些码头曾经颇负盛名，而今却已是一片沉寂。一排排起吊机业已撤除，大片的仓库或是已被推倒，或是经过了改建。这座城市的心脏已经某种程度地停止了跳动，虽然也有过小规模的修修补补，但昔日的辉煌再也不复返了。城里有一座宽敞的红砖大教堂，然而就像英国大部分地区一样，这里的宗教信仰早已经日趋式微。

早些时候，有几年我常来利物浦，但也只是到安特里赛马场参加比赛。我曾经住过的街道邻近一家超级市场。对我而言，利物浦只是我生活过的一个地方，却不是我的家。

弗罗德沙姆有一个称作默西河观景台的去处，北面很远的地方，曼彻斯特大运河上的朗科恩市有几座码头至今仍在使用，其中有一座就让托普林食品公司给占去了，这消息我是从码头主管那里探听到的，码头旁边停泊着一艘挂有加拿大国旗和国徽的轮船，托普林购买的粮食此时正从轮船上卸下来。

我将车子停了下来，站在这里，我可以俯瞰宽阔的默西河，观望河面上翱翔的海鸥，还有天际处猎猎飘扬在强风中的旗帜。我背靠着车子，站在料峭的寒风里，鼻端飘过盐与泥土的气息，耳中传来脚下车水马龙的喧闹。

这里有我的“根”吗？我永远热爱无垠的天空，然而，只有纽马克特旷野那广阔的天空，才会让我生出家的感觉。童年的时候，这里并没有无垠的天空，有的只是狭窄的街道，艰难的求学之路，还有天空中飘过的细雨。“约翰 · 西德尼，洗洗你的小脸，亲亲我们。”

母亲去世的第二天，我赢得了一生中的第一场比赛，那天晚上，我把自己灌了个酩酊大醉，直到埃利斯 · 昆特被捕之前，那也该是我一生中唯一一次醉酒吧。

冷风从河面上吹来，此时，我清醒而又真切地看到了现在的自己：有能力但却没有自信，内心充满恐惧，固执而且自傲。说起来，我的整个成长过程都是由内而外的，这自然也怪不得利物浦和纽马克特。

我思绪翻涌，转身回到车上，想着我该从哪里觅得必须具备的勇气与胆量。

我不知道自己将要面对的会是什么，此时此刻，我仍可以全身而退，将牧场上那些小马驹留给埃利斯。我可以，但我却不能，假如我情愿认输，我将要承受一切屈辱。

一不做，二不休，我心里想到，我最好还是坚持到最后一刻。

我开车从观景台下来，找准托普林食品公司的厂址所在，通过工厂十二英尺高的大门时，警卫室那位保安对我丝毫没加理会。

里面车子很多，整齐地排成数列，我把车停在其中一排最后，决定将行头稍事整理一番：西装裤，拉链运动衫，白衬衣，不打领带，普通的皮鞋，头发整整齐齐，稍微向前，这样既显得年轻，看上去也少了些凶相。

工厂建在码头的中心区域，厂区有不少装货间，一幢宽敞的主建筑，一栋很新的办公楼。货物装卸都很隐秘，铰接式卡车要直接倒进货仓里去。在一个货仓处，我看得非常清楚，卡车驾驶室要与后面的车厢脱离并开到一旁，像是装着粮食的大麻袋由两个壮汉从集装箱上卸下来，再随手放上辊轴式传送带。

这幢高大的楼房有一排窗户，窗子很高，里面的一切从外面根本无法看到。

我不慌不忙地走过办公大楼，用肩膀顶开一扇沉重的玻璃门，玻璃门通向一间宽敞的大厅，我终于发现厂区大门无人把守的原因：各种保安措施这里是应有尽有。

桌子后面坐着位中年女人，她身穿绿色工作服，看上去非常机警。侧面还有两个男的，身上穿着深蓝色保安制服，胸前的口袋佩有托普林食品公司的徽章。

“请问姓名？”穿工作服的女人问道。“有何贵干？所有包裹、购物袋、手提包一律留下，放到桌子上。”

她说话利物浦味很浓，我学了她的口音，告诉她自己并未携带任何包裹、购物袋或手提包。

她对口音充耳不闻，板着面孔再一次讯问我的姓名。

“约翰·西德尼。”

“来做什么？”

“哦，”我装出一副困惑的样子，想让她觉出不该这样来接待我。“我受人之托，来此查看一下贵公司是否生产坚果饲料。”我顿了顿。“这么给您说吧……”我顺便捞了句口头禅，笨拙地打住了话头。

“当然生产了，我们专门做这个的。”

“是呀，”我恳切地告诉她说。“可这位农民，这么给您说吧，有人送给他一些坚果饲料，他家的小马驹可喜欢了，可是，这么给您说吧，那些饲料都是散装的，就那种没有装进袋子里的，人家只给他一张饲料成分表。我正好赶巧路过这里，他想要我进来看看，饲料是不是你们生产的。明白了吗？”我把手伸进内衣口袋，将一张纸掏出一半，随手又塞了进去。

我一路啰嗦下来，颇让她烦不胜烦。

“我就找个人聊聊，”我恳求道。“你明白的，我欠过这个农民一个人情，不会超过一分钟，要是我可以和谁聊聊的话。因为这位农民吧，他可是个大买家，要是这些坚果，他到处都在寻找。”

她终于投降，随手操起电话，将我那个不可能发生的故事简要的重复一遍。

她从头到脚打量着我。“你要规矩些，”她宣布道。

恰如其分地，我脸上随即现出懦弱却不乏某种渴望的微笑。

她放下话筒。“罗斯小姐会下来帮你的。举起双手。”

“嗯？”

“举起两只手……请。”

我颇感惊讶，乖乖地举起了双手。一位保安十分规范地对我实施了整体性搜查，部位包括全身及大腿，不过他还是错过了义肢和那根断骨。“钥匙和手机，”他报告道。“完毕。”

穿绿色工作服的女人在一块身份牌上写下“约翰·西德尼”，我恭顺地接过来别在身上。

“电梯边上等着，”她说。

我走过去等待着。

电梯门终于打开，里面走出一位头发浅黄的姑娘，她十几岁年纪，自称是罗斯小姐。“西德尼先生吗？这边请。”

我跟着她走进电梯，来到四楼。

她面带微笑，看上去还算大方，但仍是有些青涩。她领我穿过一个刚铺上地毯的走廊，来到一间办公室，办公室门上有几个醒目的大字：“客户关系部”。

“进来，”罗斯小姐傲慢地说道。“请坐。”

我坐在一把浅色扶手椅子上：简洁的线条，蓝色软垫，感觉相当舒适，让人不禁想起斯堪的纳维亚式的风格。

“我大概没有明白您的问题，”罗斯小姐说。“您再解释一遍吧，这样我也好找人和您沟通。”

我环顾了一下她这间令人惬意的办公室，看上去她好像没什么事情可做。

“来这儿很久了吗？”我问。（我学着她，操一口地道的利物浦口音）“不错的办公室，这儿的人一定很喜欢你。”

她很开心，不过倒也诚实。“我这周刚到的，周一才上班，您是我第二位客人。”

难怪，我心里想，难怪她会让我进来。

我说：“别的办公间都这么潮吗？”

"是呀，"她热情洋溢地说道。"约克夏先生，他喜欢样样东西都漂亮。"

"他是你老板吗？"

"常务董事，"她点了点头。这几个字从她口里说出，听上去那么僵硬，好像才学会似的。

"为他工作开心吗？"我说。

她承认道："我还没见过他，可我知道他长什么样，当然，可是……我新来的，我说过的。"

我同情地笑了笑，问她欧文·约克夏长的什么样。

她很是幸福，告诉我道："他很高大，头很大，头发很浓密很可爱，波浪似的。"

"小胡子？"我问她，"还是山羊胡？"

"不，"她咯咯一笑。"他还没那么老，还没变成老爷爷，谁都怕见他呢。"

他们确实应该怕他，我想。

她接着说："我的意思是，达夫女士，她才是我的老板，她是办公处经理，她说我做什么事儿都不要惹他生气，她还说我只管做好自己的工作，她的办公室可漂亮了，她说那间办公室原来是约克夏自己的。"

罗斯小姐举止像个女人，说起话来却像个孩子。

"托普林食品公司一定做得不错，这么多崭新豪华的办公间。"我羡慕地说。

"为着周一的事儿，他们请了电视摄像，明天过来，今天上午，他们还弄来了好多盆景。达夫女士说，约克夏先生非常热心于宣传。”

“那些花草会让这儿变得更漂亮更舒适的，”我说。“哪家电视公司，你知道吗？”

她摇了摇头。“利物浦所有媒体下周一都要来参加一场大型招待会，工厂里到处会挤满摄像机。当然，厂里的机器都要开起来，但周一不会生产一袋饲料的，一切都是装装样子。”

“为什么要这样？”

“保密起见，他们都成保密狂了，达夫女士说的。她说约克夏先生担心有人会往饲料里扔东西。”

“什么东西？”

“不知道，指甲呀别针呀什么的。达夫女士说，门口所有那些搜查措施都是约克夏先生的主意。”

“真是明智之举，”我说。

一个上了些年岁、更为谨慎的女人走了进来，她自报家门，是那位智慧的达夫女士。她看上去人很牢靠，我想该是已届中年了，她的地位、能力与阅历一并促成了她那无价的工作效率。

“您有什么事？”她不失礼貌地问我道。随即又对那位姑娘说：“玛莎，亲爱的，我想我们说好的，什么事儿你都要问问我的。”

“罗斯小姐很乐于助人，”我说。“她这就要去找人过来解答我的问题，也许您就可以吧？”

达夫女士花白的头发盘得很高，高跟鞋，一套客户关系部缎面工作裙，很是整洁，束腰，紧身上衣。我把那位农民的故事再经加工扩展讲给她听，她一点点地皱起了眉头。

“您应该和威利·帕罗特谈谈，”她好不容易才插进话来。“跟我来。”

我向玛莎·罗斯心有灵犀地比划下手指，急忙跟上达夫女士匆忙的身影，沿着奢华的走廊朝另一头走去。她穿过一道厚厚的防火安全门，来到工厂主楼一个环绕中庭的门廊，坚果饲料就是在这幢楼里生产的。

在这里，一个个高大的桨式搅拌桶拔地而起，里面的叶板由顶部的机器带动着不断旋转，呼呼声震耳欲聋，谷物的细粒随气体喷射出来，我想，这看上去和啤酒厂倒颇为相似，气味几乎一样，只不过粮食没有进行过发酵。

达夫女士把我交给一位身穿工作服的男子，并向他表示了谢意。他看了看我身上的深色衣服，问我是否需要穿件罩衫。

“不必了。”

他很耐心地扬了扬眉，示意我跟着他走。我跟了过去，来到一处楼梯，向下走了一层，穿过另一个门廊，到了一间破旧狭小的办公室，他随手带上了身后的玻璃拉门。

我对这里与办公楼之间的天差地别评论了一番。

“花里胡哨的玩意儿，真无聊，”他说。“是让人录像的，这里才是干活的地方。”

“我能看得出来。”我钦佩地回了他一句。

“喏，伙计，”他一边上下打量着我，一边平淡地说。“你想做什么？”

关于那个农民的一大堆冗长的废话是不大能骗得了他的，于是我便简单交代几句，随即掏出了那张有关库姆·巴西特庄园及路虎车上的坚果饲料成分分析报告，问他是不是托普林公司的配方。

他上下看了一遍，上面的内容我早已烂熟于心：小麦、燕麦粉、黑麦草、稻草、大麦、玉米、糖浆、食盐、亚麻籽；维生素、硒、铜、其他物质并可能含有抗氧化促长咻。

“从哪弄到的？”

“一个农民给的，和你说过的。”

“上面的信息列全，”他说。

“是的……可这还不够吗？”

“没有给出原料比例，因此我无法将其与我们的任何一款产品进行匹配，”他把纸叠好还给我。“你这张单子上列的可能是我们的辅助饲料，针对的是牧场上散养的马匹。你了解马吗？”

“了解一点儿。”

“越给它多吃燕麦，体能就越好，所以赛马要多喂燕麦。我拿不准这种饲料是不是给参加训练的赛马喂食的，除非能知道里面的燕麦比例。”

“不是参加训练的赛马。”

“那么你那位农民朋友最好选我们的‘甜美牧场’系列混合饲料，你那张单子上的配料这里面都有。”

“你们的配方和别人不同吗？”

“本来生产商就不是很多，我们在行业排行榜上大概能占第四，不过经过这次广告宣传，我们的销量可望直线上升，新一届管理层瞄准的是行业老大。”

“可是……嗯……你们有足够的拓展空间吗？”

“能力吗？”

我点点头。

他笑了笑："欧文·约克夏有他自己的计划。他已经和我们一对一谈过了。"他脸上和声音里无不充满了赞许。"他让这破地方焕发出了新的活力。"

我毫无恶意地说道："达夫女士好像是很害怕他生气的样子。"

威利·帕罗特一边大笑，一边对我眨了眨眼，目光里满是大男子主义的神态。"他脾气一点就着，我们的欧文·约克夏，这才更像个男人。"

我不经意地看着墙上的图表。"他哪里人士？"我问。

"不清楚，"威利乐呵呵地告诉我说。"他这人营养学方面真是棒极了，又很善于推销，这些都是我们急需的，我们还有一大帮子白大褂，一门心思地想着搅拌桶里都该放进些什么。"

他讨厌女人，也瞧不起科学家。我将目光从墙上收回，并向他表示感谢。他从事的工作真是太有意义了，我告诉他说。很显然，在这个厂里，他负责的部门应该是举足轻重的。

他理所当然地接受了我的恭维，并欣然邀请我跟在后面，看他检验一批新到的麦子。我热情地接受了邀约，他心里也颇为欢喜。事情做得好的人，总希望有观众叫声好，威利·帕罗特也不例外。

他递给我一套大号码的棕色工作服，又让我学了他的样儿，将身份牌别在外边。

"安保是第一位的，"他对我说。"欧文已经加强了这方面的工作。他教育我们不许让外人靠近搅拌桶，我也只能让你靠这么近了，竞争对手会不惜在我们的原料中投进杂物，那样的话我们也就没活干了。"

"是真的吗？"我热切地问道。

"马饲料要特别当心，"他非常肯定地告诉我，一边拉开了门。"比如说，同样是牛饲料，却不能使用同一个搅拌桶，赛马饲料禁用的成分，倒可以加进牛饲料中。使用同一台设备，多少总会留下些赛马饲料中违禁的东西，即使你以为已经彻底清洗干净了。"

曾经有一个非常出名的事例，说的是有这样一位训马师，因无意间给自己的马匹喂食了污染饲料而惹下很大麻烦。

"太神奇了，"我说。

我想自己表露的神情该是有些过分了，好在他对此并没有在意。

"我们这儿只做马饲料，"威利说。"欧文说，等产能扩大了，我们还要做牛饲料和家禽饲料，此外还会生产各类肥料。不过我会一直待在这里的，欧文说我就负责马饲料生产部门。"

"这可是顶级的工作，"我钦佩地说。

他点了点头。"这里最棒的。"

沿着门廊，我们来到另一扇防火安全门，他用力将其拉开。

"所有这些内门夜间都是锁上的，由巡夜人带着狗看守，欧文想得太周密了。"他回头看了看，以确定我就跟在身后。接着他在一个地方停了下来，站在这里，可以看见印有红色枫叶的麻袋正顺着传送带向上移动，到了顶端，再由两个健壮的工人推到一边。

"我想你见过大堂里那两个保安了吧？"威利·帕罗特又提到了安保问题。

"他们把我摸了个遍，"我龇了龇牙。"有点儿过分了，我那会儿想。"

"那两位是欧文的贴身保镖。"威利·帕罗特说，语气里充满了敬畏与赞赏。

“他们是利物浦真正的强手，欧文说他身边需要有这样的人，以防他那些竞争对手会用传统的手段做了他。”

我皱了皱眉，表示不相信。“竞争对手总不会杀人吧。”

“欧文说他不能冒这个险，因为他已经让别的公司断了生路。你得说他这样是有道理的。”

“所以你也认为他需要雇用贴身保镖吧？”

威利·帕罗特转身面对着我，说道：“老兄，昔不今至，这个世界已经变了，可是我们又不得不生活在这个新的世界，欧文说的。”

“我也这么想的。”

“老兄，你只能接受这样的态度。”他指了指传送带上往上移动的麻袋。“那些都是今年的麦子，直接从草原运来的。欧文说，在贸易战中，没有更好，只有最好。”

他带我来到附近的水泥台阶，又穿过一扇厚门，我这才意识到已然到了一楼。他满意地笑了笑，打开另一扇，我们突然置身于搅拌桶中央，在一个个庞然大物的包围下，仿佛变成了两个侏儒。

我的表情让他很是得意。

“太了不起了！”我说。

“回去时没必要上楼了，”他说。“这里就有个门，直接通到外面的院子。”

我代那位农民谢过了他就坚果饲料提出的建议，也感谢他带着我参观了一番。我和他待在一起已经半个小时，没有道理再继续耗在这里。然而，正要开口时，他的目光却向我身后移去，表情一下子从主人变成了恭顺的奴仆。

我掉转头去，想弄清引起这种变化的原因，结果并没有看到皇亲国戚一类的人物，眼前不过是一位身着白色工作服的高大男人，在他的身后，还远远跟着几位身穿蓝色工作装的随从。

“早，威利，”来人说道。“情况还好吗？”

“是的，欧文，很好。”

“不错。那批加拿大麦子从码头弄上来了吗？”

“正在卸呢，欧文。”

“不错。我们应该聊一聊将来的规划，下午四点去我办公室，知道在哪吧？顶楼，出电梯右转，和以前的一样。”

“好的，欧文。”

“不错。”

这位商人不经意地匆匆扫了我一眼，随后便走到别处去了。我穿了棕色工作服，戴着身份牌，看上去毕竟像这里的员工，但显然并不是什么特别重要的员工。威利也没有想要解释我为何会在这里，为此我心里非常感激。威利对他敬畏有加，也就差没有跪拜于地了。

毫无疑问，欧文·约克夏的确让人过目难忘：身高足有六英尺，高大却并不臃肿，肩上肌肉隆起，腹部匀称强健，头发茂密卷曲，长及领口，耳朵上方向后卷起的地方，才开始生出些微白发，正如乔纳森的发型一样，此种发式本身也向人们透示某种强有力的信息。欧文·约克夏不仅要统治一个行业，而且还想让人牢牢记在心中。

他说话并不带有浓厚的利物浦口音，更听不出一点伦敦腔调，人们感到的只有力量和自信。他的声音本身不啻是支配他人的工具，可以想见，他要是一时怒起，整幢大楼将为之颤抖。惟命于他的手下，好让人心生怜悯。

威利说：“是的，欧文，”而后又接连重复了多次。

威利·帕罗特所看重的人与人之间的关系，充其量也只是到了直呼其名的地步。实在说起来，欧文·约克夏在威利那里不过是耍弄了管理手腕："我们是捆在一块的。"其目的似乎在于让一个好人为自己竭尽所能。而在我看来，有朝一日，这位老板一旦心血来潮，也会找出充分的理由，双肩一耸，两手一摊，将威利·帕罗特一脚踢开："你知道，现下我们不再需要马料生产经理，你的工作已由电脑程序取而代之。裁员费吗？那是自然，去见我的秘书吧。千万不要见怪哦。"

我希望这一切都不会发生在威利身上。

欧文·约克夏及其随从继续朝前走去，威利·帕罗特目送他离开，心中充满自豪，却又不乏一丝忧虑。

"您明天上班吗？"我问。"周六工厂开门吗？"

他很不情愿地将目光从约克夏的背影处收了回来，才开始觉得我不该在这儿待上太长时间。

"工厂下周起周六开门，"他说。"明天他们还要再制作一些广告片，这里到处都会是摄像机，周一也一样。周二之前我们什么事也做不成。"他对此颇不以为然，但为了欧文，他不会发作的。"你也该走了，老兄。先回到大堂，把工作服和身份牌留在那里。"

我再次谢过他，走进中央大院，从我到来的那一刻起，这里便开始车满为患，人潮如流。电视摄制组来自利物浦当地，根据车身上的标志，广告商属于英特曼德影像（曼彻斯特）有限公司。

英特曼德一位没有头脑的司机挡住了所有车辆的去路，我走上前去，要他把车子顺直了。

"这谁说的？"他挑衅地问道。

“我是这里的员工！”此时我还穿那套棕色工作服，尽管威利·帕罗特吩咐过，我仍不准备把衣服还给他们。我说道：“有人要我来告诉你的，有载重拖车开进来。”我指了指河湾卸货处。

司机嘟囔一声，发动引擎，将车身调直，然后熄灭发动机，跳到我身边。

“这下行了吧？”他讥讽地问道。

“你这活一定很刺激，”我羡慕地说。“你看见所有这些影星了吧？”

他不屑一顾，说道：“伙计，我们是拍广告片的，当然经常会请到大腕儿明星，不过很多时候都是些代言的玩意儿。”

“什么玩意儿？”

“代言，经常是运动服，还有鞋子，高尔夫俱乐部。”

“马饲料呢？”

别人都在卸东西，他有的是时间和我穷聊，也不惜在我面前显摆一番。

他说：“一大堆顶尖赛马手候在那里，排队等着为坚果饲料代言。”

“是吗？”我饶有兴趣地问。“为什么不是训马师？”

“在公众面前，赛马手早就混了个脸熟，别人告诉我的，我本人是踢足球的。”

过去那几年里，我在各家报刊的体育版面可是经常露脸的，谢天谢地，他这会儿居然没能认出我来。

他让同伴叫走了，我也随即离开，钻进车里，平安无事地通过了那道无人检查的大门。真是奇怪，我想，欧文·约克夏，那位安保狂，居然没有给大门装上令人恐惧的电子篱笆和姓名采集器，这样的疏忽，我能想到的唯一原因是，他不想把所有来人的名字全部记录在册。

我已经把工厂的整体布局摸了个一清二楚，而且接近了管理层核心实权人物，然而除了一番勘察，别的几乎是少有作为。

我将车停在公共停车场，脱下棕色工作服，决定前往曼彻斯特。

路程很短，我却花了很长时间才找到英特曼德影像（曼彻斯特）有限公司，公司虽然位处背街，规模却比我想象得大多了。我脱去运动服，换了职业装，打上了领带，操着当地的口音，一副生意人模样，信步朝接待处走去。

“我是托普林食品公司的，”我说。“请问哪位负责与本公司账目往来，我有事相商。”

问我是否提前预约。

我说私人事务，不曾预约。

我已经发现，假如你想要冒充，就得拿出足够的范儿，如此别人才能乖乖把门打开，这在英特曼德也一样奏效：一位叫格罗斯的先生打算接见我。电子门铃响过，我从前厅来到一处走廊。这里薄薄涂了一层乳白色油漆，脚下没有地毯，完全不见了托普林那种夸饰的炫耀。

格罗斯先生在第三个门的左手，门上贴有他本人的姓名及相关信息：“尼克·格罗斯，你他 X 的什么事？”

尼克·格罗斯上下打量我一番。“干吗的？你不是托普林的什么头儿，穿的也忒那个了吧。”

他本人的装扮其实也忒那个了：上身黑色绸缎衬衫，长发，金耳环。四十五岁的年纪已经衰变成五十岁模样，衰老的脸上也早已刻上了显豁的皱纹。

“你们在为托普林制作广告片吧，”我说。

“怎么的？你要是他们派过来哼哼唧唧讲条件的账房先生，答案就看你的了，伙计。你们花了几百万拍的那些片子，自己没派上用场，那不是我们的错，拍得非常棒，一级棒。所以你最好还是爬回他妈的欧文·约克夏跟前去，告诉他门儿都没有。快去吧，要是他那套赛马手片子还想出以前的价，他每周必须过来送钱一次，每周，不然就给他扯个稀巴烂，听懂了吗？”

我点了点头。

尼克·格罗斯接着说：“还有，告诉他别忘了，广告这玩意儿最神奇的地方是剪辑，剪辑最后一步完成，不拿钱来，就不给剪辑，没有剪辑，就没有神奇的效果。他不给个准信儿，我们现在就罢手。你听懂了吗？”

我又点了点头。

“那就马上回去，告诉他们，不拿钱来，不给剪辑，没有剪辑，还谈什么推销活动。懂了吗？”

“是的。”

“那就快滚吧！”

我温顺地挪动了身子，但同时又觉得没有理由就这样马上离开，于是离开他的办公室，我朝着反方向一个过道走去，那里是公司技术部，而我看上去就像是某部门一位职员。

我来到一扇门前，门是开着的，向里望去，我看见一个屏幕，上面正播出几个非常熟悉的广告宣传镜头，此时，画面上显示的是征求用户好评、提高销售额之类的内容。接下来出现了大批图片，每张图片相隔三秒钟，随后则是较长时间的空白。

三秒钟快动作，十秒钟空白。

我正停在那里观看画面，一个男人突然看见我站在门口。

“你这是？”他问，“你有事吗？”

“那上面，”我问，一边向屏幕点了点头。“山地自行车广告吗？”

“剪辑完成就是了。”

“棒极了！”我说，一边向门口跨近半步。

“你到底哪位？”

“托普林食品公司的，我来见尼克·格罗斯。”

“哦。”简单一个字，却包含了无限的洞察力，我立即想到要让他的这种洞察力为我所用。

他比尼克·格罗斯年轻一些，穿着也不算十分招眼。他的自信与智慧洋溢在那些三秒钟快速闪过的交相辉映的奇异镜头：他并不需要靠金耳环装饰自己。

我引用了那句自行车广告宣传标语，说道：“山地自行车：送给每一位五十岁以下小伙子的圣诞礼物。”

他一边摆弄胶卷，一边打趣地说：“他们不送的话就惨了。”

“你给托普林制作广告吗？”我漫不经心地问。

“谢天谢地，我不做的。一位同事帮他们做，花了八个月，活做得一流，可惜只能束之高阁。我们没得到一点好处，你们那位头说话简直等于放屁，你说是吗？银子花出去了，全打了水漂，就因为一个变态的小人物，让一位明星受到诬告，锒铛入狱。”

我大气不敢出，而他压根儿就不知道那位变态的小人物究竟是何模样。我说我该走了，他毫无表情地点了点头，眼睛也没有抬一下。

我硬着头皮走过他的工作区，来到两扇大门前，其中一扇上写“影棚：闲人免进”，另一扇门上标有“外景”字样。我将第二扇门推开一半，看到外面有架黄色起吊机正将一辆红色跑车吊起，起吊机周围，摄影组所有职员正忙得不亦乐乎。

我撤回身子，一路上不曾引起任何人注意，这里毕竟不是银行金库，而只是一家梦工厂，试想谁会跑进来做了“偷梦人”。

我进来时并没有留意接待大厅，到了这会儿，我才看到大厅的四壁琳琅满目，贴满了各种各样的广告画，画面上是以往和近期的广告制作人及所有知名的获奖广告。我曾经听人讲起，无论是导演还是演员，广告拍摄都可谓是职业道路上的敲门砖，今天卖玉米片儿的，明天或许就能主演哈姆雷特，总之，在你的职业生涯中，英特曼德影像公司不啻能让你平步青云。

我驱车来到曼彻斯特市中心，用化名在皇冠广场饭店登记了一间宽敞安静的房间。如此高的费用，戴维斯·塔特姆或许会大吃一惊，必要的话，这笔钱就由我自己出了。我只想好好洗个澡，享受一下上好的客房服务，再让自己尽情舒展一番，至于价格，见它的鬼去吧。

我拨通塔特姆家里的号码，里面传来让我电话留言的声音。我请他给我的手机回电话，又将留言信息再重复一遍，然后坐在扶手椅上，观看电视上转播的阿斯科特无障碍赛马比赛。

赛场上没看到埃利斯的身影，解说员评论道，对埃利斯“荒唐的”审判将于三天后的周一重新开庭。席德·哈利，他说道，业已明智地低下了脑袋，在埃利斯粉丝俱乐部，一半的成员都在怒吼着要放干他的血。

不久前，发表这段奇闻的解说员曾说过我是位奇才，是一种善的力量。时代变了，时代的确变了。屏幕上出现了我和埃利斯微笑的特写镜头，两人并肩站在一起，没有头盔，却穿着赛衣。“他们曾经是最亲密的朋友，”解说员说。“而眼下却成了两头拼死相搏的公牛。”

去他的，我想。

我心里还想，阿斯科特这场比赛，别给那位身着绿色工作服的女士看了去，别给玛莎·罗斯、达夫女士、威利·帕罗特看了去，也别让英特曼德影像公司那个货车司机、尼克·格罗斯以及那位剪辑师看了去。

欧文·约克夏从我工作服上匆匆扫过的那双眼睛，我想是不会留下多少印象的，可一两天内，其他的人总该不会将我忘记。这样的冒险似曾相识，有时侥幸躲过，有时深陷其中。

看完比赛，我给英特曼德影像公司打去电话，询问几个我冒充托普林职员前去造访时未曾想起的一般问题。

我想知道，广告宣传活动一开始用什么录制的：胶卷、磁盘还是磁带，公众是否可以购买拷贝？对方的回答让我颇有收获：英特曼德通常使用胶卷，实地拍摄的高投入广告尤其如此，此外，拷贝不向公众出售；广告制作完成后，最终还要转录到播放级或广播级录像带，这些带子为客户所有，他们根据播放时间向电视公司支付费用。英特曼德公司不经营代理业务。

“非常感谢！”我不失礼貌地说。得人好处，永远不要忘记感激。

不久，戴维斯·塔特姆打来了电话。

“席德，”他说。“你在哪？”

“雨都曼彻斯特。”

这一天，曼彻斯特阳光灿烂。

“哦……”戴维斯说。“有进展吗？”

“有一些，”我说。

“嗯……”他又迟疑了片刻。“看过英蒂娅·卡思卡特今早那篇东西了吗？”

“她没说在艾美酒店见过我们，”我说。

“是没说，她接受了你的劝告。可下面的内容……”

我说：“凯文·米尔斯专门打来过电话，告诉我下面的内容不是她写的，是他自己搞出来的，迫于上面的政策，老一套了。”

“可也太缺德！”

“他道过歉了，进步很大了。”

“你也太不当回事了，”戴维斯说。

我没有让他失望，说道：“明天晚上，你能去一趟阿奇·柯克家吗？”

“很重要的话，我想没问题的。什么时间？”

“时间你和阿奇安排吧，我想最好六点左右，到时候我会去的，具体时间说不准。”

他埋怨道：“听上去怎么有些暧昧。”

我想有句话还是不说与他为妙：与盗为伍，时间宜隐不宜准。

第十二章

我给《庞普报》打去电话，想找英蒂娅·卡思卡特。我好傻！

其一，她周五从不去办公室。

其二，《庞普报》也从不将私人电话告知不明来电者。

“请转告她，席德·哈利想找她谈谈，”我说，然后让接线员记下我的手机号码，并请他重复一遍，以确保他真的没有写错。

能否转到，无法保证，他说。

我久久地坐在那里，思考最近以来的所见所闻，一边谋划着下一步该何去何从。诸如此类的计划常因事态发展而变化无常，不过我早已经发现，无论任何计划，或多或少总会有所收获。上策一无所获，也还有下策，在我的斗争策略中，下策往往能确保我全身而退。诚然，下策曾不止一次地让我大失所望，然而灾难就像是比赛中跌下马去，不到你嘴啃草皮，你决不会想到将会有怎样的事情发生。

侍者还要送来些吃的，我趁此机会又思考些事情。十点十五分，有人拨通了我的手机。

“席德？”英蒂娅惴惴地说道。

“你好！”

"什么也别说！我会哭的。"她顿了顿，说道。"席德！你在吗？"

"是的我在，可我不想你哭，我什么也不要说。"

"噢，上帝！"她哽咽住了，又突然大笑起来。"可你怎么能这样呢……怎么能这样有涵养？"

"费了很大劲的，"我说。"周日忙吗？饭店，你来，还是我来？"

她不相信自己的耳朵，说道："你请我出去吃饭吗？"

"嗯，"我说。"又不是求婚，或是拿刀子顶你腰眼儿上，不过吃顿饭嘛。"

"你还笑得出来？"

"为什么叫英蒂娅？"我问。

"随意想出来的，有什么关系吗？"

"好奇罢了，"我说。

"喝醉了吗？"

"还好没有，我在扶手椅上，清醒着呢，此时我正在思考宇宙的状态，C减呢，还是大约C减。"

"在哪儿？我是说椅子在哪儿？"

"在地上，"我说。

"你不信任我！"

"是的，"我叹了口气。"是不信任你，可还是想约你吃饭。"

"席德，"她近乎请求了。"你该理智些。"

好迂腐的劝告，曾经总这么想来着。然而，假如以前真的能理智一些，那只手就能保全了，身上的伤疤也会少去一些。我想一个人生来就应该是理智的，但于我而言，却似乎并非如此。

我说："你们的老板，蒂勒皮特勋爵，你见过他吗？"

"见过。"她听上去有些不解。"他参加了公司圣诞节聚会，跟每个人都握了手。"

"他什么样？"

"你是说长什么样吗？"

"先从长相说起吧。"

"他个子很高，浅棕色头发。"说完便停了下来。

"还有呢，"我说。

"他并非我日常生活的一部分。"

"除了他火烧圣徒的时候。"

沉默了一下，她说："饭馆这次你来选吧。"

我笑了笑。她思维敏捷，进退自如，而她那张红红的嘴唇就逊色多了。"蒂勒皮特勋爵，"我问道。"他身上是不是明显暗藏着一种力量？你和他一起时，是不是感觉到了这种力量？"

"实际上……我并没有。"

"是不是大家……是不是每个人都会在肉体上畏他三分？"

"不是。"我听得出来，我的想法让她觉得好笑。

"这么说来，"我说。"他的影响力都是金钱上的了？"

"我想是的。"

"他惧怕什么人吗？"

"不知道，为什么要问这个？"

"就是这个人，"我说。"花了四个月的时间，指挥他的报纸要……嗯……要将我彻底毁掉。你得承认，我对他颇感兴趣。"

"可你没有给毁掉，听上去一点不像给人毁掉的样子。哦，对了，你前妻说过，想打败你不可能的。”

“她说我什么不可能？”

“要……要……”

“说下去。”

“要将你彻底击垮，要让你低头求饶。”

她的话让我无言以对。

她说：“你前妻还爱着你。”

“不，不会的。”

“我对前妻这种现象很有研究，”英蒂娅说。“受冤枉的妻子，被抛弃的情妇，怨毒的妇人，敛财的女人，伺机报复的女人，伤心欲绝的女人，她们的情况我摸了个透。你的珍妮说，她不能过你那种炼狱式的生活，可当我说你这人自私而又残忍，她却拼了命地为你辩解。”

上帝呵，我心里想。分手都快六年了，那把刀子还依旧会刺伤两人的心。

“席德？”

“嗯。”

“你还爱她吗？”

我语气平静下来。“不可能回头了，我们也不想回头，”我说。“我已经忘记了许多，现在一切终于都结束了。她现在的丈夫比我强，她很幸福。”

“我见过她那位丈夫，”英蒂娅说。“很可爱。”

“是的。”我顿了顿。“你前夫怎么样？”

“我当时迷上了他的相貌，后来才知道，他需要一位对他崇拜有加的家庭主妇。于是故事也就结束了。”

“他姓卡思卡特吗？”

“不，”她说。“帕特森。”

我暗自笑了笑，说道：“电话号码能给我吗？”

她说：“好的。”说完便交给了我。

“肯辛顿广场酒店，八点。”

“不见不散。”

和露易丝·迈克伊斯分手以来，这些年我一直独身生活。独自一人时，我要在睡觉前取下义肢，次日早晨洗过澡后重新戴上。我不能戴着假肢洗澡，会让水浸坏的。挨过漫长的一天，再去做这样的事情，经常是很让人烦的，因为两部分接合非常严密，差不多都贴到皮肤上了。重新戴上就简单多了，敷些滑石粉，对好角度使劲一推就完事儿了。

正像我和翠西·哈克斯福特说过的那样，这只臂膀重量抵得上黄金了。过去三年中，公开场合无论表现得如何轻松，私下里，我总要凭借“既来之则安之”的积极心态，以克服截肢带来的种种不便。我不知道自己为何仍旧如此敏感，心理仍旧如此容易受到伤害。毫无疑问，都是我太过自傲了。

经过一个通宵，两节电池电已充满，于是我开始了新的一天。周六，我给左臂换上新电池，将另一节备用电池装进了口袋。

尺骨是戈登·昆特五天前打折的，这会儿疼痛业已减轻了许多，发作次数也在逐渐减少，一是由于我避开了引发疼痛的动作，也因为骨头的两端已经开始愈合。再过三天，折断处长出的软组织将会自然变硬，到了下周，整个愈合过程便会完成。最大的问题是断骨两端出现撕裂性移位，而这一次并没有发生此类情况。

还是赛马手的时候，一般性骨折差不多一年要发生两次。障碍赛马时速常会达到三十英里，因此很容易折断肩骨。在整个赛马生涯中，我两侧的锁骨总共折断过六次，其中比较严重也只发生过一次。

有些赛马手骨头会比别人坚硬一些，但我还不曾听说过，哪位顶级赛手职业生涯中从没有受过伤。不管怎么说，到了周六早上，周一让人打折的尺骨总算没有大问题了。

我在旅行袋里放了充电器、洗漱用品、睡衣、换洗衬衣、职业装和鞋子，身上穿了两件套运动衣，白色衬衫，不打领带，脚蹬一双黑色运动鞋。我把现金和信用卡藏在腰带下面，又将串在一起的六把钥匙装进口袋，六把钥匙中，其中三把是汽车和房门的，另外三把看上去很是一般，却能打开任何一把普通门锁，无论主人愿意与否。

这三把钥匙，恩师曾逼着我反复练习，直到我能够手到锁开。他还曾向我演示如何打开手提箱上的密码锁，这也是机场窃贼惯用的伎俩。

我办理了退房手续，驱车驶上了返回弗罗德沙姆的路。我将车子停在路边，一眼看到了托普林食品公司的电网大门。

和上次一样，大门洞开，门卫没有盘查任何一位过往行人，事实上，所有进进出出的人，也没有一位是行色匆匆的。厂区中央，车子也比前一天少了许多，将近十一点，预先约定的拍摄人员才开始大批来到工厂。

二十辆厢式货车和私家车呼啸而来，停车场上顿时一片拥挤。英特曼德影像公司和当地电视台的摄像机从车上搬了下来，几十号怀抱写字板或肩扛重型设备的工作人员从车里钻了出来。我下了车子，穿上那件极不合体的棕色工作服，戴好身份牌，将旅行袋和手机锁进车子行李厢，又将刚取出的 SIM 卡掖在腰带下面。“切记随时取出 SIM 卡，”供应商曾经告诫我说。“这样的话，即使有人偷走手机，他们也用不了的。”“太好了！”我说。

我发动车子，毫不犹豫地驶进大门，绕开那一大片货车，将车子泊在稍远处靠近装卸码头的地方。无论周六还是平时，传送带旁边都会守着几个身穿棕色工作服的工人。我径直从他们身边走过，说了声“上午好”，仿佛我就是他们当中的一员。

他们没有做声，也没有抬头，对他们来说，我来到这里似乎是理所当然。

到了里面，我走上一段楼梯，上次来的时候，威利·帕罗特曾经带我经过这里。到了右边的楼层，我拐进那条走廊，从容不迫地来到威利的办公室。

玻璃拉门是锁上的，此时房间里空无一人。

搅拌桶里，所有的桨片全部安静下来，再也听不见震耳欲聋的嗡嗡声，再也见不到繁忙的景象，桶里散发出的那些味道也几乎闻不到了。取而代之的是另一种景象：搅拌桶下面，摄像机已经选好位置，欧文·约克夏正亲自指挥着导演，他那不可违拗的声音正在向一群专家发号施令。

他太忙了，竟无暇抬头看上一眼。我沿着走廊继续向前走去，来到一扇位于金属楼梯旁边的防火安全门。威利说过，所有的防火安全门夜里都要锁上，只有白天才会打开。谢天谢地，我终于来到了铺着豪华地毯的办公区。

三位搞媒体的正在测量角度，同时将那些花盆移向一边。我心里骂了一声，一边朝电梯走去，路过客户关系部，门虽然开着，却不见玛莎·罗斯的踪影。

楼梯右手有一扇门，上面写着“办公室经理，达夫女士”，再细看时，门是上了锁的。

我回头望去，见那几个搞测量的聊起了什么该死的时间。我希望他们赶快离去，而三个人竟在那里磨蹭个没完。

我不想傻待在这里，于是返回电梯，打开旁边一扇小门，如我所料，果然是防火楼梯。

向下走了一层，穿过一扇防火安全门，眼前出现一片开阔的空间，这里没有家具，也没有进行过装饰，大小和上面的办公区域不差上下。再往上两层，也就是办公楼层上面，也有一块安静宽敞的区域，我心里想，欧文·约克夏已在为拓展业务着手打点了。

我小心翼翼地来到六楼，这里是老板的巢穴。

我相信他还在下面那些搅拌桶中间，便把防火安全门打开一个口，宽度正好能容我进去。

里面有更多的摄像师忙活着，眼前是一排排争红斗艳的盆栽植物。左边，令人目眩的豪华双扇门通向一处娱乐聚会区，其场面之盛，足以张扬出这样一个大型企业妄自尊大的派头。右边，更多的双扇门通向约克夏的新办公室，就我所见，这里似乎并非简单的办公场所：抛光木器闪着微光，各类植物应有尽有，酒柜里琳琅满目，摆满了酒瓶和酒杯。

我退回消防楼梯，回到办公楼层，犹豫不决地站在那里，盘算着那些测量员是否还挡在那里。

外面有人说话，声音越来越近，然后在门的另一侧停了下来。我正准备装出一副忙碌的样子，却发现他们似乎更喜欢乘坐电梯。隔墙的楼梯井传来呼呼的起降声，随即说话声进了电梯，渐渐消失。我不知道他们是上行还是下行，只希望外面所有的人都已经全部离开。

等在这里毫无意义，我打开防火安全门，来到铺着豪华地毯的走廊，左右打量着达夫女士的管辖区域。

整个办公楼层只剩我独自一人。

棒极了！

达夫女士的房门上了两道锁，一把是老式的插心锁，另一把则是旋动把手锁。两种锁都是我拿手的类型，但愿里面不会有插销、链子、楔子一类令人讨厌的玩意儿。不管怎么说，加了两把锁，或许更说明有什么东西需要看紧。

插心锁用去整整一分钟时间，这似乎惹恼了我那位老师傅，让他的幽灵对着我的脖梗直吹冷气，至于那把新式的玩儿，二十秒也就搞定了。人做事就得靠“摸索”，几只假手指而已，至于别的，全没有用到。

进到达夫女士的办公室，我花些时间把门重又锁好，这样的话，外面有人检查时就不会看出破绽，而假如有人用钥匙开门进来，我也会有足够的时间躲藏起来。

达夫女士的窝宽敞而舒适，办公桌非常宽大，几把扶手椅，斯堪的纳维亚式的，墙上还挂有几幅放大的赛马黑白照片。房间的一边摆放着日常办公器材——传真机，复印机，大型打印式计算器。桌上置一台电脑，下班前用防尘布罩了起来。此外还有几组文件柜，一个高大的白色橱柜竟也锁了起来。

对于自己要找的东西，我只有一种模糊的概念。我在公司注册处看到的审计账目，似乎与弗罗德沙姆的实际情况不相吻合。当然，审计内容的确是上一年的，或者说是欧文·约克夏接手第一年的，但公司这点微薄利润，并不足以支付其昂贵的宣传活动，也不足以支付其为利物浦名流举办的招待会电视转播。

“女人身上找线索”，法国人这句老话已过时一个世纪了，我那年迈的老师曾经说道，在现代社会，正当的说法应该是“金钱身上找线索”。去世前不久，他对此做了最后的修订：“文件上面查踪迹。”秘密交易或可疑交易，他说，总会在文件上留下蛛丝马迹。即使在计算机时代，他仍然坚持认为文件能够昭示一切，在我的经历中，他的话曾一再得到证实。

在达夫女士的办公室，所有文件全都收拾进了那几组上了锁的档案柜。对我而言，要打开这些柜子并不难，麻烦的是托普林食品公司几乎没有隐瞒什么，或至少看上去不曾隐瞒什么：大量的进货订单及发票，大量的销售文件，大量的公司运营支出记录——从保险到工资，从电费到日常维护，凡此等等。

翻看档案费时费力，而且徒劳无益，里面所提供的无非是公司为来年查账精心准备的基本资料。

我把这些柜子重又一一锁好，再将办公桌抽屉细细搜查一遍，找到的也只是些文具之类。然后，我打开电脑，输入“文档菜单”，按下回车键，所有的文件名随即跳了出来，我随意选择了排序靠前的“安特里”文件夹。

屏幕上立即显示出全国越野障碍赛马前一天举行的午餐会具体信息：贵宾名单、菜单、讲话摘要以及相关的媒体报道。

好像再也找不到更多的秘密了，于是我关掉电脑，盖上防尘罩，然后用钥匙打开了旁边那个白色的橱柜。

我感到时间仿佛是凝固了，便不由自主地加快了动作，呼吸也骤然急促起来。我总是羡慕电影中那些超级侦探，十秒钟内便可拿到想要的文件，而这一次，我甚至不知道，自己想要的文件到底存不存在。

出现在眼前的并非什么重要文件，而是另一台电脑。

在白色的橱柜里，在一个下拉式桌面下方，我无意中发现了另一个键盘和另一个显示器。按下电脑开关，没有动静，其实并不奇怪，我这才发现电源线尚未插上。我接上电源，再试一次，嘀嘀两声之后，机器正常运转起来。

我再次输入“文档菜单”，这次看到的不是单个主题，而是一系列目录，每个目录里都有“配方 A”之类的文件名。

我查到了更多私人记录，均为电子文档，有的属于隐秘内容，有的只是一般文件。

我重点对目录进行快速浏览，屏幕上赫然出现了“昆特”条目，可这里并没有打开按钮，我不知道下一步该如何操作。

让我想想。

我无法让昆特信息显示在屏幕上，一定是因为这些信息根本就不在电脑里。

是这样吗？是这样的。那么会在哪里呢？

电脑上方的架子里有一排档案盒，从一到九按顺序排列，但没有一个标有“昆特”字样。

我取下第一个盒子，朝里看了看，里面有几封信函，还有一片蓝色电脑软盘，盘上没做任何标记。根据信函内容，一号盒里装的是托普林食品公司的贷款信息，贷款业已到期，但尚未偿还。我将磁盘插进电脑驱动槽，屏幕上出现了密码输入提示信息。

密码？天知道！我把盒子挨个看了一遍，终于在六号盒里找到了“昆特”。里面有三张软盘，而不是一张。

先插入第一张。

要求输入密码。

第二张和第三张还是要求输入密码。

该死！我心里骂道。

要尽量再找些有用的东西，于是我从上面搬下一只沉重的纸板箱，箱子有两只鞋盒那么高，占去了档案架所有剩余的空间。里面是一排文件盒，上面覆盖着黑色塑料保护层。我从中取出一只，打开一看，发现是一盘录像带，只是比普通的带子宽了一倍，上面标有“播放级录像带”字样，下方是一行说明文字：“昆特系列；15 × 30 秒”。

我取出另一只盒子，里面装着同样的东西：昆特系列；15 × 30 秒。所有的盒子里，内容全都一模一样。

这些录像带要在特殊型号的机器上播放，而达夫女士的办公室并没有此类播放器。所以，要想了解里面的内容，我只能将其中一盘带走。

我当然可以带走，我只消取出一盘，塞进运动夹克，走人即可。还有那些设了密码的软盘，我都可以一股脑全部带走。然而，假如这样做的话，我一是在行窃，而且会有被抓的危险，其二，他们掌握的任何信息再也不可能用来进行司法调查。假如可能的话，我只可窃取信息，却不能盗走这些软件。

再想一想。

在安斯佛，我曾经和查尔斯提过，我必须掌握充分的电脑知识，以应对这个加速发展的世界，然而未来的事情总是很快就到了当下，我几乎永远也无法超越。

有人在试图开门。

没时间将屋子收拾成原来的样子了，我只能迅速走过地毯，藏到门后，以免房门向里打开时让人发现。我的下策其实很简单，那就是逃之夭夭，我这会儿脚上也正穿着跑鞋。

门把手又旋动一圈，发出吱吱嘎嘎的响声，但接下来便没了动静，外面的人或是没有钥匙，或是想检查一下门锁是否安全，然而无论哪种情况，都让我捏了一把汗。

奇怪的是，肾上腺素骤然激增，竟让我想起了解决问题的办法：我无法让软盘内容显示在屏幕上，何不将其全部传送到另一台电脑，这样的话，我就会有充分的时间破解密码，或找人帮我进行破解。

电源线旁边有一条电话线，我将其接入电脑上的电话插槽，这样一来，达夫女士的调制解调器也就接通了互联网。

我拼命回忆着那些一知半解的联网技术，试了两下，均未成功，但几次之后，屏幕上终于跳出了“输入电话号码”。

我输进庞特广场那套公寓的号码，按下回车键，屏幕上连续出现一系列消息：“正在拨号”、“正在传输”、“传输完毕”。

那张防守严密的“昆特”盘里无论装了些什么，这会儿都已全部传送到伦敦我那台电脑。我如法炮制，再将另外两张“昆特”盘里的内容传送出去，接着我又传输了一号档案盒里的磁盘，外加三号盒中那张标有“蒂勒皮特”字样的磁盘。那些广播级录像带上的内容，我实在不清楚应该如何下手，只能遗憾地弃之不顾了。我将那只“昆特”盒里的文件悉数翻了个遍，并把其中一页关于罕见赛马场的内容复印下来，细心折叠后，藏进腰带上的拉链口袋。最后，我切断电源和电话线，放置好电脑，仔细将那些文件盒与广播级录像带放回原处，重新锁好白色橱柜，打开门锁，轻轻将门推开。

走廊上一片寂静。

长吁一口气，我回头重新锁上达夫女士的房门。刚走过那一排舒适的办公间，我便遇上了第一道障碍：通向装货区的防火安全门不仅上了锁，上方还有个红灯在不停地闪烁。

有红灯闪烁，常常意味着报警系统已经开启，而一旦触动，警报声随即就会响起。

我在达夫女士的办公室待了太长的时间。我只得返身回到她那间办公室门口，顺着电梯旁边的防火楼梯向下走去。我终于来到一楼大厅，大厅玻璃门外，不远处就是停车场了。

我一步跨进大厅，显然是操之过急了。有什么坚硬的东西重重地击在头上，一个身穿蓝色制服的保镖手握一根皮带似的东西罩住了我的全身，并将我的上臂结结实实地扭到了身体两侧。

我向旁边跳了半步，头上又重重地挨了一下，我顿时一阵头晕目眩，差点儿摔了下去。我意识到自己被带进了电梯，却不清楚怎么给弄到了里面，就知道两只脚踝被皮带绑在一起，很不体面地让人从地毯上拖着丢到一把椅子上。

标准的斯堪的纳维亚风格，木头扶手，和所有别的椅子毫无二致。

“绑起来，”有个声音说道，又是一条带子将我拦胸捆住，这反倒让我渐渐清醒过来。我全身动弹不得，心里骂个不停。

声音是欧文·约克夏的，他说：“不错，很好，干得好。扳手放到桌子上，回楼下去，别让任何人上来。”

“是的，先生。”

“等一下，”约克夏命令道，听上去有些迟疑。“你敢肯定没抓错人吗？”

“是的，先生。身份牌是我们昨天发给他的，他离开时必须要还给我们，但他没有。”

“好的，谢谢。你们去吧。”

保镖随手关上了门。欧文·约克夏从我棕色工作服上摘下身份牌，看了看名字，然后随手扔到桌子上。

这是他六楼的办公室，椅子周围都铺上了地毯，我仿佛被放逐在一个孤岛上，感到前景暗淡，不禁神情恍惚。

多人对付一人的行为暂告结束，面前只剩下欧文·约克夏独自一人。他极其愤怒，我的到来让他心生恐惧，又难以置信。

“你来这里干什么？”他咆哮道。

他的声音在我耳边回荡，震动了整个房间。他那高大的身躯耸立在我面前，硕大的头颅逼近了我的脑袋。他所有的器官，我想，比别人都大了一号：大鼻子，大眼睛，宽脑门儿，大而扁平的脸庞，方下巴，阔嘴巴，长及脖颈的黑色卷发乃至斑白的两鬓仿佛焕发出无限的活力。我感觉他才刚刚四十，或许还要年轻一到两岁。

“回答！”他吼叫道。“你来这里干什么？”

我闭口不言。他从桌子上操起一把扳手，扳手足有十五英寸，很重，寒光闪闪，像是专门用来砸我脑袋的。假如这就是他那位穿蓝色制服的保镖用来对付我的玩意儿，他要是再往我脑壳上来一下的话，就不可能从我嘴里弄到答案了。他似乎心有灵犀，憎恶地将扳手扔回到桌子上。

胸口和脚踝上的带子呈浅褐色，是那种织得很密的牛津带，常用来捆绑行李箱，以防散开。这种带子既无弹性，又无张力，旁边的桌子上还放着几根。

我不禁觉得好笑，竟突然有种想要喋喋不休的欲望。过去的时候，每次从马背上掉下来，摔成了轻微脑震荡，或有时刚从麻醉中醒来，往往就会有此类感觉。我也学会了如何控制这样的冲动，但必须要竭尽全力，尤其是眼前这一次。

欧文·约克夏衣着很是随意，没穿夹克，人造纤维衬衫，没系领带，上面几排扣子没有扣上，一片十分惹眼的胸毛极是粗壮，一副金项链，一枚金制奖章。

我的注意力集中在那件衬衫上的马蹄形条纹图案上，假如能够把肩部到腰际那一区域的马蹄图案不差分毫地数个明白，我的头脑此时就还算清楚。老板不停地说着什么，我此时只是充耳不闻，不停地数着马蹄图案，尽量让自己保持沉默。

他突然走出屋子，让我一个人呆呆地坐在那里。返回的时候，他带过来两个人，这两位好像一直在接待室里，商谈周一即将举行的午餐会事宜。

来者一男一女，女的是达夫女士，男的是位生人。一见我五花大绑，两人不约而同地一声惊呼。我整个缩进了椅子，几乎只能看见两人腰际以下的部位。

“这人你们认识吗？”约克夏愤怒地问道。

男的摇了摇头，一脸茫然。达夫女士皱着眉头问我：“你不是昨天来过了吗？关于一个农民的什么事儿。”

“这个人，”约克夏一脸鄙夷地说。“便是席德·哈利！”

男的脸色顿时僵住，嘴巴张得老大。

“这个人，韦尔内，”约克夏语气刻薄，接着道。“便是那个让你怒吼了几个月的软蛋。这样的人！埃利斯竟说他是个危险人物！瞧瞧他那熊样儿吧！我们简直是拿着大炮打耗子。”

韦尔内·蒂勒皮特！我在《柏克氏贵族系谱》中查到过：韦尔内·蒂勒皮特，三世男爵，四十二岁，托普林食品公司总裁，《庞普报》世袭拥有人。

因其对时任首相忠心耿耿，韦尔内·蒂勒皮特的祖父获封男爵。他声色犬马，大权在握，以舆论为手段，令当时政府唯命是从，韦尔内·蒂勒皮特一世曾经左右并推动了历史。韦尔内·蒂勒皮特三世一向默默无闻，直至近来才总算崭露头角，他功劳卓著，主要是制定了一项政策，让一位默默无闻的私家侦探名声扫地，如此不堪作为，将令他那位祖父哑口无言。

正如英蒂娅所言，他个子很高，满头棕发。一眼扫去，我还看到，他那副宽大的脸庞中央，竟是聚集了一堆微型器官：小鼻子，小嘴巴，浅黄色小胡子，硕大的镜框后面隐藏着一双小眼睛。从外表来看，他身上的所有部位似乎都难以产生任何威仪，而他的眼神告诉我，我也让对手同样感到了失望。

“你怎么知道他就是席德·哈利？”达夫女士问道。

欧文·约克夏厌恶地说：“一个电视报道组的晓得他，他发誓说绝不会看走眼，他过去经常给他录像，一眼就能认出他。”

这个混蛋，我心里想。

达夫女士拉拉我左边的长袖子，又看看我的左手。“没错，就是席德·哈利。现在没一点儿冠军模样了，是不是？”

欧文·约克夏拿起了电话，按下号码键，等了一会儿，大声说道：“赶快过来！”他说。“紧急情况，到我新办公室来！”他简单听了两句。“不，”他说。“直接来这！”他砰的一声撂下听筒，恶狠狠地看着我。“你这混蛋，到底来干什么？”

我心中突然产生一种不可遏制的冲动：一切都招了吧。然而刚要开口，却让紧绷绷的牙齿挡了回去。我现在才弄明白，人们之所以招供，并非是因为不能忍受惩罚，而只是想招了一切，从此摆脱内心的重负。

“快说！”约克夏吼道。他又将扳手操在手里。“快说，你这个小瘪三。”

我的确准备好答案。

我用嘲弄而又带点儿恭敬的口吻对韦尔内·蒂勒皮特轻声说道：“我是来看你的……先生。”

“阁下，”约克夏告诉我。“叫他阁下！”

“阁下，”我说。

蒂勒皮特说：“为什么？”又问道：“你怎么知道我会在这里？”

“有人告诉我说，您是托普林食品公司总裁，阁下，所以我就跑过来求您罢手，我也不清楚怎么让人拖到了这里，还给捆了个结结实实。”最后这几十个字，是从我嘴里一字一字蹦出来的。当心！我告诉自己。闭嘴！

“什么罢手？”蒂勒皮特问道。

“让您的报纸罢手，别再拿我撒谎了。”

我如此天真，蒂勒皮特竟不知如何应对了。约克夏自然会以为我的话几不可信。他对达夫女士说道：“下去到楼下的办公室，看看他是否去过你那儿。”这会儿是周六，达夫女士没穿办公装，而是一身大红，衣服上还缀着金光灿灿的扣子。

“昨夜离开时我锁好了的，欧文。”

在老板面前，达夫女士的言谈举止与威利·帕罗特可谓同出一辙，颇有些平等大同的意味。

“过去看看，”他说。“好好检查一下橱柜。”

“你本周搬到这里以后，谁也没打开过橱柜。钥匙在你一个人手里。”

“还是过去查看一下为好，”他说。

在他面前，她该是一向惯于服从的。我还记得玛莎·罗斯那句天真的话：“达夫女士说，千万不要让约克夏先生不高兴。”

达夫女士，自信而有主见，以我所见，她并不喜欢这个男人，内心深处也并不惧怕于他。在我看来，对她而言，他那种脾性该是很让人厌烦的。

接下来，我将要真正领略达夫女士非凡的智慧，自此以后，我或许将要竭尽所能，以达夫女士为行事楷模，亦未可知。

她去了很久。这段时间，我如坐针毡，担心自己哪些地方是否未能打理妥当，担心她的第六感官会察觉出有人曾经到此一游，担心自己会在空气中留下某种气息，尽管我绝对未曾在那里使用过剃须润肤露，担心档案柜没有关好，担心留下了自己的指纹，担心留下让她起疑的任何蛛丝马迹。

我屏息凝气，尽力不要大汗淋漓。

她终于回来了，说道："摄制组走了，周一的事已经万事俱备。花匠十点钟会把市长夫人的鲜花送到，楼下铺地毯的正在量走廊，噢，对了，英特曼德影像公司说，他们得把支票拿走。"

"办公室怎么样？"

"办公室？噢，办公室没问题。"她漫不经心地说。"锁得好好的，还是我离开时那样。"

"橱柜呢？"约克夏追问道。

"锁住的。"她心里想，他这人也太过敏感了。至于我，则是尽力不要显出如释重负的样子。

"你打算拿他怎么办？"她指了指我，问道。"总不能一直扣在这里吧？楼下电视台的都知道他在我们这儿，想采访他，我该怎么说呢？"

约克夏冷峭而不乏幽默地说："告诉他们他让人五花大绑了。"

她并不觉得好笑，说道："我就说他从后门走了。我也要走了，八点来这儿，周一上午。"她平静地看看我，对约克夏说："放他走吧，"她平淡地说。"他还能做什么孽？他挺惨的。"

约克夏拿不定主意，说道："惨？怎么惨了？"

她刚要跨出门去，又沉着地停下了脚步，抛下一句弥足珍贵的话来：

"《庞普报》这么说来着。"

听着他们的谈话，我感到两人都还不算老练的罪犯，至少目前不是。当然，约克夏已然相当练达了。

他手里还握住那只沉重的扳手，不时地用手拍着脑门儿，好像这样就能够帮他想出对策来。

“请帮我解开吧，”我说。我终于发现，那种想要喋喋不休的欲望消失了，我不再想要不停地讲话，而只想劝他们放了我。

要是蒂勒皮特一个人，他或许早就把我放了。眼前这一幕尽管还算不上暴力十足，他显然已经感到不适乃至惴惴不安了。他的力量源于祖父的名字，他的权利在于他掌握着手下的生杀大权。在英国媒体界，顶尖的编辑可谓多了去了，乔治·古德巴，《庞普报》的总编，也不会为了挽救我而自己做出牺牲。通常情况下，原则问题往往会让人无可奈何，我相信，假如我是乔治·古德巴，假如换作我是凯文·米尔斯或英蒂娅，我也不一定会有别的选择。

约克夏说道：“我们等等。”

他打开办公桌的一只抽屉，拿出一个古怪的罐子，里面装的像是腌制小黄瓜。他暂时丢开扳手，拧下盖子，将罐子放到书桌上，从里面捞出一条绿色“手指头”，咬上一口，满嘴的大白牙嘎吱嘎吱嚼了起来。

“小黄瓜？”他让了让蒂勒皮特。

三世男爵的鼻子扭到了一边。

约克夏耸了耸肩，一边毫不在意地大肆咀嚼，一边走过去拍了拍扳手。

“再不放我走的话，”我温和地说。“有人会找我的。”

“放他走吧，”蒂勒皮特有些不耐烦地说。“他说得对，我们不可能一直把他扣在这里。”

“我们再等等，”约克夏严厉地说，一边又捞出根小黄瓜，大声嚼了起来。我们继续等待着。

我闻到了醋酸的味道。

身后那道门终于打开，约克夏和蒂勒皮特同时望了过去，随后一副如释重负的样子。

我的感觉则恰恰相反。来者不是别人，正是埃利斯。他一脸漠然地站到了我面前。

埃利斯，身着开领白衬衫；埃利斯，英俊，阳刚，浑身洋溢着主持明星的魅力；埃利斯，国人的宠儿，居然遭人诬告。阿斯科特赛马会结束后，我与他一直未能谋面，不想他依然是容光焕发。

“哈利来这做什么？”他一脸惊慌的样子，问道。“他都知道些什么？”

“这地方他逛了个遍，”约克夏拿小黄瓜指了指我，说道。“我让人把他带到了这里，他应该什么也不知道。”

蒂勒皮特说：“哈利说，他到这里来，是求我不要让《庞普报》再讨伐他了。”

埃利斯肯定地说：“不会这么简单的。”

“为什么不？”约克夏问。“你瞧他，懦弱无能之辈！”

“懦弱无能之辈！”

尽管情势危急，察觉到他话音里有一丝不自信的语气，我还是不自觉笑了起来。我甚至还耷下眼皮向他咧了咧嘴，而与此同时，我也看到他脸上掠过一丝笑意：这是兄弟情谊的表露，一种隐秘而难以分享的体验；我们曾一起度过寒冷的冬日下午，一起面对危险、失望和伤害，一起享受无数次胜利的喜悦；我们曾站在马镫上相互拥抱，为对方赢得比赛而欣喜若狂；我们互相信任，亲如一人，我们就像是一对孪生兄弟。

无论现在情形如何，我们曾经胜似兄弟。过去——我们的过去——还没有忘怀，那些愉快的记忆永远也无法抹去。

微笑不见了，埃利斯说道："这个懦弱无能之辈居然找到你的门上，他最终会将你彻底击败。假如我们不能守好自家的围栏，这个懦弱无能之辈将把我们全部毁掉。这个懦弱无能之辈曾经连续五六年赢得赛马冠军，而且仍然能够赢得赛马冠军，忘记这一点，你我便是十足的傻瓜。"他把脸凑将过来："你还是以前那个席德，对吗？狡诈，沉着，为成功而不惜一切！"

我无言以对。

约克夏咬了一口黄瓜。"我们怎么处置他？"

"先查清楚他为什么来这里。"

蒂勒皮特说："他来是让《庞普报》罢手——"

"扯淡！"埃利斯打断了他。"他在扯谎。"

"你怎么知道？"蒂勒皮特反驳道。

"我了解他。"他不容置疑地说道，他的话也的确没错。

"那么他来这里干什么？"约克夏问。

埃利斯对我说道："你无法送我上法庭的，席德。星期一不成，永远也办不到。你没能破掉什罗普郡的不在场证明，我的律师说，只要没有反证，就别想起诉我。他们将会撤回指控，明白了吗？我知道你明白，你只能让自己身败名裂，而不是我。还有，我父亲打算宰了你。"

约克夏脸露喜色，蒂勒皮特脸色大变。

“周一之前吗？”我问。

这话太过轻薄，把他给激怒了。埃利斯大步走到我的背后，将棕色工作服和下面那件运动服的右前领猛的拉开。他扯掉了衬衣上的几对扣子，把衣服往后面拉去，然后用力将手指按在那里。

“戈登说，他打折了你的锁骨，”他说。

“哦，他没有。”

埃利斯应该能看到锁骨处的擦痕，他还应该能摸到前几次骨折留下的硬痂，但他明显感觉到，他父亲没有能够得手。

“我父亲会杀了你的，”他重复道。“你不担心吗？”

又是一个无法回答的问题。

我像是觉得，隐藏在埃利斯内心深处那残忍的一面仿佛突然爆发，兄弟情谊不见了踪影，眼前的埃利斯变成了那位即将失去一切的主持明星。他粗鲁地将我的衣服拉上去，最后站到了我的左边。

“你打不败我的，”他说。“你让我损失了五十万，你让我请来律师，你让我彻夜难眠。”

他尽可以坚持认为我打不败他，但我们双方都心知肚明，只要我不肯放弃，我最终会将其打败，因为他是有罪的。

“你要偿还这一切的，”他说。

他把两只手放在我左前臂那副硬壳上，向上抬起，将其扳成了九十度直角。我的右上臂和胸部被两条带子牢牢捆着，但尽管如此，我仍是使出劲来，尽力保护自己。左上臂还有不少力气，然而让带子紧紧捆着，再多力气也是徒劳无益。

埃利斯将我左臂上的两层袖子卷起，再将衬衣袖口撕开并向上卷起，随后他看到了下面的塑料皮肤。

“关于这只假臂，我了解的还真不少，”他说。“为此我还专门弄了个小册子，这类皮肤其实就是一种手套，可以退下来的。”

他顺着假臂向上摸去，扯着上端将手套从肘部一点点退到手腕，然后又十分细心地挨个从手指上慢慢退下，于是，左臂上的机械装置全部暴露在眼前。

这只手套质地非常细密，戴在手上，关节、血管、指甲一应俱全，几乎到了以假乱真的地步，手套下面，则布满了各种各样的齿轮、弹簧和金属线。退去手套，这只粉红色小臂看上去极是鲜艳，坚硬而闪着亮光。

埃利斯微笑了。

他强壮的右手朝我电动左手上压了下去，刻意用力一拧，整个假臂被卸了下来。

埃利斯仿佛是盛宴上的食客，死死地盯住我的两只眼睛。“怎么样？”他说。

“你这狗屎！”

他笑了笑，松开手指，脱落的手臂掉在了地毯上。

第十三章

蒂勒皮特像是吓坏了，竟是吐了出来，约克夏却毫不在意，居然大笑起来。

埃利斯厉声说道：“这人可没那么好玩儿，你别忘了，一切麻烦都因他而起。要毁掉你的正是这位席德·哈利，假如你真的以为我刚才做的他并不在意，”他用脚尖将那副假手往前移了几英寸。“假如你真以为好笑的话，那么我来告诉你，在他看来，这种事简直难以忍受……但也不见得，是吧，席德？”他转过头来问我，同时又冲着约克夏说。“在你身上，还没有什么东西是不可忍受的，你说是吧，席德？”

我没有回答。

约克夏反驳道：“可他只是——”

“不要说只是，”埃利斯打断了他，声音尖锐而粗厉。“难道你现在还不明白吗？你以为他来此做甚？你是怎么把他弄到这里的？他都知道些什么？他绝不会告诉你的。他绰号叫‘碳钨合金’，我从未见过如此坚硬的金属，钢都可以锯断。我了解他，我曾经很爱他，你根本不明白在和什么人打交道，我们必须拿定主意，看怎么处置他。

都谁知道他在这里？”

“我的两个保镖，”约克夏说。“他们把他弄这来的。”

蒂勒皮特勋爵一句话才真有点儿像是噩耗：“是摄制组告诉欧文的，他们说席德·哈利在大楼里。”

“摄制组！”

“他们还想采访他，达夫女士告诉他们他已经离开了。”

“达夫女士！”

就像我一样，假如他当时在场，埃利斯就会明白，达夫女士之所以撒谎，绝不是为了约克夏，不然她会实话实说的。

埃利斯愤怒地问道：“达夫女士看到他捆在椅子上了吗？”

“是的，”蒂勒皮特声音微弱地说。

“你这蠢货……”埃利斯一时无语。“这么说，”他直截了当地说。“在这儿你没法干掉他了。”

“干掉他？”蒂勒皮特简直不相信自己的耳朵，一张大脸憋得通红。“我可不要……你是说要杀人吗？”

“嗯，没错，阁下，”我冷冷地说。“他们是在说杀人，他们还想顺便也将阁下送进大牢，那里您肯定会喜欢的。”

我只是想让蒂勒皮特知道，埃利斯如此预谋，将会有怎样不堪的后果，可不曾想到，我同时也把约克夏给激怒了。

他向前跨了两步，狠劲就是一脚，将地上那副假手踢出老远，哐的一声撞在墙上，随后又操起扳手，照我脑袋劈了下来。

我眼睁睁看着，却无法将头完全避开，扳手碰到颧骨，撕裂脸皮，但这一次却没能将我击昏过去。

欧文·约克夏这一击竟有些手软，也许是因为他一眼看到了我这副惨象：左手残缺，血流满面，没有任何还手的余地。他再次将扳手举起，满脸怨毒之气，一心要将我置于死地。此时，我脑子里竟是一片空白，事后想来，总觉得有些奇怪。

还是埃利斯制止了他，他抓住正在劈下的扳手，将欧文·约克夏猛地推到一边，这样一来，扳手虽来势凶猛，却也没能碰到我。

“没脑子的！”埃利斯呵斥道。“我说过不能在这下手，你就是个疯子。很多人都知道他在这里，你想让脑浆溅得地毯上到处都是吗？你干脆爬上楼顶喊人过来瞧好算了。管住你该死的鬼脾气，找些纸巾来。”

“找什么？”

“随便什么给他止血的玩意儿，你是不是彻底傻掉了？他要是不能出现在应该出现的地方，你会把警察引到这里来找他的。摄制组！达夫小姐！这整个该死的地方！只要他的血随便滴在这里什么地方，你就等着进去熬上二十五年吧。”

约克夏让埃利斯训得蒙头转向，说这里什么纸巾也没有。

韦尔内·蒂勒皮特犹犹豫豫地掏出一块手绢，手绢很白很干净，上面绣了顶小王冠。埃利斯一把夺了过来，在我面颊上胡乱拍了起来。我不知道，眼下这种情势，我是否能有机会挽救自己，乘其不备，将他杀死。

埃利斯把手绢稍稍移开，看看上面殷红的斑斑血迹，重又将其按在我脸上。

约克夏手握扳手，急躁地在旁边踱来踱去，蒂勒皮特看上去一脸的不悦，而我则神情黯淡，心里想着自己可能的下场。埃利斯再次把手绢移开，细细察看了我的面颊，告诉两人血已大体给止住了。

他把手绢交还给蒂勒皮特，蒂勒皮特恶心地将其丢进了口袋。埃利斯又从约克夏手中夺下扳手，告诉他必须冷静下来，谋划对策。

为谋划对策，两人离开了办公室。韦尔内·蒂勒皮特极不情愿留下来单独陪我，他两眼朝窗外望去，死活也不想望我一眼。

“给我解开，”我用力说道。

机会渺茫。他只是装着没听见的样子。

我问他道：“这种事你怎么搅进来的？”

没有回答。

我又试了试，说道：“假如我能够从这里脱身，我会忘记看到过你。”

他转过身来。由于他背对灯光，我无法看清镜片后面的眼神。

“你现在真的麻烦大了，”我说。

“什么事儿也不会发生。”

我倒是希望他的话没错。我说：“看上去你好像没什么大碍，你不过拿报纸一周接一周地对某人进行嘲弄罢了。约克夏给你说了什么？不惜一切代价，挽救埃利斯，那好，你会把自己给摊上的。”

“你不明白，埃利斯是无辜的。”

“我只明白阁下你遇到大麻烦了。”

“我什么也做不了。”他烦恼，郁闷，天生一副无能的样子。

“解开我！”我再次催促道。

“没用的，我没法带你出去。”

“解开我，”我说。“别的我自己来。”

他踌躇起来。假如他能够做出明智的取舍，也不会被约克夏一伙利用了，像他这样的富人，糊里糊涂就让人拖入了泥淖，他既不是第一个，也不会是最后一个。他犹豫不决，错过了放走我的良机，也放弃了拯救自己的努力。

埃利斯和约克夏回来了，两人谁都没看我一眼。

不详的预兆。

埃利斯看了看表，说道："我们等一等。"

"等什么？"蒂勒皮特茫然问道。

约克夏答道："电视台的马上就走，十五分钟后，所有的人全部离开。"他的话令埃利斯颇为光火。

蒂勒皮特神色焦虑地看了看我。"放哈利走吧，"他央求道。

埃利斯安慰他道："当然，等一会儿就放他走。"

约克夏笑了笑，说实在的，我更希望看到他恼怒的样子。

即使是韦尔内·蒂勒皮特，也已经看出了什么苗头：既然要放我走，那还要等什么。

埃利斯手里还握着扳手。他不会拿它去做蠢事的，我想，他不会让我血溅当场的，这样的事，我压根儿宁愿不要知道。内心深处，那些自省的问题也许无法从对方身上找到答案：为保全自己，他会亲手杀了我吗？友谊究竟会有多深？朋友之间，真有什么应该绝对避讳吗？我起诉了他，是不是已让他变得肆无忌惮？他要实施报复，他要采取一切手段对我进行伤害，可是要杀掉我……我真的没有想过。

他绕到了我的身后。

时间仿佛是凝固了，到了这一刻，该是向他恳求的时候了，可我办不到。此时此刻，无论我说了什么，生杀大权还不是握在他的手中。

终于，他绕到我的右侧，咬牙低声说道："碳钨合金！"

水，我想，我的血管里此时流淌的不是血液，而是水。

他突然弯下身去，用手夹紧我的右手腕，使劲向上抬起。

我猛地一抖，将手挣脱，冷不丁地，扳手击中了手腕关节。一阵麻木之际，他又用扳手虎口钳住我的手腕，慢慢拧紧，拧紧，直到扳手虎口牢牢钳紧，直到手腕紧紧缩成一团，直到血管、神经、韧带全部挤压在一起，并同时向肌肉下面的骨骼挤压下去。

扳手很重，他将两只手柄平放在椅子一边的靠手上，用手牢牢握住，再将螺栓拧紧一些。

“埃利斯，”我叫了一声，不是出于反抗，也不是因为惧怕，只是不愿相信，眼前的一切竟是由他所为：是痛惜，是强烈的悲哀，一切只是为了那个曾经的埃利斯。

他两眼直直地望住我，脸上现出蓦然醒悟的神情……满面羞愧难当。短短几秒钟，那种表情便消失不见了，他又全身心地沉浸在暴行给他带来的愉悦之中。

这种情形太不同寻常了，他像是进入了迷狂状态，仿佛这间办公室、约克夏以及蒂勒皮特都已不复存在，在他面前，仿佛只有一件事才是真实的，那就是扳手的煅钢虎口紧紧咬住的那只手腕，还有他如何能让扳手钳得更紧一些。

我想，假如这只扳手换成了修枝大剪刀，假如上面的虎口不是扁钢，而是锋利的刀刃，那个让人毛骨悚然的噩梦也许早就变成了现实。我强迫自己不要再想下去，我告诉自己一定冷静下来，但尽管这样，我仍是大汗淋漓。

我想，在他的脸上，我看到一种极度的陶醉感，不是他卸下假手后那种邪恶的满足感，而是将一只活生生的马蹄砍下时那种罪恶的成就感。

我瞥了一眼约克夏和蒂勒皮特，看到了两人呆若木鸡的惊恐神情，此时我觉察到，这一刻之前，他们一直都深信埃利斯是清白的。

手腕疼痛难忍，臂上什么地方，尺骨在咯咯作响。

“埃利斯！”我厉声叫道，试图将他唤醒。

他要把螺旋拧到另一个凹槽。

“埃利斯！”我喊了一声。“埃利斯！”又喊了一声。

他直起身子，低下头去，茫然望着那只十五英寸长的沉重的不锈钢扳手。扳手从手腕处耷拉下来，他从桌子上拿来一根带子，将其绑在椅子扶手上，然后走到窗边，一句话不说，但也没有恢复理智。

我想把扳手从身上弄下来，可手已经完全麻木，扳手又夹得太紧。我感到头脑有些昏沉，手臂已经发青，变得灰白，我满脑子都是压碎的手腕，一阵极度的恐惧掠过心头：假如持续时间过长，将会造成永久性伤害，我两只手可能都要失去了。

两只手……噢，我的上帝！

“埃利斯，”我放低了声音，又叫他一声，恳求他恢复过去的自我，我相信，过去的埃利斯永远就在那里。

我等待着，忧心忡忡，强烈的痛苦还在折磨着我。埃利斯的思绪仿佛跑到了九霄云外，蒂勒皮特局促不安，清了清嗓子，约克夏还在满口咯吱咯吱地嚼着黄瓜。

几分钟过去了。

“埃利斯……”我叫了一声。

我闭上眼睛，然后睁开，多少有几分祈祷的念头。

时间和噩梦交织在一起，时间会化作噩梦，或是相反，即将发生的一幕一片空白。

埃利斯转身离开窗子，脚步轻快地走到我身边。他直直地盯视着我，眼里露出很是享受的神情。他松开螺旋，猛地拉下扳手，将那副可恶的齿轮装置丢在桌子上。

谁也不说话。埃利斯显得十分欣快，亢奋至极，他在屋子里不停的走来走去，仿佛难以抑制极度兴奋的情绪。

手指上像是扎进了无数根针刺，我真要感谢命运女神对我的眷顾。我的手疼痛难忍，好在上面的皮肤已渐渐有了血色。

我头脑恢复正常，将思绪从九霄云外拉回自身。

埃利斯稍微清醒一些，他看了看表，从桌子上拎起那副塑胶手套，走到我的右侧，将其塞进我衬衣前胸底下，然后又故作姿态，将深色运动服上的拉链拉紧，以防他送我的那份礼物掉落下来。

他又看了看表，走到房间的另一头，捡起被他卸下的假手，回到我身边，将那只死气沉沉的机械玩意儿放进我的右手。我强烈地意识到，他是要确保这里不会留下席德·哈利的任何痕迹。

他来到我身后，解开将我捆在椅子上的带子，又松开那根绑着我双臂的带子，

“把手装上去，”他吩咐我道。

也许是踢弯了，或许因为右手不太好使，上面的螺纹无论如何也不能完全吻合，拧了三圈半，总算固定到了上面。假手看上去已经接好，但再也无法动弹了。

“站起来，”埃利斯说。

我摇摇晃晃地站了起来，原来两只脚踝还绑在一起。

“你这是要放了他吧，”蒂勒皮特叫道，一边满是感激地松了

口气。

“当然，”埃利斯说。

约克夏面带微笑。

“双手背到后面，”埃利斯告诉我道。

我双手背到后面，他将我的两只手腕紧紧绑在一起。

最后，他解开了我脚上的带子。

“走这边。”他扯着我的胳膊走出门去，来到走廊，我只是机械地抬着步子。

我回头望了一眼，看见约克夏在打电话，蒂勒皮特站在他身后，满脸高兴的样子。

埃利斯按下按钮，电梯门随即打开。

“进去，”他说。

我草草看他一眼，只见他板着面孔，毫无表情。我想，此时此刻，我们一定都在想着同样的事情，只是没有说出罢了。

我走进电梯，他快速跟了进来，按下一楼按钮，后退两步，电梯开始了它短暂的行程。

将我的两只手捆在一起，而其中一只却可以轻易拧下，他这样做也该是徒劳之举了。但尽管如此，等我用笨拙的手指将那只手松开，也算是费尽九牛二虎之力了。带子刚刚抖开，电梯就来到了一楼，我没有任何时间稍做打理，也好在走出电梯门时不让人看出破绽。

我把机械手放进运动服右侧裤兜里，空出的手腕让棕色工作服上的长袖遮挡起来。一看就有些假，我不禁暗自叫苦。

埃利斯给了我一次机会，尽管说起来也许不算是什么机会，但这至少让我找到了问题的答案：他不会亲手杀了我。至于约克夏，则肯定不会手下留情的。

身穿蓝色制服的保镖不在大堂。

桌上的电话响了，而此时两个保镖都在外面忙活，将公司一辆厢式货车停放到位，其中一位正从驾驶室下来，另一位帮着打开车子的后门。

我明白了，厢式货车是用来绑架我的，它会一路开向一片墓地，而我的坟墓上将不会有任何标记。他们会让人家付给多少钱，我心里想。

埃利斯给了我三十秒时间，他从楼上送我下来早了一步。在大堂里，我是没有任何机会的，而到了外面空旷的地方……倒还有一线生机。

我深吸几口气，箭步冲出门去，以迅雷之势向前冲刺。我没有直接跑向我的车子，而是绕过那辆货车朝着敞开的工厂大门狂奔而去。

一个保镖叫喊起来，另一个保镖也跟着喊出声来。我思考片刻，心想躲过两个保镖应该不成问题，然而让我沮丧的是，讨厌的门卫这会儿却突然精神抖擞，窜出亭子挡住了我的去路。这又是一个身穿蓝色制服的家伙，他身材高大，显得十分自负。

我径直向他跑去。他叉开双腿，动也不动地稳稳站在那里。然而他万没想到，我竟会冷不丁伸出左脚，直接命中其膝盖内侧，同时弓起后背，炮弹般斜刺里撞向他的腹部。他顿时仰面跌倒，等他挣扎着跪起身子，我已经跑出去很远。但就在这时，另外两个保镖已经追了上来。

某种程度上，奇科教给我的柔道都是正常运动中常见的程式化搏击和摔跤套路，由于我只剩下一条手臂，他根据我的情况对套路做了一些变动。训练开始阶段，我与他私下交手时，从来不曾穿那种宽松的白色柔道服。我从不赤脚搏击，只穿普通的鞋子和运动服。我所以学习柔道，只是为了保命，而不去考虑如何才能赢得更多黑带。

学习和使用柔道一般要有健全的双手。肌电手臂反应会慢上一拍，在口令和出招之间会存在某些脱节，奇科让我这只左手放弃了所有的擒拿技巧，转而改用棍棒，在弗罗德沙姆，我便是游刃有余地使用了他教给我的那些棍棒套路。

我们都不曾想象，假如两只手都让人废了，又该是何种情状，然而令人称奇的是，为了生存，人可以是无所不能的。比赛也道同一理：先赢冠军，而后祈祷。

眼下我的对手不过是三个肌肉发达的壮汉，对于柔道中抓举、平衡和速度等微妙之处，他们一概不甚了了。奇科每次尽可以将我摔倒，但约克夏的看门狗则未必能成。

在我的脑海里，那些柔道动作名称仿佛连祷文一般不断响起。为生命而战！我施展自己熟练的搏击技巧，并化入其他各类招数的精华。我两次佯装倒地，其中一次用脚踢中一人腹部，那人腾空而起，从我头上掠身而过，摔倒在地。战斗结束，一位保镖仰面躺在地上，昏迷不醒，其同伴则被我打折了鼻梁，另一个飞奔而去，跑回办公楼报信去了。

我趺趺撞撞，上了公路，心里想到，假如回去开车，两个躺在地上的保镖没准儿爬起来关上大门。

公路的一端有几处房屋，于是我踉踉跄跄走了过去。最好先躲避一下，托普林食品公司的货车赶来之前，我必须先要隐藏起来。

来到近前，我发现房屋布局很是整齐，屋前屋后的花园小巧又整洁。我选择一处像是无人居住的屋子，步履蹒跚地上了花园小径，朝前走去。来到屋后的花园，我看到后面的篱笆外还有一排房屋。

篱笆太高，攀爬跳跃都无法通过，好在旁边有只空板条箱，真是天助我也！

屋子里不见有人出来盘问，于是我来到另一条街道，开始考虑我到底该去哪里，又想着自己此刻看上去会是什么样子。

棕色工作服！约克夏会到处寻找身穿棕色工作服的人。

我脱去工作服，扔进一处棕色的山毛榉树篱。

脱去了工作服，断掉的左手却完全暴露无遗。

真要命！我心下苦涩：这才叫事事难为。也罢！

我将裸在外面的粉红色左臂塞进上衣左边的口袋里，然后走上大街，是慢慢走过去的，而不是跑过去的，我倒是想跑来着，可实在也力不从心。

一个溜旱冰的男孩儿从远处向我滑了过来。他头戴一顶条纹羊绒帽，而不是那种随处可见的棒球帽。就它了，我心里想。我从口袋里摸出些现金，挡在他面前。

他想避让开去，急忙转弯，却失去了平衡。他口中骂骂咧咧，直到看见我手里的钱。

“帽子卖给我吧，”我和他商量道。

“说啥呀？”

“你的帽子，”我说。“我用钱换。”

“你脸上有血，”他说。

他一把抢过钱去，想要开溜，我抬腿就是一脚，将他从旱冰鞋上蹬了下来。他恶狠狠地瞪我一眼，一边骂声不迭，一边抓下帽子向我甩了过来。

帽子还热乎乎的，我随手戴在头上，心想他可别生了虱子。我小心翼翼地用袖子擦了擦脸，然后无精打采地朝公路方向望去……远远的，我看见托普林食品公司那辆厢式货车开了过去。

让他们去找吧，无论查找谁，总不会是我这个身穿蓝色运动衣、头戴条纹羊绒帽子的人。

下策——逃之夭夭。大功告成！

下下策——该到哪里去？

我来到住宅区的尽头，向左拐进一条街道，这里以前可能是商业街，眼下却成了房产中介、建筑协会和银行的天下。

身陷于这个举目无亲的去处，我只有两个地方可以暂避一时——一是投注站，一是冰淇淋店。

我选择了后者。刚跨进门去，便看见我那辆奔驰从窗外飞驶而过。

埃利斯在开我的车。

车钥匙还在我口袋里，看来偷车高手不只是乔纳森一人。

“你要什么？”身后响起一个女子的声音。

那是一位身材单薄且百无聊赖的年轻女人，她问我要什么冰淇淋。

“嗯……那个吧，”我说，一边随手指了指。

“筒装的还是蛋卷的？大号的还是小号的？”

“蛋卷的，小号的。”我感到有些迷乱，仿佛远离了现实世界。我付了钱，舔了舔冰淇淋，杏仁味的。

“你脸划伤了，”她说。

“让树撞了。”

屋子里有四五张桌子，周围坐满了人，其中大都是十几岁的少男少女。我在一张不靠窗户的桌子旁坐了下来，才十分钟光景，那辆托普林公司的货车就开过去两次，我的奔驰也再一次从门前驶过。

我感到肌肉颤抖起来。是恐惧，还是过度疲劳，或者是两者兼而有之。

商店有一个后门，上面写着“男洗手间”。吃完冰淇淋，我走了进去，洗脸盆上方有一面小镜子，我从中照见了自己的尊容。

左颧骨上，伤口已凝结成一道黑色印痕，印痕凸起很高，极是惹眼。我拿起一张纸巾，蘸了些水，轻轻擦拭几下，想把上面的淤血擦去，同时也小心翼翼，不让它再流出血来，然而这一切却收效甚微。

我反锁上卫生间，试图将左手重新接回原处。功夫不负有心人，这一次总算牢牢地接了上去，只是仍然形同虚设，如同无物。我感到极度沮丧，费力地将藏在胸前的那副手套掏了出来。一来无滑石粉，二是因为右手实在无力可使，终了还是无法臻于以假乱真的地步。

该死的埃利斯，我心里恨恨地骂道，什么样的事情才真正让人难以承受，他的确再清楚不过了。

没关系的，我一定坚持下去！

出了小隔间，我又用纸巾擦了擦脸，尽量让伤口颜色浅一些，再慢慢恢复成正常肤色。

情况还不算太糟。

羊绒帽下面，那张脸看上去颇为紧张，这倒也不足为怪。

出了冰淇淋店，我顺着大街朝前走去，不一会儿，托普林食品公司那辆货车从身边缓缓驶过。开车的是其中一位身穿蓝色制服的保镖，他聚精会神，正在查看路的另一边。看到保镖，我不禁想道，说不定约克夏本人也已经出动，他或许正坐在什么车里找我，而那辆车我却认不出来。

眼下我所能做的，也许就是找一位通晓事理的摩托车司机，对他说道：“劳您驾，有人想要杀我，您能带我去警察局吗？”然后他问那是些什么人，然后我说是托普林食品公司经理以及埃利斯·昆特，然后他说：“噢，是吗？？那么你是……？？”

我还真的向人打听到了去警察局的路，对方告诉我说：“就在那边，一直往前走，然后左拐，一英里左右。”没有更好的选择，我只能朝那个方向走去。不过我还是先到了一处公共汽车候车亭，那里正站着几个人排队等车。我背对公路，排到了五六个人后面，一个女的带着两个孩子很快补了上来，将我遮了个严实。

五分钟后，我那辆奔驰在路的另一侧停了下来，紧随其后的是一辆白色劳斯莱斯。埃利斯从我那辆车里下来，约克夏也下了另一辆车，两人凑到一起，怒气冲冲地舞着拳头，对着大街指手划脚。我低下脑袋看着两个孩子，心里一边祈祷，千万不要露了马脚。

公共汽车来了，对面那两部车子仍然停在那里。

车里下来四个人，我和其他排队等车的人蜂拥而上。我尽量忍着不向窗外探望，车子重新开动时，我看见两人还在那里说着什么。

我不知道这辆公交到底开向什么地方。

谁还在意这些呢？我只想躲得越远越好，于是无论要到什么地方，我只管买了终点的车票。

柴郡的弗罗德沙姆很是安宁，周六下午某个时候，人们会走出家门，来到街上采购家用，此时此刻，这样的生活仿佛已和我完全无关。我也不清楚现在是什么时间，那只戴在左腕上的弹性金属链式表丢在了约克夏的办公室，我想这会儿应该还在那里。

过了几个停靠站，车里渐渐挤满了人，到处是购物袋，吵闹声不绝于耳。我究竟要去哪里？

这条线路的终点原来是朗科恩火车站，到利物浦还有一半路程。火车是开往北部的，而我却要到南部去。

我下了公共汽车，来到火车站。周围不见我的奔驰，不见劳斯莱斯，也不见托普林食品公司那辆货车，然而这并不意味着他们最终不会想到公共汽车和火车，朗科恩火车站并不安全。我打听到，四分钟后，有辆火车将开往利物浦，于是我买了车票，还算没有错过时间。

我感觉仍像是在做梦，也不愿意向当地警方求助。对于私人侦探，警方一向很不感冒，再说，无论遇到什么麻烦，我总以为那都是个人的事，问题应该由我自已来解决。毕竟，诺曼·皮克顿这样的人并不多见。此外，在利物浦，我作为曾经的本地人，或许早已被视为背信弃义之徒。

在利物浦车站，我详细查看了上行列车时刻表。

我想，还是先乘快车去伦敦，然后再返回雷丁，换上出租车去往阿奇·柯克家。

开往伦敦的快车要等上好几个小时，那么是否还有别的什么车？

真是不可思议：利物浦至伯恩茅斯，下午三点十分开车！

这是趟慢车，缓缓向南穿过整个英国，一直抵达英吉利海峡，一路上停靠站很多，而其中一站竟然是雷丁！

我拼尽最后一丝力气狂奔过去，而此时，车站里那只大钟的指针已经跳过了三点零七分。汽笛鸣响时，我总算跌跌撞撞爬上了那长长一列火车的最后一节车厢。一位乘警用力将我塞进车里，然后关上了车门。车轮开始滑动，我身上没有车票，口中气喘吁吁，而心里却有种十分奇妙的感觉：终于逃脱了！然而刚到第一站，那种奇妙感蓦然不翼而飞，我惊恐地发现，火车驶进了朗科恩站。

居然又回到了原点：我刚刚脱身的地方！所有的恐惧又像潮水般涌来，我僵坐在那里，一动不动，好像稍微一动就会彻底暴露。

一切平安无事，车轮静静地向前滑去。窗外的月台上，站着一个身穿蓝色制服的托普林食品公司保镖，只见他一边摇晃脑袋，一边在对着手机讲话。

克鲁，斯塔福，伍尔弗汉普顿，伯明翰，考文垂，利明顿温泉，班伯里，牛津，迪德科特。

雷丁！

整整走了四个小时。此刻，我紧绷着的神经总算慢慢放松下来。这一路走来，每到一个车站，恐惧总会不由自主地袭上心头，尽管我一再告诉自己，如此这般是多么不合逻辑。不处处小心，特大号的扳手会要人命的……不要犯傻，我时时告诫自己。火车行至朗科恩和克鲁路段时，我向售票员买了一张车票，而从那时起，每当他的黑色制服出现在眼前，我的心肌都不由一阵悸动。

天色渐暗，车轮发出铿锵的声响，将人们摇进了黑夜的王国。生命仿佛暂时停止。

在雷丁，出租车遍布全城，于是，我安然来到雪莱绿地，按响了阿奇·柯克家的门铃。

他亲自来开的门。

“你好，”我说。

他瞪大眼睛，站在那里，尴尬地说：“我们差点儿就不抱希望了。”他领我进了客厅。“他来了！”他说。

房间里聚了四个人：戴维斯·塔特姆，诺曼·皮克顿，阿奇·柯克，还有查尔斯。

我在门口稍作停息。我不知道，自己看上去到底如何模样，我看到的只是一副副震惊的面孔。

“席德！”查尔斯首先回过神儿来，站起来说道。“真好！太好了！快过来坐下。”

他对我关心的程度，总能让我察觉出他内心究是何等担忧。在他家里，他总是让我坐在舒适的椅子上，而他自己却一直坐着那把硬邦邦的椅子。他问阿奇有没有白兰地，然后走过去亲自给我倒了半杯。

“干了它，”他端着酒杯命令道。

“查尔斯……”

“干了再说。”

我只得让步，接过来喝了几口，然后将酒杯放在旁边的桌子上。他一直深信，酒可以让人恢复体能，就我而言，他曾经一而再再而三地证明，这件事他绝对没有打谎。

我突然想起，自己还戴着那顶柔软的条纹帽子，于是连忙取了下来，如此一来，老几位倒觉得自然了许多。

“我去了托普林食品公司，”我说。

我心里一阵难受。我这是怎么啦?

“你的脸划破了，”诺曼·皮克顿所说。

我曾奋不顾身，用柔道与两个保镖拼死相搏，到了这会儿身上还在隐隐作疼，头脑昏昏沉沉，让埃利斯一番消遣，手也肿起老高，又酸又痛。往好的一面想，我总算活着安然回到家里，再说眼前几个人反应也还不错，我不能在这个节骨眼上昏过去。

“席德！”查尔斯伸出一只手，严厉地叫道。

“呵……是的，我去托普林食品公司了。”

我又喝了几口白兰地，感到身上有了些力气，便抓住什么东西在椅子上挪了挪身子。

阿奇说：“慢慢来。”但他听上去却有些言不由衷。

我笑了笑，说道：“我见到了欧文·约克夏，蒂勒皮特勋爵也在那儿，还有埃利斯·昆特。”

“昆特！”戴维斯·塔特姆叫了出来。

“嗯，哦……你让我查清楚，昆特这件事背后是不是有条大鱼，答案是肯定的，但这条大鱼就是埃利斯·昆特本人。”

“可他不过是个花花公子，”戴维斯·塔特姆反驳道。“那位大个子约克夏呢？”塔特姆身子颤了下。“他名声越来越大了，很多人听说过他。”

我点点头道：“欧文·克利夫·约克夏随时会崭露头角的，但不是现在。”

“你这话什么意思？”

又是一阵疼痛。到了这会儿，我才真正意识到，自己此时该是忍受的时候了。正所谓赢得一时，付出一世。

“自大狂，”我说。“约克夏总是一副坐立不安的样子，他喜怒无常，脾气非常暴躁，一心想成为一名企业巨头。我将这种症状称为初期自大狂，他自我膨胀，简直到了疯狂的地步，大型企业尚未成形，他竟首先兴建一幢与之匹配的写字楼，楼里的办公间大都空着。

他还是个宣传狂，眼下正在举办大型招待会，几乎邀请了一半的利物浦人。依他的计划，或者说是欲望，他想要垄断整个马饲料产业。他至少雇了两名贴身保镖，他们会受命杀人的，因为他总是担心竞争对手要杀他……典型的妄想狂。”

我顿了顿，接着说道：“很难说清他究竟给你留下了什么印象，半数时候，他听上去还算明白事理，而有时你又会发现，谁挡住了他的去路，他都会毫不留情，一一清除。还有，他正在不惜一切……拼命保全埃利斯·昆特的名节。”

阿奇慢腾腾地问道：“为什么？”

“那是因为，”我说。“他花天价搞了一次广告宣传活动，活动主角正是埃利斯，假如埃利斯有罪，被证明是砍断马蹄的元凶，广告就无法播出了。”

“但几个广告片不会有那么大的开销吧，”阿奇质疑道。

“犯了这种狂妄症，”我说。“你不会只想拍几段商业广告的。你会失去控制，邀请要价昂贵的资深公司，而这一次，他们攀上了英特曼德影像（曼彻斯特）有限公司——于是，你就能风靡于世了。”

我伸出笨拙的手指朝腰带下面摸去，掏出那份从达夫女士办公室找到的文件。

“这是一组赛马场名单，”我说。“都是广告拍摄地点，每处三十秒，费用极高。”

阿奇不解地扫了一眼，随手递给查尔斯，查尔斯将名单读了出来：

弗莱明顿，杰米斯顿，沙田，丘吉尔唐斯，伍德拜恩，隆格尚普，K. L.，府中……

总共十五处，阿奇一脸茫然的样子。

“弗莱明顿，”我说。“是澳大利亚墨尔本杯举办地，杰米斯顿位于约翰内斯堡城外，沙田在香港，丘吉尔唐斯是肯塔基德比赛马会举办地，K. L. 是马来西亚的吉隆坡，伍德拜恩位于加拿大，隆格尚普在巴黎，府中在日本杯举办地东京。”

众人恍然大悟。

“据说那些广告拍得十分精彩，”我说。“和约克夏一样，埃利斯也非常希望能够正常播出。”

“你看过吗？”戴维斯问。

我向他讲了播放级录像带的事。“制作那些播放级录像带费用极高，而且还需要特定的播放设备，我在托普林食品公司没能找到，所以没有看过。”

诺曼·皮克顿问道：“你在什么地方看到录像带的？又是在哪里得到那份赛马场名单的？”

我淡淡地说：“托普林食品公司一间办公室里。”

他眯起眼睛打量着我。

“我那辆车子，”我告诉他。“还在弗罗德沙姆什么地方。能不能让你手下到那里帮我找回来？”我说了车牌号，他记录下来。

“为什么要留在那儿？”他问。

“哦……我当时只顾逃命了。”话虽轻描淡写，他们却已能够想见，当时的情形该是怎样恐怖。

“唉，”我叹了口气。“我侵入了约克夏的地盘，让他发现了。我这可是去帮他的，让他有机会除掉那个要将埃利斯送进大牢的家伙。到那儿以后，我相信了你曾提到的那种可能性，决心查出究竟是谁在幕后搅的局，竟发现那些耗资几百万的广告才是祸根。”我停了停，接着道。“几个月前，约克夏和埃利斯最初并没有打算杀我，而只是想让我名声扫地，那样的话，我无论说了什么，都不能证明埃利斯是有罪的。他们利用了托普林食品公司总裁，蒂勒皮特勋爵这个傀儡，原因是他手上有《庞普报》。他们让他相信埃利斯是清白的，于是《庞普报》就把一切都摊在了我头上。我想蒂勒皮特直到今天才相信，埃利斯并非清白，从现在起，《庞普报》再也不会说我一句坏话了。”我微微笑了笑。“蒂勒皮特勋爵让埃利斯给耍了，某种程度上来说，约克夏也是一样。”

“怎么讲，席德？”戴维斯问。

“在我看来，约克夏也是相信埃利斯的，埃利斯迷惑了不少人。就约克夏而言，结识埃利斯正可以帮助他出人头地。今天，他们一起谋划要……哦……要除掉我这个绊脚石。当时，约克夏震怒之下差点儿就把我杀了，是埃利斯制止了他，埃利斯想把机会留给那些保镖……而我却逃脱了。到了这会儿，约克夏已经知道埃利斯并非是无辜的，但他并不在意，他在意的只是让那些精彩的广告能够顺利播出，从而使自己成为马饲料产业的巨头。当然这还不是他最终的目标，只是铺路而已，他想成为连市长都要对他顶礼膜拜的大人物。假如没有人阻止约克夏，你会看到他要操控的远不只是《庞普报》，他是那种颇具有政治野心的人。”

过了片刻，阿奇说道：“那么我们该如何阻止他？”

我疲倦地移了移身子，又喝下几口白兰地，说道：“或许我可以给你提供些手段？”

“什么手段？”

“他的绝密文件，财务运作情况，债务及交易记录，行贿详情，官商勾结，投机证据，他与埃利斯和蒂勒皮特相互勾连的所有细节，所有的文件我都会交给你的，你可以从那地方全部带走。”

“可是，”阿奇茫然地说。“这些文件都在哪儿呢？”

“在伦敦，我电脑里。”

我说出了通过网络传送的那些数据，并谈到需要破解密码的事。我也说不清楚，关于我的所作所为，他们到底是欢喜还是惊惧，或是两者兼而有之吧，我心里想。

查尔斯最为震惊，阿奇则无动于衷。

阿奇说：“假如求你的话，你愿意跟着我再干一段时间吗？”

我望着他那充满智慧的目光，微笑着点了点头。

“一言为定，”他说。

第十四章

我陪查尔斯回到了安斯佛。

在阿奇家，我们度过一个漫长的夜晚。阿奇、戴维斯、诺曼和查尔斯，人人都想知道事情的来龙去脉，然而逃生经历着实令我不堪回首，略去些许实属自然。

我没有告诉他们，埃利斯究竟是如何摆弄我那两只手的，我不知道应该怎样才能向他们解释清楚：双手之于赛马手的生命与职业生涯该是何等重要。他用双手驾驭并识得一匹马的性情，用双手倾听种种微妙的信息，用双手诠释一次次心灵感应，又用双手与胯下的马倾诉衷情。就我而言，失去一只手究竟意味着什么，埃利斯心里比谁都清楚。那一天他忙个不迭地极尽最为残忍的手段折磨着我，他想要从我身上夺去的，难道不正是他一生中最为珍重的所在！

我不知道怎样才能让他们明白，就像是吸食毒品，削断马蹄这件事早就让埃利斯上了瘾，而且比任何毒品都难以戒除，我也无法让他们明白，这样的冒险及其所蕴涵的力量会让埃利斯心醉神迷，我感到幸运的是，他当时加于我的只是一把扳手。

我不知道，我的右手没有被彻底废掉，是否仅仅因为他一念之差，我只知道，他该是有过这种念头的。我无法告诉他们，我经历了怎样刻骨铭心的噩梦，而此时此刻，我心里仍在颤栗不已。

我只是告诉他们，约克夏手持扳手砸破了我的脸。

我只是轻描淡写，提到了为逃生而用上了柔道，提到了那个溜旱冰的孩子，提到了蛋卷冰淇淋，提到了乘公交从约克夏和埃利斯鼻子底下逃之夭夭。所有这些，都让我讲得妙趣横生。

阿奇知道我略去了很多，却也没有再问下去。查尔斯有些困惑，问道："他们伤着你了吗，席德？"我似笑非笑，和他讲了部分真相。"我让他们吓傻了。"

戴维斯问起什罗普郡埃利斯的不在场证明，说是他的同僚，那位皇家检察官，越来越担心埃利斯的律师会阻止重新开庭。

我解释说，自己没空去调查埃利斯究竟何时到达舞会现场的。

"一定有人知道的，"我说。"只消问问当地一些人，问问停车场的那些帮手。"我看了看诺曼。"警方有没有可能去做这件事？"

"可能性不大，"他说。

"酒馆周边，"我提示道。

诺曼摇了摇头。

"时间不多了，"戴维斯指出。"席德，明天不行吗？"

明天星期天，周一是开庭日期。

阿奇断然说道："不，席德不能去，凡事总得有个度……我另找别人。"

"奇科在的话，这事早妥了，"查尔斯说。

毫无疑问，奇科已经救过我的命，是他教会我柔道的，总不能没完没了地叨扰人家。

阿奇的妻子到小姑子贝蒂·布拉肯家过夜去了，出门前做了不少三明治，阿奇拿过来招待众人。我发现奶酪和鸡肉有种怪怪的味道，就仿佛是来自另一个世界，第一次尝到这些食物。经历了危险和死亡的考验，平时再熟悉不过的东西竟变得陌生起来，真让人感到不可思议。我接过纸巾擦拭手指，此时仍有种恍如隔世的感觉。

门铃响了，阿奇走出去应门，回来时一脸的不悦。他身后跟着个男孩子，我惊奇地发现，原来是乔纳森。

叛逆的头发比以前短多了，黄色条纹也全部变成了黑色，那些剃光头发的部分也已经不见了踪影。

“嗨，”说着，他看了看众人，然后将目光定格在我脸上。“我来看你的，姨妈和舅妈说你回来了。喂，伙计，你变样了。”

“又老了三个月，”我点了点头。“你也变了。”

乔纳森随手拿起一个三明治，丝毫不在意阿奇不悦的神情。

“嗨，”他若无其事地对诺曼说。“船怎么样了？”

“收起来过冬了。”

乔纳森一边咀嚼，一边告诉我说：“我还不满十八岁，石油钻塔那儿不收我，海军也不要我。我胸肌不错，该拿来干什么呢？”

“胸肌？”查尔斯一头雾水，问道。

“就是胸大肌，”诺曼解释道。“滑了几星期的水，长壮实了。”

“噢。”

我对乔纳森说：“你从库姆·巴西特怎么过来的？”

“一路跑来的。”

刚才进来的时候，也没见他气喘吁吁的样子。

“你可以骑摩托车的，”我问。“你不是满十六了吗？”

“还是饶了我吧！”

“他没有摩托，”阿奇说。

“可以租一辆嘛。”

“可是……租来干啥？”

“去什罗普郡，”我说。

众人一致反对，这我早预料到了。我向乔纳森解释派他去有何贵干：“找一个人，那人曾看见埃利斯·昆特来到舞会现场。要从那些帮忙停车的人身上查起。”

“他不能在酒馆附近溜达的，”诺曼坚持说。“他还不到年纪。”

乔纳森神情黯然，看我一眼，我神色镇定，也看了看他。十五岁上，他就给一位卡车司机的老婆买过杜松子酒。“喂，”他说。“要我去哪儿？”我不顾他舅舅及其他几位的反对，向他交代了具体细节，然后把余下的钱从腰带下面掏出来交给了他。“这可是要收据的，”我说。“给我带证据回来，要证人签过字的，证据必须可靠，万无一失！”

“是不是又要考验我？”他慢腾腾地问。

“不错。”

“好嘞。”

“一天内必须返回，”我说。“别忘了，周一可能还需要你出庭作证。”

“好像我真会忘了似的。”

他抓起一把三明治，咧嘴朝我笑了笑，什么没说就离开了。

“你不能这样的，”阿奇一字一顿地说。

“那你说应该拿他怎么办？”

“可是……他很……”

“他很聪明，”我说。“也很机警，体格又很健壮。我们就等着瞧吧，看他在什罗普郡究竟表现如何。”

“他才十六岁。”

“我需要一位新的奇科。”

“可乔纳森会偷车的。”

“他整整一个夏天没偷过了吧？”

“那也不意味着……”

“会偷车子，”我风趣地说。“我看来倒是个优点。我们就等着瞧吧，看他明天如何对付这个不在场证明。”

阿奇仍有些不服，但还是让了步。

“也太指望他了，”戴维斯摇了摇头，沉重地说。

我说：“要是乔纳森探听不到消息，周一我亲自跑一趟。”

“那样的话就来不及了，”

“来得及，只要你能设法请求你的同僚再延期一天，借口感冒或什么的。”

戴维斯疑惑地说：“这次审判，你真的会全力以赴吗？《庞普报》，或是埃利斯·昆特，毕竟还没有真的把你怎么样，你说是吗？我的意思是……也就是毁了你的声誉……你会退出吗？”

查尔斯十分不悦，替我辩解道：“他当然不会！”

这是何等的信任！我向戴维斯淡淡地说：“不要让你的同僚打退堂鼓，那才是真正的危险。告诉他不要撤诉，无论有没有不在场证明，也告诉检察机关拿出些胆量来。”

“席德！”他有些吃惊。“他们都是些注重实证的人。”

"他们只是让埃利斯的律师团吓尿了，而我则不然。埃利斯砍掉了贝蒂·布拉肯那匹马驹的蹄子，我真的希望不是他干的，可那就是他干的。他既然没有当天晚上的不在场证明，那就让你的同僚告诉他的律师团，北安普敦那匹马驹不过是一件模仿性罪案。假如破不了埃利斯的不在场证明，我们就在模仿性犯罪上大做文章，而且要咬住不放，假如你在你那位公诉人朋友面前还有点儿分量的话，就让他给我一次法庭申诉的机会。"

戴维斯懦弱地说："我不可以公开向他授受任何事情的。"

"只消旁敲侧击罢了。"

"我说戴维斯，"阿奇淡淡地说。"我们这位老兄身上，这场官司可是看不到一点胜算的可能，情况倒是恰恰相反，你说呢？"

"我们这位老兄"站起身来，感觉有些虚弱，这一天似乎太漫长了。阿奇陪着我和查尔斯走到大厅，伸手告别，查尔斯热情地和他握了握手。阿奇抬起我的手腕，看了看肿起的地方，又看看那些瘀青的擦伤。

他说："这一个晚上，你端杯子都很吃力。"

我微微耸了耸肩，都是些职业性伤害，我早已习以为常，重要的是这只手还算完整。

"不想解释点儿什么吗？"阿奇问。

我摇了摇头。

"无言胜于有声，"查尔斯平静地告诉他。

阿奇松开我的手腕，说道："英国赛马局希望你能帮忙核查一下会员诚信度，属于超级机密调查。"

"他们不会请我的，"我摇了摇头。"关于什么样的人才可靠，我与他们看法不同。”

“他们托我的，”他看上去很开心，说道。“我说除你之外，别无他人。”

“我就做个‘他人’吧，”我说。

他大笑起来：“昆特案一结束，马上就着手。”

查尔斯驱车带我一起返回安斯佛。一路上，我安静地坐在他身边，心里想到，在我而言，麻烦的是昆特案永远也不会有个了结。埃利斯或许被送进监狱，也或许不会……而无论是哪一种情况，我们俩之间都不会有个了断。戈登会变本加厉，与我纠缠，埃利斯也会残害更多的马驹，他们两人身上，都潜藏着一种对于自然法则难以遏制的蔑视。

一旦让执著的狂人惦记上，你根本没有可能全身而退。你只能竭尽全力苟活一时，对暗藏于身边的凶残威胁视而不见。至于戈登，我倒是可以在自家门口装上监视设备，这样也许能帮我避开他的魔掌。

查尔斯说：“你把约克夏的绝密文件传送到自己的电脑，这样做是不是不太道德？这算不算……盗窃行为？”

他的话多少带一点儿责备的口气，于是，我不禁想起我们之间那场关于荣誉问题的讨论。他说荣誉观让我的生活沦为一座炼狱，我说他这话没有说对。在我看来，真正炼狱式的生活，反而会让你放弃对于荣誉的追求。“只有在你这里，席德，”他说。“世界上才不会有什么能够让人却步。”

看来他是在故意利用我妄下结论的逻辑判断方式：盗窃知识难道就合法吗？或者说：盗窃知识难道就不合法吗？

我并不想为自己开脱，说道：“确实是盗窃，也是不光彩的，但我并不后悔。”

“这么说可以稍后再进炼狱喽？”

我开心地说：“你看过《庞普报》吗？”

大约开出十英里后，他说：“哗众取宠的东西。”

“嗯。”

“《庞普报》便是一种特殊的炼狱。”

我点了点头，懒懒地说：“是地狱的前厅。”

他皱皱眉，有些反感地说：“那么，地狱到来了吗？”他讨厌矫情，我于是冷静下来。

我说：“不，还没有，对不起。今天可真漫长。”

他又开出一英里，然后问道：“手怎么弄伤的？”

我叹了口气：“我不想让人大惊小怪。查尔斯，我要是告诉你，别大惊小怪。”

“好的，不大惊小怪。”

“嗯……埃利斯弄伤的。”

“埃利斯？”

“嗯。在蒂勒皮特勋爵和欧文·约克夏眼皮底下，埃利斯耍得很开心，也正因为这样，他们俩才知道他被指控砍断马蹄并非是无辜的。假如埃利斯当时拿的不是扳手，而是一把大剪刀，你现在可能就看不到我两只手了——哎呀，查尔斯，看好路。”

“可是席德……”

“别大惊小怪，你说过的，这点儿伤害，很快就会过去的。”我停了停。“他今天要是想杀了我，本来可以得手的，可他没有，反而给了我脱逃的机会。他想……”我咽了口唾液。“我要打败他，他想让我付出代价，……而且也的确让我付出了代价……周一到了法庭，我会让他永远蒙受耻辱……尽管我真的讨厌这么做。”

接着他沉默下来，一路开到安斯佛。车子在门口停下来时，他惋惜地说：“你和埃利斯假如不是那么好的朋友……难怪可怜的金妮无法承受。”

查尔斯看到了我僵硬呆板的面孔。

“怎么了，席德？”他问。

“我……也许我的假设有问题。”

“什么假设？”

“嗯？”我含糊地说。“得想一想。”

“那就到床上去想吧，”他轻声说。“不早了。”

我整整想了半夜：埃利斯绑住了我的手腕，而且给我三十秒钟时间……我心里想，假如不是碍于朋友情面，我应该不会活到现在的。

在安斯佛，我将丢在车里的东西又都准备了一份——充电器、剃须刀、衣物及其他——手机自然除外，SIM卡还在手里，但没有手机也用不了。

无车出行问题，给出租公司打个电话也就解决了，我和司机约好，周日一早过来接我。

查尔斯建议我留下来，安安静静地和他待上一天，比如下盘象棋什么的。我说想去看看瑞琪尔·弗恩斯，查尔斯点了点头。

“随时回来，”他说。“需要的话。”

“一定。”

“自己当心，席德！”

琳达来电话说，那天瑞琪尔从医院回家了。

“一定来吧，”她央求道。“瑞琪尔需要你。”

我空手去的，既没带鱼，也没带假发，但这一切似乎都无关紧要。

瑞琪尔脸上看上去毫无血色，就像偏远乡村山脚下的一只白色小精灵。我上次见她到现在才不过五天，此时她的眼圈周围颜色更深了，体重也轻了许多，那颗光秃秃的脑袋下让激素催得圆圆的小脸儿，还有那一双黯淡的大眼睛，让她看上去仿佛是来自遥远国度的一只小鸟，毫无生气。

在厨房里，琳达紧紧地搂住我，伏在我肩上哭出声来。

“有好消息了，真的，”她说。“他们找到骨髓捐赠者了！”

“好极了！”就像是雨过天晴，希望突然降临，我想。可琳达还在哭泣。

“他是瑞士人，”她说。“周三从瑞士赶来。乔为他支付机票和住宿费用，乔说了，钱什么也不是，他的小女孩儿才是最珍贵的。”

“那就别再哭了。”

“好的……可也许还是不行呢。”

“也许能行的！”我信心十足地说。“酒在哪儿？”

她笑得花枝乱颤，倒了两杯杜松子酒。我还是不太喜欢这种酒，但除此之外她再没有别的了。我们碰了碰杯，默默祝愿未来，然后她告诉我。中午要吃西班牙什锦饭。

瑞琪尔半躺半坐在客厅的小沙发上，沙发挪动过位子，离鱼缸很近，这样她就可以清楚地看到里面的鱼了。我坐在她身边，问她感觉怎么样了。

“要做移植手术了，妈妈和你说过吗？”她说。

“这消息真是太好了！”

“我也许又能跑起来了。”

此时她是那样虚弱，想要跑起来显然比登天还要困难。

瑞琪尔说：“我恳求他们，让我回家看看这些小鱼儿，可夜里还要回医院去。我想过你会来的，我求过上帝呢。”

“你知道我会来的。”

“我说的是今天，我在家的时候。”

“上周二见过你以后，我一直很忙。”

“我知道的，妈妈说过。你每天打电话的时候，护士都要告诉我。”

佩戈狄满屋子爬着，个头大了些，也灵敏多了。他什么东西都往嘴巴里塞，把姐姐逗得哈哈大笑。

“他真好玩儿，”她说。“他不能到医院去，我央求他们让我回来看看弟弟，还有那些小鱼儿。他们说，做了移植手术会很难受的，所以我想先回来看看。”

“是的，”我说。

琳达端来了米饭，里面拌有鸡丁和虾仁，我们用勺子吃了起来。

“手怎么啦？”琳达问。“有地方都紫了。”

“一点儿擦伤，又受了些挤压。”

“你手指头都肿成腊肠了，”瑞琪尔说。

“明天就会好的。”

琳达回到了那个唯一重要的话题。“那位瑞士捐赠者，”她说。

"年龄比我还大！他自己也有三个孩子，是个学校老师……听上去人可真好，他们说他非常乐意为瑞琪尔捐献骨髓。"

瑞琪尔说："我真希望是席德的骨髓。"

我也去做过化验，一开始就做了，只是同别人一样，我和她匹配率太低，就说琳达和乔，他们的匹配率也才刚超过一半。

"他们说，他的匹配率达到了百分之九十，"琳达说。"从来没有百分之百的，兄弟姐妹也达不到，百分之九十已经非常好了。"

她尽力让自己乐观起来，而我却不很清楚，将宝押在百分之九十上究竟意味着什么。不过我还是感到高兴，假如我们不相信骨髓可以移植，也就无法清除瑞琪尔病入膏肓的骨髓了。

"他们会把我放进一个泡泡里，"瑞琪尔说。"差不多和我床头那个塑料罩一样。我不能碰那个瑞士人的，除非是隔着塑料罩。而且他也不说英语，他讲德语，我学会用德语说'谢谢'了，我要向他说声'非常感谢'。"

"他真是幸运！"我说。

琳达收拾好盘子，端来了冰淇淋甜点。她问我是否想和瑞琪尔说会儿话，她要带佩戈狄出去走一走。

"当然。"

"我过一会儿就回来。"

她走后，我和瑞琪尔坐在沙发上，一起观看那些鱼儿。

"看见那条鱼了吗？"瑞琪尔指了指。"是你星期二带来的，瞧它游得多快！别的鱼都追不上了。"

那条黑色和银色相间的天使鱼快如闪电，鳍片有力地翕动着。

"那就是你，"瑞琪尔说。"他是席德。"

我逗了逗她："我想那里面一半的鱼都叫席德吧？"

"游的最快的才是席德，那一条才是席德。"她指了指。"其他鱼都不能再叫席德。"

"可怜的小家伙们。"

她咯咯地笑了起来。"我真想把它们带到医院里去，妈妈问过了，他们不让。"

"真可惜。"

她懒洋洋地依偎在我的右臂里，一边却握住我的塑料左手，往近前拉了拉。那只手已稍作修补，又换上了新电池，但还是半死不活，不很灵便。

沉默了好久，她问我道："你怕死吗？"

我顿了顿。"有时候怕，"我说。

她声音非常平静，几乎是喃喃自语了。这样的一场对话，低沉而不急不缓。

她说："爸爸说，你当赛马手的时候，什么也不害怕。"

"你怕吗？"我问。

"怕，可我不能让妈妈知道，我不想让她哭。"

"你怕移植手术吗？"

瑞琪尔点了点头。

"不做手术会死的，"我如实说道。"我知道你懂的。"

"死是怎么回事？"

"不知道，没有谁知道，就像是睡着吧，我想。"当然，假如你运气好的话。

"我一下子不在这儿了，想想真是挺怪的，"瑞琪尔说。"我是说，一下子就变成空间了。”

“手术会成功的！”

“大家都这么说来着。”

“那就相信大家的话吧，到了圣诞节，你就能跑了。”

她把手指伸开，轻轻地平摊在我手上，我感觉到前臂在微弱颤动，我不曾完全失去任何东西，我想。

她说：“躺在那个泡泡里，很难受很难受的时候，你知道我会想什么吗？”

“想什么？”

“人生真是个混蛋。”

我轻轻地把她搂在怀里。“你会好起来的。”

“是的，可你得告诉我。”

“告诉什么？”

“怎么才能勇敢起来。”

这算是什么问题，我心里想。我说：“感觉很难受很难受的时候，就想一想喜欢做的事情，你不去想自己有多么难受，就不会那么难受了。”

她想了想。“就这些吗？”

“这些已经够了：想想你那些小鱼儿，想想佩戈狄脱掉袜子塞进嘴里的样子，想想那些曾经让你开心的事情。”

“你是这样做的吗？”

“是的，受伤的时候，我就会这样做，很管用的。”

“要是没有受伤，只是心里很害怕，该怎么办呢？”

“嗯……害怕是正常的，谁也免不了有害怕的时候，只是你不能让害怕吓倒了。”

“你害怕过吗？”她问。

“是的。”家常便饭了，我心里想。

她慵懒却十分肯定地说：“我敢打赌，你从来没有害怕得什么也不做了，我敢保证你从来都很勇敢。”

我心里一惊。“不……不是的。”

“可爸爸说过……”

“赛马的时候我确实没有怕过，”我承认道。“可要是把我放进一个蛇坑里，就不敢保证了。”

“放进泡泡里呢？”

“我就对自己说，我要进去，然后跑着从里面出来。”

她抚摸着我的手。“你会来看我吗？”

“在泡泡里吗？”我问。“是的，只要你喜欢。”

“你会让我勇敢起来。”

我摇了摇头。“勇敢来自你的内心，你会明白的。”

我们继续看着那些鱼儿，鱼缸里，和我同名的那个家伙飞快地摆动着鳍片，像是有使不完的劲儿。

“我明天就要到泡泡里去了，”瑞琪尔小声说道。“他们把我放到里面的时候，我不想哭。”

“勇敢和孤独相伴，”我说。

她抬眼望着我的脸。“那是什么意思？”

对一个九岁的孩子来说，这句话着实太过艰深了，于是我尽量解释得简单一些。

“你将独自一人待在那个泡泡里，”我说。“那就不妨把它当成自己的宫殿吧。泡泡是要保护你不受感染的，它会让你远远避开恶魔的侵袭。你不会哭的。”

她偎依在我身上，我希望她这会儿心里好受一些了。我那么爱她，简直让人不可思议。移植手术有一半的成功率，瑞琪尔会重新跑起来的，她一定要重新跑起来！

琳达带佩戈狄散步回来，又和儿子玩起了塑料积木，而我则和瑞琪尔坐在地上下跳棋。

“你总是让我执白子，”瑞琪尔抱怨道。“然后趁我不注意的时候，你就用黑子咬住了我。”

“那么你来执黑吧。”

“讨厌，”过了五分钟，她说。“你耍赖。”

琳达抬起头来，吃惊地说：“你俩吵架了吗？”

“他老赢我，”瑞琪尔不高兴地说。

“那就不和他下了，”琳达说得很有道理。

瑞琪尔再次摆好白子。我故意疏忽，中途漏吃一子，她洋洋得意地吃我一子，赢了这一局。

“你让我的吧？”她盘问我道。

“赢棋可要有趣多了。”

“我恨你。”她任性地一把将棋子扫到地上，佩戈狄趁机操起两枚塞进了嘴里。

瑞琪尔一边大笑，一边伸手从弟弟嘴里掏出棋子，擦干后又重新摆好棋盘，这一次她仍是选了白子。我们相安无事，打了几局平手，她突然和往常一样疲惫起来。

琳达拿来了巧克力蛋糕，一边让大家吃着茶点，一边愉快地谈起了那位瑞士捐赠者，说是一切都会如愿以偿的，听了她的话，我和瑞琪尔都信心倍增。佩戈狄抓起巧克力，抹了个大花脸。无论下周会给我们带来什么，我心里想，这个平凡的下午都让我们充满了希望，也让我们看到了弱小的生命该是何等重要。

琳达将两个孩子在汽车后座上安顿下来，准备返回医院，直到这时，她才提起了埃利斯·昆特。

“明天要重新开庭了，是吗？”她问。

寒冷的空气里，我们站在离车子几步远的地方。我点了点头：“别让瑞琪尔知道。”

“她不知道的，可也很难什么都不让她知道。她再没有提到过银孩儿，病成这个样子……也没有什么能让她感兴趣了。”

“她很了不起！”

“埃利斯·昆特会坐牢吗？”

我想说“我希望会的”，可又如何开得了口？我真的就希望如此吗？但我一定要阻止他，必须刺痛他，必须要让他彻底醒来。

我闪烁其词，说道：“要看法官怎么定夺了。”

琳达拥了拥我，没有眼泪：“瑞琪尔进了透明罩，到时候就去看看她吧。”

“我一定要去的。”

“上帝……我希望……”

“她一切都会好的，”我说。“你也一样。”

耐心的出租车司机将我一路送回伦敦，而由于琳达必须要定点返回医院，这也为我争取了时间，赶在和英蒂娅共进晚餐之前做点儿别的事情。

我想要趁着黑夜悄悄去庞特广场一趟，但还是很快打消了念头，该死的戈登再怎么警觉，总要有睡觉的时候……可他睡觉都赶在什么时候？

肯辛顿广场酒店位于教堂街尽头不远处，这条大街以为数众多的古董店著称于世，南面从肯辛顿广场酒店开始，向北一直延伸到诺丁山门。我背起旅行袋，在教堂街西北角下了出租。我原地溜达片刻，朝水石书店明亮的窗户望了几眼，心里想到，透明罩里的瑞琪尔，不知她能否听见书店里播放的儿童广告录像带。她很喜欢淘气小威廉的故事，常常认为佩戈狄没准儿就会变成他那样的坏小子。

街角上，一大群日本青年手拿相机，正在那里忙不迭地拍照留念。我对他们没太注意，只看见一个个头发又黑又直，上身棉夹克，下身牛仔裤，看上去很是开心。时不时地，他们还会挡住我望向水石书店窗户的视线。

他们礼貌地向我鞠躬，我也不冷不热地弯腰回礼。

和我一样，他们也像在等待着预先安排好的事情。他们安静地说着什么，我虽然一个字不懂，却也渐渐弄清他们当中一半男的，另一半是年轻女子。

我们都在等待，其间又有人向我鞠躬问好。终于，一年轻女子羞涩地拿出一张照片，递了过来，我礼貌地接在手中，发现上面拍的是一场集体婚礼，大约有十对幸福的新人，身上穿着结婚礼服和西式婚纱。我抬起头来，迎面而来的是二十个灿烂的笑容。

我也向他们回以微笑。那位羞涩的年轻女子从我手里收回照片，又对着她那些同伴点了点头，显然在告诉我，他们都是出来度蜜月的。周遭又是一片笑容，又有人向我鞠躬。一位男士将手中的相机递了过来，我猜应该是想让我为他们拍张集体照。

我拿过相机，将旅行袋放在脚边。他们两两一对，整整齐齐站成一排，像是早已排练好的。

咔嚓一下，灯光闪过，胶卷嗤嗤两声，朝前走了一格。

所有的新人无不现出了幸福的微笑。

于是，我一个挨着一个，连续接过另外九部相机，又接连拍了九张照片，受了九次鞠躬大礼。

咔嚓，咔嚓。众人一次次兴高采烈，欢欣鼓舞。

我想，自己靠了什么，竟能赢得别人的信任？即使没有语言沟通，对方也似乎深信我会乐意帮助他们。心里不禁坦然，反正还有时间，管他呢。我一边拍照、鞠躬，一边等待八点钟的到来。

在水石书店拐角处，我背起旅行袋，离开那些幸福的新人，沿教堂街向前走了五十码，来到肯辛顿广场酒店。酒店对面有一条狭窄的小巷，我决定坐巷子旁边的长凳上等候英蒂娅到来。我到了凳子近前，看到靠背上有一块铜牌，上面刻着捐献者姓名。

正要转身坐下，我突然听到“砰”的一声闷响，与此同时，我感到一阵烧灼的疼痛从背部迅速窜到右上臂，一股巨大的力量将我掀翻，我随即张开四肢，面朝马路半躺半坐在凳子上。

我几乎难以置信，心里想到：我中弹了。

我曾经不止一次让人击中过，那声音肯定不会错的，还有身体那一阵剧烈的颤栗，我一定被人击中了，不会错的。而且……还有这么多血。

我被戈登 · 昆特击中了。

他从对面巷子的阴影中闪出，横过教堂街向我走了过来。他手里握住把手枪，枪口黑洞洞的，正对着我。他朝我走了过来，铁了心地要将我彻底置于死地，似乎并不在意是否有人看到。

我好像再也无力站起，夺路而逃。

我也已经无路可逃。

戈登看上去就像位伯克郡农夫，而并非穷凶极恶的杀人狂。他身穿格子衬衫，打着领带，外面套一件斜纹软呢夹克。他已是人到中年，为本地社区中流砥柱，他是法官，陪审团成员，绞刑执行人……而此时，他却在实施着暴虐而野蛮的复仇行为。

他已不再像上周一扑向我时那样狂呼乱叫，眼前的杀手已变得冷静执著，孤注一掷。

他在我面前停下脚步，枪口对准了我的胸口。

"这是替金妮报仇，"他说。

我不知道他到底想要如何，像是在等待什么，也许在等我反抗，或是等着我向他求饶。

他嗓音嘶哑。

"替金妮报仇，"他重复道。

我沉默不语，想爬起来，却动弹不得。

"说话呀！"他突然怒吼一声。手里的枪颤抖起来，但依然握得很紧。"你难道不懂吗？"

我没有看那支枪，而是盯住他的眼睛。我心不在焉地想，行将离开这个世界，我留下来的形象总算不是太糟。

戈登的决心丝毫未减，我或许可以让他知道，他吓不倒我的，但即便如此，他也决不会罢手。他目不转睛地盯住我的脸，没有犹豫，也毫无退缩。什么都没有！

时候到了，我心里一阵冰冷，就是此刻了。

马路上突然传来一声叫喊，急促而狂乱，由远而近，可为时已晚。

那声音绝望已极，断然喝道：

“爸爸！”

埃利斯……埃利斯……正快步横过马路，手里挥着一根五英尺长的黑色铁棒，对着父亲疯狂叫喊：“爸爸……爸爸……不要……不要这样！”

我只是看见他穿过马路，别的一切都模糊起来。戈登也能听见儿子的喊声，但这一切都已经无法让他罢手。在他脸上，极度的仇恨更加清晰，他伸直胳膊，将枪口逼近我的胸部。

也许我不会感觉到吧，我心里想。

埃利斯双手挥起铁棒，使尽平生之力向父亲头部一侧猛地击去。

手枪跌落到地上，子弹贴着我的耳根呼啸而过，钻进身后一扇商店橱窗。玻璃爆裂，火光四溅，顿时人声鼎沸，周围一片混乱。

戈登跌倒在地，面向草坪一声不响地昏了过去。我的血滴落在长凳板条上，身下早已是一片殷红。埃利斯手握铁棒，呆立在我面前，他死死地盯住我的两眼，锐利的目光仿佛要渗入我的灵魂，仿佛他也想让我窥见他的灵魂深处。

我们的心灵仿佛于瞬间融为一体，一瞬间，我与他仿佛顿然彻悟，将各自的内心彻底袒露于对方面前。于我而言，这也许只是幻觉，是难以承受的压力下所产生的某种幻象，然而，他却也分明与我有着同样的感受。

然后，他将铁棒丢在父亲身旁，转过身去，迈着沉重的步子匆匆离去，穿过教堂街，沿着那条小巷大步向前走去。暗夜沉沉，吞噬了他那沉沉的身影。

忽然间，我被一群来自日本的面孔围拢起来，那一个个面孔询问着一个个令人费解的问题，一双双眼睛充满了焦虑，却只是愣愣地望着我血流不止。

枪声让更多的人围拢过来，但再多的人也只是小心围观。就我而言，戈登的袭击仿佛是电影中的慢镜头，对于众人，一切不过是发生在瞬间。没有谁曾试图阻止埃利斯，人人都以为他只是出手相助。

我再也无法记清时间。灯光闪烁，一辆警车匆匆驶来，接下去，便是些令人憎恶的细节——讯问、住院、表格、无休无止的吵闹，刺眼的灯光，丁零咣当的响声，推推搡搡……永远也没有安静的日子，永远见不到独处的时光。

我告诉一个警察，那位仍处于昏迷状态的戈登，他身下还压着一把上了膛的手枪。

而他却想知道，戈登开枪是不是出于自卫。

我懒得回答他的问题。

围观的人越来越多，一辆救护车开了过来。

一个年轻女子拨开警察，叫喊着她是报社记者。英蒂娅……英蒂娅……来和我共进晚餐。

"对不起，"我说。

"席德……"她声音里充满了恐惧和绝望。

"告诉凯文·米尔斯……"我说。因失血过多，我嗓子发干，说不出话来。我张开口，又想说话，她弯腰过来，想听清我咕噜些什么。

我打趣地说："那些日本人拍了一堆照片……我看见闪光灯了……告诉凯文赶快行动，那些照片归他……他可以……可以独家了。"

第十五章

英蒂娅并不是那种白给的报社女记者。周一，《庞普报》头版刊登了《背后的枪声》一文，标题读上去温和而精准。题目下方是一张照片，照片上，戈登·昆特正持枪对准我的心脏。

戈登的半个背部看上去有些模糊，我的脸却十分清晰，面部表情并不是我切实感受到的那种宿命的恐怖，倒更像是对眼前情景产生了不失优雅的兴趣。

凯文及《庞普报》曾经迷失了自我。《庞普报》承认，其对席德·哈利旷日持久的毁谤实在是一场误会。

我发现，该报政策上也来了个一百八十度大转弯，蒂勒皮特勋爵意识到，他应该尽力与埃利斯·昆特划清界限，而且离得越远越好。

席德·哈利枪击案找到了二十位现场目击者，凯文带上位日语翻译，聚精会神地记录下每位证人的供述，再经过条分缕析的整理，终于弄清了事实真相。他的报道措辞令人敬畏，所记事实毫无争议余地，通篇下来，他不曾用过一次“据说”一类的字眼。

戈登·昆特尽管仍未苏醒，但迟早要“协助警方进行调查的”。凯文写道，埃利斯·昆特目前去向不明。

其他版面还有许多照片，其中一张拍的是埃利斯·昆特，此时他正举起双臂和铁棒朝父亲头部挥去。那群日本人，尤其是这张照片的拍摄者，并不清楚埃利斯·昆特何许人也，因为埃利斯从未在日本电视屏幕上露过面。

图片报道为何如此之多？其原因是，凯文指出，哈利先生此前曾善待过那群度蜜月的新人，他们当中不少人曾目送他沿教堂街向前走去。

伦敦汉姆史密斯医院一间不大的病房里，我笔直地坐在一张高脚床上读着《庞普报》。值得庆幸的是，除了那些医生、护士、警察以及手拿写字板的人在门外走来走去，我独自一个人呆在屋里还算安生。

上午九点，替我做穿刺手术的外科医生下班前过来看我，此时他瞧上去一脸倦意，情况可要比我糟糕多了。

“感觉怎么样？”他身穿一件汗迹斑斑的绿色手术服，疲惫不堪地走进来问道。

“您看到了……还不错，谢谢您。”

他看了一眼床上那报纸。“你这颗子弹，”他说。“先射中一根肋骨，再从手臂处钻了出来。臂动脉给撕开一个口子，所以才流了那么多血。我们为你做了修复手术，输了三袋血和生理盐水，接下来可能还要再输一些，看情况如何吧。肌肉也受了些损伤，不过经过物理治疗，基本上可以恢复如初。他开枪的时候，你好像闪了一下。”

“我当时正在转身，也算是幸运。”

“你不妨那样解释，”他淡淡地说。“我想你应该知道，你前臂也发生过骨折，尚未完全恢复吧？腕部是不是也受过比较严重的创伤？”

我点了点头。

“脸上我们也给你缝了几针。”

“太好了。”

“我看过你的比赛，”他说。“知道赛马手伤口愈合应该很快的，当然也包括前赛马手。感觉没问题的话，你可以随时离开这里。”

我真诚地向他道谢，他疲惫地笑了笑，离开了病房。

右手的手指已经能够动弹，尽管这会儿还不太灵活。夜里，我从麻醉中苏醒过来，内心深处掠过了一丝怯懦：整个肩部以下，手臂竟没了任何知觉。我不怕坦诚相告，也不怕回忆起那些无助与无奈的恐惧。曾几何时，我从睡梦中醒来，看到了左臂上的义肢。这一次，可怕噩梦连绵不断，噩梦中我失去了双手，我感到孤立无助，羞愧难当。醒来一看，手臂处并非空空如也，让人触目惊心，而分明是一团白色绷带，从手腕到指尖裹得严严实实。可即便如此，我仍然感到它们不属于我的身体。我躺在那里，黯然伤神，想到自己从此也就成了残废。终于，剧烈的疼痛再次袭来，我竟是有了莫大安慰：健康健全的神经才会产生如此痛感。我还有手……还有手臂……还在活着。

有了这些，一切也就无关紧要了。

下午，医院禁止外人探视，阿奇·柯克与诺曼·皮克顿同人力争一番，终于坐到了病房两张椅子上。两人带来了喜忧参半的消息。

“弗罗德沙姆警方找到了你的车子，”诺曼说。“但恐怕已经散了架。丢在人行道上，轮子都没了。”

“里面呢？”我无奈地问道。

"也一样，什么都没了。"

"发动机呢？"

"基本上还在，当然没了电池，活动部件全没了。"

我可怜的车！好在投过保的，花了好大一笔。

阿奇说："查尔斯向你问好。"

"代我谢谢他。"

"他说你很快会好起来的，到时候就像没事儿人似的，他这话我可不信。为什么不躺下？"

"坐着舒服些。"

阿奇皱了皱眉。

我略微具体地说："肩胛骨下方什么地方给子弹灼伤了。"

阿奇"噢"了一声。

两人看着床边那个高高竖起的巧妙装置，上面的袋子有一根管子通向我的肘部。我向他们解释道："止痛药之类的玩意儿，"我说。"疼痛时按下按钮，得，疼痛就无影无踪了。"

阿奇拿起了那份《庞普报》。"转眼之间，"他评说道。"你一举成了完美无缺的圣人席德。"

我说："这足以让埃利斯的律师欲哭无泪了。"

阿奇迟疑地说："你该不会以为埃利斯律师团与诋毁事件有关吧？"

"就因为他们是道德之士吗？"我问。

"没错。"

我耸了耸肩，换过话题。

"有埃利斯的消息吗？"我问。"或是戈登的？"

“一小时前，”诺曼带着职业的口吻说道。“戈登·昆特在警方监控下仍处于昏迷状态。因头盖骨发生凹陷性骨折，须立即实施手术治疗，以缓解脑压。目前尚无法预测他何时苏醒，或苏醒时将处于何种精神状态。而一旦恢复意识，即会以故意谋杀罪受到起诉。如你所知，目前已找到大量目击者。”

“埃利斯呢？”我问。

阿奇说：“没人知道他的去向。”

我说：“无论到了哪里，他很难不会被人认出吧？”

诺曼点了点头。“可能有人在窝藏他，不必担心，我们会找到他的。”

“今天上午情况怎么样？”我问。“开庭了吗？”

“延期了。埃利斯·昆特没有出庭，保释终止了。此外，他给他父亲造成了严重的肢体伤害，也将要受到起诉，逮捕令已经签发过了。”

“他想阻止父亲谋杀他人，”我说。“应该不想伤他太重的。”

阿奇点了点头。“真是一团糟。”

“乔纳森呢？”我问。“他到什罗普郡去了吗？”

两人看上去无不一脸沮丧的样子。

“哎，”我说。“他难道没有去？”

“噢，去了，他去了，”诺曼闷闷地说。“也查到了停车管理员。”

“好小子，”我说。

“可没那么好。”阿奇一副公务员的派头，从随身带来的公文包里抽出一份文件，送到病床跟前。我用那只不太灵便的左手将文件在床上压平，把内容看了个大概。

文件上有停车管理员的签字，上面说，埃利斯·昆特先和他的媒体同事一起用过晚餐，直到十一点半左右，才带了几个同事来到舞会现场。管理员自然还记得他，一是因为他身份特殊，但主要由于他赏了小费，而且还给他们签了名，他们知道时间是在午夜之前，因为那也正是他们下班的时候，后来的人发现，停车场就剩下一位管理员。

媒体同事！真该死，我心里想，这一点我倒是没和公爵夫人查对过。

“这可是牢不可破的不在场证明，”诺曼沮丧地说。“马驹遭到袭击时，他正在什罗普郡。”

“嗯。”

“席德，你好像不觉得失望似的，”阿奇不解地说。

“是的。”

“为什么？”

“我想，”我说道。“你应该给戴维斯·塔特姆去个电话。他现在会不会在办公室？”

“也许在的，找他做什么？”

“我想让他确认一下，公诉人的确不会放弃审判。”

“你周六和他说过的。”他这是在敷衍我，我想。

“阿奇，别以为我挨了枪子儿就犯糊涂了。周六到今天，我又理清了一些头绪，有些情况不是看上去那么回事。”

“什么事？”

“埃利斯的不在场证明，比如说。”

“可是席德——”

"听着，"我说。"不是一句话就能说清楚的，所以别盯住我看，看着自己的手或别的什么。"两人谁也没有打算照我说的去做，于是我干脆看着自己的手，说道："我必须解释一下，其实我并非像你们看到的那样。通常情况下，在别人眼中，我不会构成任何伤害。我较为年轻，个头不高，体格较小，因此不会给任何人构成威胁。我谦逊礼让，我也从不怨天尤人。事实上，如此这般，不过是自己想要这样罢了，其原因是，我的工作性质要求我必须这样，只有这样，人们才会愿意和我交谈。他们总以为我这人很容易接近，阿奇，你妹妹贝蒂就曾告诉过我。欧文甚至视我为懦弱无能之辈，他也是这么说的，只是……我的确并非如此。"

"懦弱无能之辈！"阿奇叫了起来。

"我能让自己看上去像模像样，这就是问题的关键。埃利斯才更了解我，他说我狡诈而冷酷无情，或许他这话没有说错。我的绰号'碳钨合金'就是他多年前赏给我的，因为他知道，我这人不容易……哦……不容易胆怯，而且也是无法吓倒的，虽然他这样想并不完全正确。我不在乎他怎么想，无论如何，尽管看起来不大可能，过去整整一个夏季，埃利斯一直对我惧怕三分，那便是他要在电视上奚落我的原因，也是他让蒂勒皮特用报纸对我进行人身攻击的原因，他想用嘲弄来打败我。"

我顿了顿，两人都不作声。

我接着道："埃利斯也决非我们看到的那样，戴维斯·塔特姆干脆认为他也就是个花花公子。埃利斯高大英俊，性格外向，极富魅力，深受人们喜爱。谁都以为他是位讨人喜欢的演艺人，天生就是做电视行业的料。然而他并不仅仅如此这般。他强势而强大，做事目的明确，有着极为高超的操控技巧。人们小瞧了我和埃利斯，原因是多方面的，在别人眼中，我很懦弱，他则轻佻，然而我们之间却从未小瞧过对方。表面看去，我们是多年的好朋友，但也只是表面而已。曾几何时，我们在赛场上几十次拼命相搏，赛马能将你的灵魂暴露无遗，这话一点儿没有说错。我和埃利斯无不深谙对方心中所思所想，这与彼此坐在一起插科打诨或相谈甚欢毫无瓜葛。作为朋友，我们彼此也的确相识相知。戴维斯和你们两位都不会相信，真正的幕后操手不是约克夏，而是埃利斯，关于这一点，我和埃利斯两人都心有戚戚。埃利斯操控了一切：约克夏、蒂勒皮特、《庞普报》、公众舆论，也包括他那些自以为是的辩护律师。”

“你呢，席德？”诺曼问道。“你不是也让他幕后操控了吧？”

我不去看他，只是悲哀地笑了笑：“他倒是有过这样的念想。”

“怎么可能呢，”阿奇说。“除非他把你踩到脚下，否则就甭想让你罢手。”

“你对我真是了如指掌了，阿奇，”我懒洋洋地说。“我的确爱做赢家。”

他说：“那就说一说，埃利斯的什罗普郡不在场证明无法破除，你为什么会不以为然？”

“因为那是埃利斯故意设的局。”

“何以如此？”

“北安普敦那匹一岁马驹受到攻击之后，埃利斯的律师就一直强调，假如那天夜晚埃利斯有无懈可击的不在场证明，而且我敢打赌他一定会有不在场证明，那么库姆·巴西特那赃案子也就不攻自破了。这样一来，他们就会迫使皇家检察署撤销诉讼，尽管举步维艰，他们真的就差点儿得逞了。两起事件看上去毫无关联，这一点倒是不必多虑，我们不必在意诸如此类的推测：假如埃利斯与此案无关，那么他也就与彼案无关。”

“那是当然，”诺曼说道。

“并非当然，”我提出了相反的看法。“他为自己制造了绝对无懈可击的不在场证明，却指派他人去了北安普敦。”

“可没有谁会——”

“有一个人会的，而且他的确去了。”

“是谁，席德？”阿奇问道。

“戈登，他的父亲。”

阿奇和诺曼顿时僵住，呆若木鸡。

右臂上的神经又苏醒了，我按下床边那个神奇的按钮，疼痛感立即消失。太棒了，感觉比以前好多了。

“不可能是他，”阿奇反感地说。

“的确是他。”

“你也只是猜测，而且猜测错了。”

“我没有错。”

“可是席德……”

“我知道，”我说。“我们俩，还有查尔斯，我们曾经都是他家的座上客，可他昨晚向我开了枪。《庞普报》看了吗？”

阿奇低声说道：“可那也并不意味着……”

“我会解释清楚的，”我说。“给我一点时间。”

我开始出汗，时断时续，身上也感到隐隐作痛。

“一点时间？”

“我又不是铁做的。”

阿奇笑了笑，悄声地说：“不说是钨做的吗？”

“嗯。”

两人等待着。我说：“戈登和金妮一向为自己优秀的独生儿子感到自豪，我的指控自然会引起他们反感。出于信赖，金妮决不会认为儿子有罪，至于戈登，面对从那辆路虎上搜出的证据，即使再不情愿，也不得不承认，尽管不可思议，但一切都是真的。”

阿奇点了点头。

我接着说：“埃利斯向我发难，其实作用不大。这件事确实让我非常厌恶，但我并没有被他打倒，而与此同时，审判的时间也越来越近。即使再不情愿，我还是要在法庭进行陈述，当着所有媒体和公众的面，揭露埃利斯如何削去了贝蒂那匹马驹的蹄子。审判结束后，无论陪审团是否认定埃利斯有罪，无论法官是否将其送进监狱，这一切都无关紧要，在确凿的证据面前，公众自然会认为他是有罪的，因此，审判本身已足以将他的真实面目暴露在光天化日之下。如此一来，托普林食品公司那些花哨的广告片也就如同无物了。”

我深吸几口气，因说话太多，氧气和血液都有些供应不足。

我说：“什罗普郡不在场证明应该不是突发奇想，天知道究竟始于何时。埃利斯应邀参加公爵夫人的舞会，这一定是整个计划的起因，他们想以此来有效阻止审判。”

见鬼！我想，感觉很不舒服，真是年龄不饶人。

我说：“要知道，戈登可是个农民，他一向认为，那些用来赚钱的动物就是要杀掉的。可以这样说，对他而言，比起挽救自己的儿子，一匹无足轻重的一岁马驹的确是死不足惜，而且他也十分清楚到哪儿去找这样的牺牲品。原来的大剪刀已被警方搜去，但要找把替代品却并非难事，事实上，他也的确轻而易举地实施了自己的计划。”

阿奇和诺曼屏声静气地听着。

我继续说道：“你说他什么都可以，但埃利斯决不会杀人，否则他手下那些受害者或许就不是马驹了。他身上那种作恶的冲动我不能理解，但一切的确是发生了。”我咽了口唾液。“埃利斯把我折磨得够呛，但尽管他有好多次机会，最终还是没有杀我，不仅如此，他曾经阻止了约克夏，昨晚还阻止了他的父亲。”

“人们有时会恨得死去活来，”阿奇点了点头。“但没有几个真会去杀人的。”

“戈登·昆特算是一位，”诺曼指出。“而且差一点就得手了。”

“是的，”我表示同意。“但他并不是要帮埃利斯。”

“那是为什么？”

“这得提一提以前的事。”

我太累了，但还是要把话说完。

我对诺曼说：“还记得你给我的那块破布吗？”

“记得，拿它做了什么吗？”

我点了点头。

“什么破布？”阿奇问。

诺曼大致讲了北安普敦的事，告诉他破布是用来包裹那把修枝大剪刀的。

“当地警方在树篱中发现了那把剪刀，”我说。“然后将其带到种马场办公室，当时我正好也在，在场的还包括种马场主人理查森小姐和贝姗妮太太，此外还有她们的朋友金妮·昆特，她去那里是要安慰两人并向她们表示同情的。金妮咬牙切齿，说我太过卑鄙，诬告自己的朋友，诬告她完美无瑕的儿子，她好像还叫我犹大来着。”

“席德！”

“嗯，她好像是那么说的。然后她看到警察解开破布，看见了剪掉马蹄的那把剪刀，她脸色渐渐苍白……晕了过去。”

“因为她看到了剪刀，”诺曼点头说道。

“不只是这样，还因为她看到了那块破布。”

“你的意思是……？”

“我花了整整一天……是上周六，竟像是上辈子的事……我带着那块破布，先是跑遍了伦敦，最后去了奇切斯特，事情总算有了眉目。”

“为什么是奇切斯特？”阿奇问。

“因为那块破布原来是床上挂饰用品，是从帕特丽夏·哈克斯福特夫人那里定做的。那位夫人极是漂亮可爱，织布坊设在奇切斯特附近的洛厄尔。她查找了所有订单记录，发现那块布是三十年前有人特别定做的，定做人只有一位——戈登·昆特夫人。”

阿奇和诺曼无不瞪大了眼睛。

“金妮认出了那块布料，”我说。“她刚才还在大声斥责我，说我竟然相信是埃利斯残害了那些马驹，这会儿她突然看到那块包裹剪刀的破布，才意识到我的所作所为并没有错。不仅如此，她还知道，理查森小姐那匹马驹遭到袭击的当晚，埃利斯正在什罗普郡参加舞会。她很清楚，不在场证明对于埃利斯何等重要……她也明白，用那块布料包裹剪刀的不是别人，正是戈登。戈登只是随手拿了那块布料，他当时应该没有多想。据我猜测，他之所以决定扔掉破布和剪刀，而不是将其带回家里，是担心我们有可能再次对马驹进行 DNA 检测。金妮心里明白，是戈登残害了那匹马驹，一时震惊便晕了过去。”

阿奇和诺曼此时也是一副震惊的样子。

我叹了口气，接着说道：“当时我并不明白，直到前天晚上，等一切有了大致的眉目，我才恍然大悟。现在想来，金妮所以自杀，并不仅仅由于埃利斯受到起诉，除此之外，戈登的所作所为也把她逼上了绝路……当时审判如期举行，尽管阻力重重……这一切都令她再也无法承受。”

我稍稍顿了顿，继续说道：“金妮的自杀让戈登怒不可遏，于是他开始成为儿子的帮凶。是他自己逼死了妻子，却反过来迁怒于我，说我毁掉了他的家庭，金妮自杀那天早晨，他就差一点敲破了我的脑壳。当时他就在我家门外候着……他声嘶力竭，叫喊着是我害死了金妮。然后就是昨天晚上，他那张照片已经登在《庞普报》上，当时他正在告诉我，那些子弹是为金妮报仇的……我要为她抵命。他真要……他真想要我命的。”

我终于打住了话头。

白色的病房里一片寂静。

那天晚些时候，我拨通了坎特伯雷那家医院的电话，接我电话的是病房护士长。

“瑞琪尔怎么样？”我问。

“您是哈利先生！可我原以为……我是说，《庞普报》我们都看过了。”

“可你还没有告诉我瑞琪尔的情况，不是吗？”我焦急地问。

“是的……琳达——弗恩斯太太——她说不要告诉您。”

“很好。”

“可是您——”

“我好极了，”我向她保证道。“我现在汉姆史密斯医院，杜·凯恩大街。”

“那太好了！”她叫了一声。

“是很好，可瑞琪尔呢？”

“你知道的，那小姑娘病得很重，不过大家对移植手术都非常看好。”

“她进隔离罩了吗？”

“是的，很勇敢！她说那是她的宫殿，她是里面的女王。”

“说我爱她。”

“要等多久……噢亲爱的，我不该问的。”

“最晚星期四吧。”

“我会告诉她的。”

第二天上午十点以前，凯文和英蒂娅上班路上顺便过来看我。

我仍然坐在高脚床上，但这一会儿感觉已经好多了。尽管我很不情愿，那只受过枪伤的手臂还是让绷带和夹板固定得死死的。他们告诉我再休息一天，并试着慢慢扭动那些手指。一切都很正常，只是今天护士一直忙于急诊，没能顾上将我那只放在身边柜子上的左手接回手臂。尽管还不能正常使用，左手一旦卸下，我总觉得很不方便，而且什么也做不成，连挠挠鼻子都无法办到。

来到病房，凯文和英蒂娅都有些局促不安，都说非常高兴看到我已经苏醒，而且恢复相当不错。

看到两人的表情，我笑了笑说道："我亲爱的孩子，我可不是傻瓜。"

"你瞧，伙计……"凯文声音低了下去，他不敢正视我的眼睛。

我说："谁告诉戈登去哪儿找我的？"

两人均不做声。

"英蒂娅，"我说。"周日晚八点，我将出现在肯辛顿广场酒店，这消息可只有你一人知道。"

"席德！"她看上去异常痛苦，就像昨晚教堂街上见我让人击伤时一样。她也不敢看我的脸。

凯文捋了捋小胡子。"不是她的错。"

"那就是你的错了？"

"说得对，你的确不是傻瓜，"凯文说。"你已经猜到什么了，不然我们马上就被你扫地出门了。"

"不错。"

"乱子从周六晚上开始的，"这会他才有了安全感，于是一边说着，一边坐了下来。"当然，《庞普报》周六是不发行的，所以办公室里几乎空无一人。总编乔治·古德巴不在，任何人都不在，周六晚上，所有职员全部休息。真正的乱子出在周日上午编辑碰头会上。知道编辑碰头会吧……嗯，或许你不知道：所有编辑部门，包括新闻部、体育部、言论部、专题部，凡此等等，对了，还有高级记者，大家聚拢一起，商定第二天报纸刊登内容的事。会上乔治·古德巴热情洋溢，积极要求改变针对哈利的策略，我的意思是，席德老兄，你真该到场听听他的那番誓言，我从来不知道，这世上竟会有如此多豪迈有力的字眼儿。”

“老板向他施加压力了吧？”

“何止如此！简直惊慌失措了。我们的勋爵大人想要把你收买了。”

“真不错，”我说。

“乔治说，他建议出一万英镑，我说倒不妨试试一千万。乔治向每一人征集六月份以来《庞普报》上所有关于你的报道，几乎所有的篇目都登在英蒂娅的周五专栏里。我想那些文章你都保存下来了吧？”

我并未保存，却没有以实相告。

“真像是毒药，”凯文说。“我是说那件事，那件事一提出，整个会场一下子就鸦雀无声了，这要是在平时，可要费老鼻子的事了。”

“我当时不在，”英蒂娅说。“这种会我从不参加。”

“可别冤枉了英蒂娅，”凯文告诉我说。“大多数文章都不是她写的。你知道我算一个，那些东西其实出自六个人的手笔。”

英蒂娅还是不愿意正视我的眼睛，她仍是站在那里，不愿意坐到椅子上去。我知道所谓“政策”的事，为此曾经忍受过巨大的煎熬，那么多的日子里，每次看到文章标题下她的署名，我都会感到无限的恐惧。尽管做了一切努力，一想到那些恶毒的毁谤，我心里仍会感到一阵刺痛。

“坐下吧，”我轻轻地说。

她局促不安地坐了下去。

“假如我们还有机会共进晚餐的话，”我说。“不要再告诉任何人。”

“噢，席德！”

“苍天作证，她压根儿没想到有人向你开枪的！”凯文辩解道。“蒂勒皮特想找到你，非常想了！乔治说，勋爵都吓坏了。《庞普报》律师核查了每周五的文章，认为还没有达到可以起诉的条件，而在会议上，当这位律师一次性读完所有的报道，却不禁脊背发凉了。他说，无论你提出什么条件，《庞普报》都应该和你私了。”

“我想，这种事你不该告诉我吧？”

“是的，”凯文承认道。“但你终究还是把十年来最精彩的独家新闻让给了我。”

“戈登·昆特怎么找到我的？”我追问道。

“乔治说，我们尊贵的勋爵大人一直在喋喋不休，说是你曾经许诺过他，只要你能从什么地方脱身，就不会将他送进大牢，后来你真的逃离了那个地方，所以他希望你能信守诺言。乔治不明白他都在说些什么，但蒂勒皮特则已清楚地表明，乔治必须要在五分钟内找到你，快了当然更好，否则他就甭想继续在《庞普报》混下去。乔治被逼无奈，便恳求大家全军出动寻找你，说是《庞普报》将会立即授予你圣徒头衔，你的银行户头也将会有丰厚的资本注入。于是我给英蒂娅打去电话，提到了这次千载难逢的绝佳良机。她让我不要着急，说是她要亲自把话带给你……我随即向她打听到你的去向，这里面好像真的没有什么恶意。”

“于是你就告诉了乔治·古德巴？”我说。

凯文点了点头。

“而他又说给了蒂勒皮特勋爵？”我说。“我想蒂勒皮特必定又转告了埃利斯……因为埃利斯当时也去了现场。”

“乔治 · 古德巴想找埃利斯，于是就把电话打到了他父亲的住处，电话留言机说，他可以试试一部手机，就这样，他拨通了戈登 · 昆特的电话……他让戈登转告埃利斯，说是可以在什么地方找到你。”

几经周折，绕过一个又一个圈子，子弹终于射进了我的身体。

我不禁重又叹了口气。真该庆幸眼下我还活着，我真的应该感到满足了。我也真的怀疑是否能从《庞普报》榨出什么油水来，我心里想，充其量，我也许只能让那位勋爵大人对我感恩戴德了吧。

终于供认完毕，凯文从椅子上站起身子，惴惴不安地在病房里走来晃去，最后，他来到我左边的柜子前，终于停下了脚步。

他有些茫然，望着我那只假手，过了一会儿，又将其拿在手里，我真的希望他不要碰它才好。

他惊奇地说：“比我想象的大多了，而且要重一些，很硬。”

“用来揍你正好合手，”我说。

“是吗？”他饶有兴趣地问。“真的吗？”

“明摆着的，”我说。过了一会儿，他把义肢放了回去。

“他们说你那些话还真没错，你这家伙十分顽强，可看上去一点不像，席德老兄，我以前说过来着。”

我说：“我这种表里不相一致的还真不多。”

英蒂娅说：“我会就此写点什么的。”

“好啦，席德。”凯文准备走了。“有件强奸案等着我去报道，多谢那些日本人，让我们扯平了，是吗？”

“扯平了，”我点了点头。

英蒂娅站起身来，想跟凯文一起离开。“再留一会儿吧，”我提议道。

她有些迟疑。凯文说：“那就留下吧，握住他那只该死的手。噢呸，对不起，老兄，对不起！”

“快滚吧，”我说。

英蒂娅望着他走了出去。“真对不起，”她不知所措地说。“让你受了伤。”

“这不是还活着吗，”我说。“不提它了。”

她脸色柔和了一些。上午这个时候了，她竟是没有涂抹口红，脸上也没有化妆，眉毛还是那样浓黑而醒目，眼睛还是那样淡蓝而清澈，但眼前看到的英蒂娅才是她的本真，而不是那个包装后的世俗形象。她的内心与她那锋芒毕露、充满智慧的文字竟如此截然不同，我不禁感到惊奇。

不自觉地，她也走到了我的左边，瞧着那副塑料手臂。

“它怎么动起来呢？”她问。

我解释了电极开关的工作原理，就像当时和瑞琪尔说的那样。

她拿起手臂，用手指往里探了探，尝试着触动那些电极，手臂没有任何动静。

我咽了口唾液，说道：“也许该换电池了。”

“电池？”

“就卡在里面，像个盒子……”我朝柜子点了点头。“……那是充电器，里面有块电池，电已经充好，换上去就可以了。”

她依言而行，只是不太熟练，动作很慢。她再次触动电极，手臂随即有了反应。

“噢，”她说。

她放下那只手臂，眼睛望着我。

“是不是，”她说。“你脊梁上撑着根钢棒？我还从未见过谁像你这样紧张的，额头都出汗了。”

她拿起充电器旁边的纸巾盒递了过来。

我摇了摇头。她看看我绑紧的右手，又瞧瞧柜子上的左手，一时间什么都明白了。

我沉默无语。她从盒子里抽出一张纸巾，颤巍巍地轻轻擦去我额头上滑落的汗珠。

“这只胳膊怎么不接上去？”她问道。“那样的话就好多了。”

“要护士帮着才行。”我说了急诊的事。“她有空会过来的。”

“我来吧，”英蒂娅说。

“不。”

“为什么？”

“因为……”

“因为你太过自尊。”

因为这太过隐私，我心里想。

我穿了一件极不合体的病号服，就像是理发师的工作装，从脖子后面紧紧系牢，然后将整个身子裹得严严实实，难看极了，另外，左肩、上臂、肘部等部位还覆盖着白色夹片。英蒂娅小心翼翼，将夹片缓缓取下，露出了肘部和一小节前臂。

“你很讨厌它，是吗？”英蒂娅说。

“是的。”

“换我也会的。”

她这样真让我不忍，我心里想。我可以忍受埃利斯拧下我的左手，我可以忍受他对我百般嘲弄，可是爱，我却无法忍受。

英蒂娅拿起了电动手臂。

"我该怎么做？"她问。

我又朝柜子点了点头，艰难地说："滑石粉。"

"哦。"她拿起那罐平淡无奇的东西。"扑在假臂上，还是你身上？"

"身上。"

她对着我前臂撒上一些。"是这样吗？够不够？"

"嗯。"

她慢慢将滑石粉均匀地敷在我皮肤上，那蠕动的手指让我浑身一阵颤栗。

"现在呢？"

"握紧它，我来把手臂放进去。"

她全神贯注。我将前臂放进插口，但角度却出了问题。

"我该怎么办？"她焦急地问。

"拇指朝你那边稍微转动一下，不要太远，好的，我往下压时，你向上推过来，让顶部滑到肘部，这样就能咬合了——手抓紧了。"

"是这样吗？"她已是浑身颤抖。

"是的，"我说。手臂终于完好地接了上去。

我发送些信息，我们一起看着左手开合自如。

英蒂娅突然从我身边走开，她拿起手提包，来到了门口。

"不要走，"我说。

"不走我会哭的。"

我想我们俩或许都会哭的。她用手指触摸我前臂时，那种抚爱让我产生了从未有过的亲昵感。我有些颤栗，有生以来，我还从没有这样感动过。

“回来吧，”我说。

“我该去办公室了。”

“英蒂娅，”我说。“请……”为什么每次总不能说出个“请”字？“请……”我低头看了看我的左手。“这个请不要写了吧。”

“那个不要写？”

“不要写。”

“哦，我不会写的，可为什么不能写？”

“因为我不喜欢别人怜悯。”

她返回身来，含着眼泪走到我旁边。

“你的珍妮，”她说。“她告诉过我，说你最怕别人怜悯，所以从来也不向人求助。”

“她不该给你说那么多的。”

“怜悯，”英蒂娅走近一步，说道。“对于你，我所感觉到的恰恰不是怜悯。”

我伸出左手，紧紧地抓住她的手腕。

她低头看了看，让我轻轻一拉，终于到了我近旁。

“你很有劲儿，”她惊奇地说。

“一般吧。”

我把她拉近一些，她很清楚我心里所想，便低下头来，将嘴唇压在我的嘴唇上，竟是那么自然，仿佛我们之间已经不是第一次了。

早已有了约定，我心里想。

这才刚刚开始。

她走了，也带去了悠悠的时光，

转眼已到了午间新闻时间。

病房里静悄悄的，一位护士突然闯了进来。“不想打开电视吗？您在里面呢。”

她转动旋钮，屏幕上出现了我的面孔。播音员平静地说道：“席德·哈利目前正于医院接受治疗。”画面是我的一张照片，看上去很年轻，身穿赛马服，双手举马鞍，眼里充满了获得“圣杯”后的惊喜。照片是多年前拍的，当时我刚刚赢得全国越野障碍赛马冠军。

接下来，画面切到了干旱与饥荒之类的报道。

护士让我等一等，一边将电视换到另一个频道。她打开新闻目录，选择了一条完整的报道。

里面传出一个女播音员的声音，这声音过于惨淡，我向来很不喜欢。只见她板起严肃的面孔，拖着腔调说道：

“今天，在汉普郡新福里斯特，警方发现埃利斯·昆特死于自己的车中……”

我浑身僵冷，女播音员的声音仿佛来自遥远的地方：“他杀嫌疑业已排除。据说这位广受喜爱的电视主播给父亲留下一封遗书，其父于周日夜间被人击中头部，目前仍处于昏迷状态。下面是本台记者巴迪·鲍斯的现场报道。”

巴迪·鲍斯手握麦克风出现在屏幕上，他背后稍远处是一片林地，那里有活动的人影和一辆白色轿车。

“对一个神话般的生命来说，”巴迪·鲍斯一脸惋惜。“这样收尾也太悲惨了。埃利斯·昆特时年三十八岁，他曾为数百万电视观众带来了欢乐，此前，他还是一位业余的越野障碍赛马冠军，他的勇气与风度曾经激励了整整一代人。数月以来，他麻烦不断，席德·哈利，他曾经的同事，他所谓的好友，那位一度的一流职业赛马手，以虐待动物罪将其告上法庭。昆特于昨日按时出庭，他拒绝承认上述所有指控。”

接着是埃利斯屡次赢得比赛的照片剪辑：他脚蹬马靴，踏着威武的步伐向前走去；访谈节目里，他赢得观众经久不衰的喝彩；他热情洋溢，他朝气蓬勃，他英俊潇洒。

“埃利斯去了，数百万人将为之哀悼，”巴迪·鲍斯结束了报道。“现在请导播将画面切回到演播室……”

护士愤愤不平地关上电视。“你受了枪击，他们谁都没有提及！”

“别在意。”

她气呼呼地离开了病房。埃利斯败坏了我的名声，不可能一夜之间就能恢复，任它《庞普报》如何对事实加以澄清。也许要慢慢地来，或许我将会遗臭万年。

埃利斯死了。

我坐在安静的白色病房里。

埃利斯死了。

一小时后，医院勤杂工给我送来了一封信，说是有人放在医院服务台上的，一直没人想起送到病房来。

“放那儿多久了？”

昨天放的吧，他想了想说。

他走后，我拿左手食指和拇指夹起信封，再用牙齿将其撕开。

信共有两页，是埃利斯写的，上面的字迹赫然透示出他生命的活力。

信上写道：

席德，我知道你现在哪里，我一直跟在救护车后面来着。要是你能够看到这封信，说明你还活着，而我则已经死去。原以为你抓不到我的，但也早知道你一定能抓住我。

你不知道我为何要砍去那些马蹄吧，你不是一直想要弄清真相吗？装模作样做个好人，这早就让我厌烦透了。我渴望人性中阴暗的一面，我想要粉碎一切，打破一切，毁坏一切。我想嘲笑那些奉承我的傻瓜，我拥抱我自己，我模仿无产者。

那嘎吱嘎吱声！

于是，我干掉了那匹成年小矮马，制作成一套不错的节目。那孩子患了白血病，好一个催人泪下的主题。我需要一套好节目，我的收视率正在滑坡。

接下来，我渴望再来一次。危险重重，危机四伏，困难丛生，那嘎吱嘎吱声！那种感受，我真的无以言表，世间再无别的什么能令我如此迷狂。可卡因只是孩子的玩物，性又算得了什么，我可以得到任何想要的女人。那嘎吱嘎吱的断骨声才能给我无与伦比的快感。

再就是你。在我一生中，我所嫉妒的只此一人。我想让你也败坏下去，没有人是百折不挠的。

我知道，你最怕的就是孤独无助，我了解你。在欧文·约克夏办公室里，我曾想将你打败，可你只是坐在那里，望着自己的手渐渐发

青。当时我感觉到了，你希望我能够回归本真，然而，那本真的自我只想听见你的腕骨嘎吱嘎吱裂成碎片。我想证明，这世上没有一个好人，我也想让你崩溃，就和我一样。

至此，你会以为我这人是个疯子。当时你没有哭泣，你没有哀号，我竟是突然高兴起来，我为你感到自豪，因为你永远百折不挠，我为你感到由衷的高兴。我不想让你死，不想让你就那样死去，不想让你无缘无故地死去，也不想让你因为我而死去。

自己所做的一切，我现在终于看清，我带来了无穷的伤害。

最后那匹马驹是父亲干的好事，他当时让我给说服的，这件事也要了母亲的命。父亲如果能活下来，也会因谋杀罪被关进监狱。回想起七月，他们真该让我用领带吊死自己。

有人说，罪犯都希望让人抓住。他们不停地作孽，永不罢手，直到有人能将其绳之以法。

信就此结束，下面还写了几个字：

你赢了，席德。

两张信纸就放在白色床单上，谁也不会看到的，我想。

记得瑞琪尔曾经说过：死亡真是奇怪，一下子就变成空间了。

这整个白色的病房，不就是一个空间吗?

善良也好，邪恶亦罢，他曾经一直是我的朋友。有过反目成仇，但最终还是我的朋友。

那乖戾、残忍、阴暗的一面渐渐淡去。

我赢得了胜利，可再也没有人踩着马镫与我分享胜利的喜悦。

惋惜，失落，容忍，宽慰，此时此刻，一切都涌上了心头。

我为埃利斯·昆特感到无限的悲痛与悲伤。

图书在版编目(CIP)数据

无由之灾/(英) 弗朗西斯(Francis, D.)著;
刘全福译. —上海:上海译文出版社,2016.9
书名原文:Come to Grief
ISBN 978-7-5327-7269-8

Ⅰ.①无… Ⅱ.①弗… ②刘… Ⅲ.①长篇小说-英国-现代 Ⅳ.①I561.45

中国版本图书馆 CIP 数据核字(2016)第 080891 号

COME TO GRIEF
By DICK FRANCIS

图字:09-2012-870 号

无由之灾
[英] 迪克·弗朗西斯 著 刘全福 译
责任编辑/宋 玲 装帧设计/张志全工作室

上海世纪出版股份有限公司
译文出版社出版
网址:www.yiwen.com.cn
上海世纪出版股份有限公司发行中心发行
200001 上海福建中路 193 号 www.ewen.co
上海颛辉印刷厂印刷

开本 890×1240 1/32 印张 11 插页 2 字数 175,000
2016 年 9 月第 1 版 2016 年 9 月第 1 次印刷
印数:0,001—4,000 册

ISBN 978-7-5327-7269-8/I·4426
定价:55.00 元